爱阅读课程化丛书/快乐读书吧

爱阅读

威尼斯的小艇

[美]马克·吐温／著

立　人／编译

无障碍精读版

课外阅读佳作，爱阅读课程化丛书

分级阅读点拨·重点精批详注·名师全程助读·扫清阅读障碍

天地出版社 | TIANDI PRESS

图书在版编目（CIP）数据

威尼斯的小艇 /〔美〕马克·吐温著；立人编译.
— 成都：天地出版社, 2024.6
（爱阅读）
ISBN 978-7-5455-8367-0

Ⅰ.①威… Ⅱ.①马… ②立… Ⅲ.①中篇小说—小
说集—美国—近代②短篇小说—小说集—美国—近代
Ⅳ.①I712.44

中国国家版本馆CIP数据核字（2024）第093144号

WEINISI DE XIAOTING

威尼斯的小艇

〔美〕马克·吐温 著　　立人 编译

—— 阅读·成长 ——

出品人　杨　政

项目统筹　田佰根　王　猛　万可彪　赵亚珍
监　　制　刘俊枫　王莉莉
营销策划　田金香　吴　淼
责任编辑　曾　真
装帧设计　宋双成
排版制作　书香文雅
责任印制　白　雪

出版发行　天地出版社
　　　　　（成都市锦江区三色路238号　邮政编码：610023）
　　　　　（北京市方庄芳群园3区3号　邮政编码：100078）
网　　址　http://www.tiandiph.com
电子邮箱　tianditg@163.com

印　　刷　三河市祥宏印务有限公司
版　　次　2024年6月第一版
印　　次　2024年6月第一次印刷
开　　本　700mm×1000mm　1/16
印　　张　16　　　　彩插　0.375
字　　数　243千
定　　价　24.80元
书　　号　ISBN 978-7-5455-8367-0

加利福尼亚人的故事

和移风易俗者一起上路

| 总序 |

　　北京书香文雅图书文化有限公司的李继勇先生与我联系，说他们策划了一套"爱阅读"丛书，读者对象主要是中小学生，这套书可以作为学生的课外阅读用书，希望我写篇序。作为一名语文教育工作者，为学生推荐优秀课外读物责无旁贷，在最近"双减"政策的大背景下，也更有意义。

一、"双减"以后怎么办？

　　前不久，中共中央办公厅、国务院办公厅印发了《关于进一步减轻义务教育阶段学生作业负担和校外培训负担的意见》，对义务教育阶段学生的作业和校外培训作出严格规定。这是一件好事。曾几何时，我们的中小学生作业负担重，不少孩子不是在各种各样的培训班里，就是在去培训班的路上。孩子们"学"无宁日，备尝艰辛；家长们焦虑不安，苦不堪言。校外培训机构为了增强吸引力，到处挖墙脚；有些老师受利益驱使，不能安心从教。他们的行为破坏了教育生态，违背了教育规律，严重影响了我国教育改革发展。教育是什么？教育是唤醒，是点燃，是激发。而校外培训的噱头仅仅是提高考试成绩，让孩子在中高考中占得先机。他们的广告词是"提高一分，干掉千人"，他们大肆渲染"分数为王"。在这种压力之下，孩子们面对的是"分萧萧兮题海寒"，他们不得不深陷题海，机械刷题。假如只有一部分孩子上培训班，提高的可能是分数。但是，如果大多数孩子或者所有孩子都去上培训班，那提高的就不是分数，而只是分数线。教育的根本任务是立德树人，是培根铸魂，是启智增慧，是让学生德智体美劳全面发展，是培养社会主义建设者和接班人，是为中华民族伟大复兴提供人才，而不是培养只会考试的"机器"，更不能被资本绑架。所以中央才"出重拳""放实招"，目的就是要减轻学生过重的课业负担，减轻家长过重的经济和精神负担。

"双减"政策出台后，学生们一片欢呼，再也不用在各种培训班之间来回奔波了，但家长产生了新的焦虑：孩子学习成绩怎么办？而对学校老师来说，这是一个新挑战、新任务，当然也是新机遇。学生在校时间增加，要求老师提升教学水平，科学合理布置作业，同时开展课外延伸服务，事实上是老师陪伴学生的时间增加了。这部分在校时间怎么安排？如何让学生利用好课外时间？这一切考验着老师们的智慧，而开展各种课外活动正好可以解决这个难题，比如：热爱人文的，可以参加阅读写作、演讲辩论、学习传统文化和民风民俗等社团活动；喜爱数理的，可以参加科普科幻、实验研究、统计测量、天文观测等兴趣小组；也可以参加体育比赛、艺术（音乐、美术、书法、戏剧）体验和劳动教育等实践活动。当然，所有的活动都应以培养学生的兴趣爱好为目的，以自愿参加为前提。学校开展课后服务，可以多方面拓展资源，比如博物馆、图书馆、科技馆、陈列馆、少年宫、青少年活动中心，甚至校外培训机构的优质服务资源，还可组织征文比赛、志愿服务、社会调查等，助力学生全面发展。

二、课外阅读新机遇

近年来，"新课标""新教材""新高考"成为语文教育改革的热词。前不久，我看到一个视频，说语文在中高考中的地位提高了，难度也加大了。这种说法有一定道理，但并不准确。说它有一定道理，是因为语文能力主要指一个人的阅读和写作能力，而阅读和写作能力又是一个人综合素养的体现。语文能力强，有助于学习别的学科。比如：数学、物理中的应用题，如果阅读能力上不去，读不懂题干，便不能准确把握解题要领，也就没法准确答题；英语中的英译汉、汉译英题更是考查学生的语言表达能力；历史题和政治题往往是给一段材料，让学生去分析、判断，得出结论，并表述自己的观点或看法。从这点来说，语文在中高考中的地位提高有一定道理。说它不准确，有两个方面的理由：一是语文学科本来就重要，不是现在才变得重要，之所以产生这种错觉，是因为在应试教育的背景下，语文的重要性被弱化了；二是语文考试的难度并没有增加，增加的只是阅读思维的宽度和广度，考查的是阅读理解、信息筛选、应用写作、语言表达、批判性思维、辩证思维等关键能力。可以说，真正的素质教育必须重视语文，因为语文是工具，是基础。不少家长和教师认为课外阅读浪费学习时间，这主要是教育观念问题。他们之所以有这种想法，无非是认为考试才是最终目的，希望孩子可以把更多时间用在刷题上。他们只看到课标和教材的变化，以为考试还是过去那一套，其实，考试评价已发生深刻变革。目前，考试评价改革与新课标、新教材改革是同向同行的，都是围绕立德树人做文章。中共中央、国务院印发的《深化新时代教育评价改革总体方案》明确指出："稳步推进中高考改革，构建引导学生德智体美劳全面发展的考试内容体系，改变相对固化的试题形式，增强试题开放性，减少死记硬背和'机械刷题'现象。"显然就是要用中高考"指挥棒"引领素质教育。新高考招生录取强调"两依据，一参考"，即以高考成绩和高中学业水平考试成绩为依据，以综合素质评价为参考。这也就是说，高考成绩不再是高校选拔新生的唯一标准，不只看谁考的分数高，还要看谁更有发展潜力、更有创造性、综合素质更高，从而实现由"招分"向"招人"的转变。而这绝不是仅凭一张高考试卷能够区分出来的，"机械刷题"无助于全面发展，必须在课内学习的基础上，辅之以内容广泛的课外阅读，才能全面提高综合素养。

三、"爱阅读"助力成长

这套"爱阅读"丛书是为中小学生量身打造的，符合《义务教育语文课程标准》倡导的"好读书、读好书、读整本书"的课改理念，可以作为学生课内学习的有益补充。我一向认为，要学好语文，一要读好三本书，二要写好两篇文，三要养成四个好习惯。三本书指"有字之书""无字之书"和"心灵之书"，两篇文指"规矩文"和"放胆文"，四个好习惯指享受阅读的习惯、善于思考的习惯、乐于表达的习惯和自主学习的习惯。古人说"读万卷书，行万里路"，实际上就是要处理好读书与实践的关系。对于中小学生来说，读书首先是读好"有字之书"。"有字之书"，有课本，有课外自读课本，还有"爱阅读"这样的课外读物。读书时我们不能眉毛胡子一把抓，要区分不同的书，采取不同的读法。一般说来，有精读，有略读。精读需要字斟句酌，需要咬文嚼字，但费时费力。当然也不是所有的书都需要精读，可以根据自己的需要决定精读还是略读。新课标提倡中小学生进行整本书阅读，但是学生往往不能耐着性子读完一整本书。新课标提倡的整本书阅读，主要是针对过去的单篇教学来说的，并不是说每本书都要从头读到尾。教材设计的练习项目也是有弹性的、可选择的，不可能有统一的"阅读计划"。我的建议是，整本书阅读应把精读、略读与浏览结合起来。精读重在示范，略读重在博览，浏览略观大意即可，三者相辅相成，不宜偏于一隅。不仅如此，学生还可以把阅读与写作、读书与实践、课内与课外结合起来。整本书阅读重在掌握阅读方法，拓展阅读视野，培养读书兴趣，养成阅读习惯。

再说写好两篇文。学生读得多了，素养提高了，自然有话想说，有自己的观点和看法要发表。发表的形式可以是口头的，也可以是书面的，书面表达就是写作。写好两篇文，一篇"规矩文"，一篇"放胆文"。"规矩文"重打基础，"放胆文"更见才气。"规矩文"要求练好写作基本功，包括审题、立意、选材、构思等，同时还要掌握记叙文、议论文、说明文、应用文的基本要领和写作规范。"规矩文"的写作要在教师的指导下进行。"放胆文"则鼓励学生放飞自我、大胆想象，各呈创意、各展所长，尤其是展现自己的应用写作能力、语言表达能力、批判性思维能力和辩证思维能力。"放胆文"的写作可以多种多样，除了写大作文，也可以写小作文。有兴趣的还可以进行文学创作，写诗歌、小说、散文、剧本等。

学习语文还要养成四个好习惯。第一，享受阅读的习惯。爱阅读非常重要。每个同学都应该有自己的个性化书单，有的同学喜欢网络小说也没有关系，但需要防止沉迷其中，钻进"死胡同"。这套"爱阅读"丛书，就给中小学生课外阅读提供了大量古今中外的名家名作。第二，善于思考的习惯。在这个大众创业、万众创新的时代，创新人才的标准，已不再是把已有的知识烂熟于心，而是能够独立思考，敢于质疑，能够自己去发现问题、提出问题和解决问题，需要具有探究质疑能力、独立思考能力、批判性思维和辩证思维能力。第三，乐于表达的习惯。表达的乐趣在于说或写的过程，这个过程比说得好、写得完美更重要。写作形式可以不拘一格，比如作文、日记、笔记、随笔、漫画等。第四，自主学习的习惯。我的地盘我做主，我的语文我做主。不是为老师学，也不是为父母长辈学，而是为自己的精神成长学，为自己的未来学。

愿广大中小学生能借助这套"爱阅读"丛书，真正爱上阅读，插上想象的翅膀，飞向未来的广阔天地！

2021 年 10 月 15 日

写于京东大运河畔之两不厌居

阅读领航

阅读准备

· 作家生平 ·

1835年11月30日，马克·吐温出生在美国密苏里州一个贫苦的律师家庭。幼年时，母亲过世，12岁的时候，父亲病故。为了生计，他当过印刷所的学徒、排字工人、送报人、印刷工人、轮船领航员、士兵、矿工等。马克·吐温曾在报社做记者，同时还从事新闻工作。坎坷的生活经历为他的小说创作准备了大量的素材。他创作了《竞选州长》《浪费·家业历险记》《乞丐王子》《赤道漫游记》《百万英镑》《败坏了哈德莱堡的人》《三万元遗产》《坏孩子的故事》《神秘的访问》《一个真实的故事》《法国人大决斗》《痛苦的经验》《加利福尼亚人的故事》《他是否还在人间》和移民易怒企者一起上路》等作品。马克·吐温的成名作是《卡拉维拉斯县著名的跳蛙》。马克·吐温是色旨，这使得他常常在社交圈里开一些决出的玩笑。人们称马克·吐温是天才，潇气古怪且幽默风趣的，他被誉为"文学史上的林肯"。

· 创作背景 ·

马克·吐温放声的经历为他的创作打下了坚实的基础。马克·吐温经历了美国从初期资本主义发展到帝国主义的过程，从美国的西部扩张、工业化革命、奴隶制度的废除、科技进步到到提权主义以及对外战争。马克·吐温发挥了他写作的天分，用幽默与讽刺的手法，充分表达他对社会的关怀与看法，创作出了一部部对美国文学有着深远影响的作品。

· 短篇作品速览 ·

马克·吐温被美国著名评论家称为"真正的美国文学之父"，这源于马克·吐温早期短篇小说《卡拉维拉斯县著名的跳蛙》。在这个故事中，马克·吐温形象地展示了当时正在方兴未艾的美国西部地区的特殊风情，可以说他的小说充现纯纯的美国气质，标志着普通话的美国本土文学的发展方向；而他的《3万元遗产》则通过对比描写，让读者在笑声中认识资产阶级的丑恶面目；《我怎样编辑农业报》中的众多荒唐的编辑笑谈的社论必：萝卜不要爬树，最好让小孩爬上树，把树摇一摇。这段写张的借写拍你很无知令张到了奇异的地步；《他是否还在人间》更是把资产阶级俗谈泰，附庸风雅的志趣刻画得淋淋尽致；《哥尔斯的朋友及再度出丹》嘲讽的"老实人"说的大实话简要了被大肆吹嘘的美国"自由""民主"的实质；《竞选州长》会让我们在笑声中了解到美国的竞选无非是对人民的欺骗，这些幽默短篇或幽默生情，或类似切头。在幽默、风趣、诙谐中达到了讽刺的目的。

· 文学特色 ·

马克·吐温的创作大致可分为三个时期，早期作品以短篇为主，如《竞选州长》《哥尔斯的朋友及再度出丹》等以幽默、诙谐的笔法讽刺了美国"民主选举"的虚课称"民主天堂"的本质。美国社会生活中的种种丑恶难逃晚了马克·吐温的正义感和社会责任感。作为一个社会评论家他起于美国文坛，他在19世纪70年代出版的作品中毫不留情地嘲讽了一切不合理的社会现象，在马克·吐温的晚年，对人生多至是世界感到了迷还，干是产生了悲观的灰色主义思想，写出了不少揭露和批判列美帝国主义国家宠竭行经的出色的作品，同时还表达了对劳苦人民的同情。

1　2

"作家生平"，走近作家，一睹作家风采；"创作背景"，了解作品创作的时代背景；"作品速览"，把握故事全貌、主题意蕴；"文学特色"，发掘作品深刻的文学价值，以增进理解，提高阅读效率。

阅读总结

名家心得

我喜欢马克·吐温——谁会不喜欢他呢？即使是上帝，亦会钟爱他，赋予其智慧，并于其心灵里绘画出一道爱与信仰的彩虹。
　　　　　　——海伦·凯勒

一切当代美国文学都起源于马克·吐温一本叫《哈克贝里·费恩历险记》的书。
　　　　　　——海明威

或了幽默家，是为了生活，而在幽默中又含着哀怨，含着讽刺，则是不甘于这样的缘故了。
　　　　　　——鲁迅

读者感悟

马克·吐温的小说是雅俗共赏的典范。他只上过小学，他的语言是从

真题演练

1. 马克·吐温是哪国人？

2. 马克·吐温的哪部作品揭露了黑人女奴的悲惨命运？小说中的黑人女奴的口头禅是什么？

3.《马克·吐温短篇小说选》中的哪篇小说是以中国人作主人公的？主人公叫什么名字？

4. 马克·吐温第一篇引人注目的小说是什么？这部作品使他赢得了什么称号？

5. 马克·吐温的哪篇早期作品揭露了美国竞选制度的虚伪？

"名家心得"，听听名家怎么说；"读者感悟"，看看别人怎么想；"阅读拓展"，帮你丰富文学知识，增强艺术感受力；"真题演练"，考查阅读本书后的效果，是对阅读成果的巩固和总结。习题具有一定的延伸性和扩展性，对于没有回答上来的问题，读者可以借此发现阅读上的不足，心中带着疑问，为下一次的精读做好准备。

卡拉维拉斯县驰名的跳蛙

名师导读

《卡拉维拉斯县驰名的跳蛙》是美国作家马克·吐温的短篇小说代表作之一。读作品以幽默的风格生动地呈现了当时采矿区人的生活和精神状态。让我们一起去看看，吉姆·斯迈利是个什么样的人呢？

我东部的一个朋友给我寄来一封信，①在信中，他嘱咐我要去拜访老西蒙·惠勒，一个性格比较随和，但是又喜欢唠叨的人。他让我从老惠勒处打听自己的朋友——利奥尼达斯·斯迈利目前住在哪里。看完信后，我对朋友的拜托产生了疑问，感觉信中询问的人物并不存在。我推测了朋友的意图：他估计当我去拜访的时候，这个老人又会向我唠叨吉姆·斯迈利的事情，我会无趣又乏味，但是我还要表现出倾听的姿态。为了帮我解脱，他就拜托我打听另一个人，来转移老惠勒的注意力。

① **人物描写**——介绍了"我"所要拜访的老人的性格特点：随和但唠叨。

3

名师导读

指引你快速知晓章节内容，提高阅读兴趣。

名师点评

名师妙语，见解独特，视角新颖。

威尼斯的小艇
WEINISI DE XIAOTING

精华赏听

小说中的主人公"我"因为虚荣心夸大了自己的收入，作为炫耀，没想到和"我"聊天的先生临走时留下的一个信封让"我"掉价了。原来"他"留下的是一张报税单，让"我"交纳一笔数额巨大的个人收入所得税。后来"我"的一位"阔"朋友大笔一挥，把"我"又变成了"穷光蛋"。小说运用夸张手法，深刻揭露了美国当时税收制度的混乱及有钱人偷税漏税的狡诈方法和手段。那些所谓的受人尊敬的富豪、阔绅们发财致富的根源就是钻税务的空子。作者在结尾处对文章的主旨做了总结。

延伸思考

1. 小说主人公遇到的第一位朋友是做什么工作的？
2. "我"告诉那位朋友"我"有几项丰厚的收入？分别是多少？
3. 经过"阔"朋友的帮助，最后"我"需要为多少钱交纳个人所得税？

相关链接

税收是国家依法通过征税取得的财政收入。它按照法律所规定的标准和程序执行。税收具有无偿性、强制性、固定性。

101

精华赏析

评点章节要旨，发人深省。

延伸思考

开拓思维，启迪智慧。

相关链接

在轻松阅读中开阔视野。

Contents

目录

·作家生平·

1835 年 11 月 30 日，马克·吐温出生在美国密苏里州一个贫苦的律师家庭。幼年时，母亲过世，12 岁的时候，父亲病故。为了生计，他当过印刷所的学徒、排字工人、送报人、印刷工人、轮船领航员、士兵、矿工等。马克·吐温曾在报社做记者，同时还从事演讲工作。坎坷的生活经历为他的小说创作提供了大量的素材，他创作了《竞选州长》《汤姆·索亚历险记》《乞丐王子》《顽童流浪记》《百万英镑》《败坏了哈德莱堡的人》《三万元遗产》《坏孩子的故事》《神秘的访问》《一个真实的故事》《法国人大决斗》《稀奇的经验》《加利福尼亚人的故事》《他是否还在人间》《和移风易俗者一起上路》等作品。马克·吐温的成名作是《卡拉维拉斯县驰名的跳蛙》。马克·吐温是色盲，这使得他常常在社交圈里开一些诙谐的玩笑。人们眼中的马克·吐温是天马行空、脾气古怪且幽默风趣的，他被誉为"文学史上的林肯"。

·创作背景·

马克·吐温坎坷的经历为他的创作打下了坚实的基础。马克·吐温经历了美国从初期资本主义发展到帝国主义的过程，从美国的西部扩张、工业化革命、奴隶制度的废除、科技进步到强权主义以及对外战争。马克·吐温发挥了他写作的天分，用幽默与讽刺的手法，充分表达他对社会的关怀及看法，创作出了一部部对美国文学有着深远影响的作品。

·短篇作品速览·

马克·吐温被美国著名评论家称为"真正的美国文学之父"，这源于马克·吐温早期短篇小说《卡拉维拉斯县驰名的跳蛙》。在这个故事中，马克·吐温形象地展示了当时正在开发的美国西部地区的特殊风情，可以说他的小说表现出纯粹的美国气质，标志着地道的美国本土文学的发展方向；而他的《3万元遗产》则通过对比描写，让读者在笑声中认识资产阶级的丑恶面目；《我怎样编辑农业报》中的农业报的编辑发表的社论是：萝卜不要用手拔，最好让小孩爬上树，把树摇一摇。这段夸张的描写把办报人的无知夸张到了奇异的地步；《他是否还在人间》更是把资产阶级虚荣、附庸风雅的丑态刻画得淋漓尽致；《哥尔斯密的朋友再度出洋》塑造的"老实人"说的大实话揭穿了被大肆吹嘘的美国"自由""民主"的实质；《竞选州长》会让我们在笑声中了解美国的竞选无非是对人民的欺骗。这些幽默短篇或触景生情，或类似纪实，在幽默、风趣、诙谐中达到了讽刺的目的。

·文学特色·

马克·吐温的创作大致可分为三个时期。早期作品以短篇为主，如《竞选州长》《哥尔斯密的朋友再度出洋》等以幽默、诙谐的笔法讽刺了美国"民主选举"的荒谬和"民主天堂"的本质。美国社会生活中的种种丑恶现象唤醒了马克·吐温的正义感和社会责任感。作为一个社会批评家崛起于美国文坛，他在19世纪70年代后的作品中毫不留情地嘲讽了一切不合理的社会现象。在马克·吐温的晚年，对人生甚至整个世界感到了迷茫，于是产生了浓厚的悲观主义思想，写出了不少揭露和批判美帝国主义国家侵略行径的出色政论，同时还表达了对劳苦人民的同情。

卡拉维拉斯县驰名的跳蛙

名师导读

《卡拉维拉斯县驰名的跳蛙》是美国作家马克·吐温的短篇小说代表作之一。该作品以幽默的风格生动地呈现了当时采矿区人的生活和精神状态。让我们一起去看看，吉姆·斯迈利是个什么样的人呢？

我东部的一个朋友给我寄来一封信，<u>①</u> 在信中，他嘱咐我要去拜访老西蒙·惠勒，一个性格比较随和，但是又喜欢唠叨的人。他让我从老惠勒处打听自己的朋友——利奥尼达斯·斯迈利目前住在哪里。看完信后，我对朋友的拜托产生了疑问，感觉信中询问的人物并不存在。我推测了朋友的意图：他估计当我去拜访的时候，这个老人又会向我唠叨吉姆·斯迈利的事情，我会无趣又乏味，但是我还要表现出倾听的姿态。为了帮我解脱，他就拜托我打听另一个人，来转移老惠勒的注意力。

❶ 人物描写
　　介绍了"我"所要拜访的老人的性格特点：随和但唠叨。

3

❶行为描写

写出了老惠勒是多么的无聊啊！眼前总算有机会跟人聊天，该是多么痛快，为下文他不顾别人意愿而滔滔不绝地讲故事做了铺垫。

❷神态描写

惠勒讲故事时很严肃，他把这当作了很重要的事情。他严肃的表情与他讲述滑稽的故事形成鲜明的对比，让读者越发觉得可笑。

我在古老的矿区——安吉尔小镇上找到老惠勒，① 当时他正在一家小客栈的酒吧里犯困。他是一个很胖的秃顶男人，但是面色安详，是个让人一看就愿意亲近的人。他醒来看到我很高兴，然后询问我的来意。我告诉他，自己想打听一个叫利奥尼达斯·斯迈利的牧师，这个人是我朋友童年时的好朋友。我对老惠勒说这位牧师曾经在镇子上居住过，因此认为他一定知道牧师的下落。我还说，如果知道了牧师的情况，我才能向朋友交代，同时也会感谢他的帮忙。

西蒙·惠勒让我坐在酒吧的一个角落，然后搬了一把椅子坐在我的身边，开始向我讲述一个漫长的故事。讲述中② 他始终用着一样的腔调，不开口笑，也不挑动自己的眉头。他就用那种慢悠悠的语气来讲述这个故事，让人以为他只不过是偶然讲述这个故事。但他还不厌其烦地用自以为真诚的语气在叙述，根本没有察觉到自己所讲的故事有不合理的地方，所有的一切在他看来，都非常重要。我来找他是打听利奥尼达斯·斯迈利牧师的情况，但是在他的讲述中我听到的可不止这一个名字。在他讲述的故事中，两个主人公虽然会和人钩心斗角，但却又是各方面比较出色的人物。老惠勒是个信口开河、很会讲故事的人。在一旁听着他的唠叨，奇怪的是，我一次也没有想着去阻止他，任由他按照自己的思路讲下去——

注释

牧师：新教的神职人员，负责教徒宗教生活和管理教堂事务。

之前，这里曾经住过一个叫吉姆·斯迈利的人，他在1849年的冬天或是1850年的春天来到了这里。我记不清具体的时间了，但是他来的时候，这里的大渠还没有修建好，所以只记得一个大致时间。他是我见过的最古怪的人，不管是什么事，他都喜欢拿来和人打赌。只要他能找到人愿意跟他打赌，他马上就会下注。当然如果赌完了，他办不到打赌时说的话，就会想着和对方交换约定的条件，最后达到皆大欢喜的结果。反正只要能够打赌，对吉姆来说就满意了。

你不知道，他对打赌这件事很上瘾，只要他想赌，没有什么事是他不能拿来打赌的。让人意外的是，他的赌运很好，很多次的赌局都是他赢了。他总是找好机会，等着有人和他赌。① 镇上有赛马，他就找人赌，或者他赢，或者他输。看到狗打架，看到猫打架，看到小鸡打架，他都会找人打赌，看看哪只动物会赢。更有趣的是，看到篱笆上停着两只小鸟，他都会找人打赌哪个先飞走。小镇上举行野营布道会，那更是他常去的地方。就连镇上有名望的沃克尔牧师他都不放过，拿牧师的事情来打赌，他认为有善心的牧师是不会怪他的。② 更厉害的是，比如看到一个金龟子在爬行，他就和别人打赌它什么时候能够爬到目的地。如果有人参与打赌，为了知道输赢，他会跟在金龟子

❶举例

赌马是人们司空见惯的事情，赌狗猫打架也说得过去，可就连篱笆上的小鸟也拿来做赌，说明吉姆嗜赌成性。

❷举例

通过一个具体例子把一个嗜赌如命的赌徒形象刻画得入木三分。这种荒唐而又合理的夸张描写，突出了人物形象，营造出了极强的幽默"笑"果。

注释

布道会：布道原为汉语词汇，指基督教宣传基督的教义。布道会是一种传扬耶稣基督福音的聚会。

5

后面，看它什么时候爬到墨西哥也说不定。不过这都还不能对他产生大的影响，这只是人们在谈论他时提到的一些小事。他真的是什么都拿来赌，当然也会有倒霉的时候。

有一次，沃克尔牧师的老婆生病，而且病得不轻。有一天早晨，吉姆·斯迈利遇到牧师时，询问他老婆的病情。牧师表示妻子好了很多，并说这都是上帝的保佑，才让她慢慢康复。① 斯迈利听完，马上就拿这个打赌："我赌她不会好，永远不会好，为此我愿意出两块半。"

吉姆·斯迈利还有一匹母马，大家都管这匹马叫十五分钟老爷马。这个称号是人们开玩笑时这么叫的，实际上它跑起来比这个快多了。尽管这匹马跑起来不快，而且还有气喘、马腺疫、肺病等毛病，但是它的主人却经常用它来赢钱。比赛时，人们会让这匹病恹恹的马先跑上二三百码，然后再计算时间。但是让参与打赌的人想不到的是，② 这匹马在快到终点的时候，总是会很激动，奔跑速度加快。这个时候它看起来很欢快也很兴奋，一会儿把蹄子腾空，一会儿咳嗽、打喷嚏、擤鼻涕地闹腾一阵才安静下来。但是它总是第一个冲到终点，和斯迈利预计的时间差不多。

吉姆·斯迈利还有一只看起来不起眼的小狗，名字叫安德鲁·杰克逊。看小狗的样子，你会感觉这只狗没有特色，只是凶巴巴的，好像随时会打架，也不值什么钱。但是如果斯迈利和人拿它来打赌，赌它和别的狗打架时谁会胜，那它就不是人们平时看到的模样了。它会龇着牙，伸

❶ 语言描写

在别人生死攸关、命悬一线时，赌徒竟把它当作一件普通的赌事，从中可以看出，即便是人命也远远不及打赌的"乐趣"来得重要。简短的一句话揭露了其扭曲的灵魂。

❷ 场景描写

展现在读者面前的是一匹喘着粗气的老马、得意扬扬的斯迈利、输了赌注懊悔不已的群众。对老母马在比赛中的表现的描述打乱了读者的阅读期待，激发读者去想象。

出下巴，眼睛露出凶光。刚开始的时候，别的狗会想办法用叫声吓唬它，也会咬它，甚至会把它扑倒在地。安德鲁·杰克逊却不急不忙，也没有什么大的反抗。但是等人们不断加钱，把钱都拿出来后，它就开始反攻了。① 安德鲁会紧紧咬住对方狗的后腿弯不放，直到对方狗放弃反抗，认输为止。斯迈利不断拿他的这条狗打赌，次次都会赢。直到有一次，它遇的对手不一般。那次，斯迈利找到一条被圆锯锯掉后腿的狗和安德鲁·杰克逊比赛。像原来一样，等到大家把钱都拿出来之后，安德鲁开始用它最拿手的招数了。这个时候它才发现对方是条没有后腿的狗，它的招数在这条狗的身上完全不管用。② 安德鲁刚开始很诧异，后来就泄气了，最后的结果是它被对方咬得脱了一层皮。这次比赛的结果并不怪安德鲁，是斯迈利没有考虑到它的长处，找了一条没有后腿的狗来打赌。比赛结束后，安德鲁没有一会儿就死了。它本来是一条好狗，要是能够一直活下去，总有一天会出名的，因为它有一定的本事，知道在打架的时候用一定的方法。如果它好好活下去，会是一条人人皆知的好狗，但是它在斯迈利的手中没有得到好机会。现在一想到它在最后一次比赛中被咬成重伤的样子，我就很难过。

除了马和狗，斯迈利还养了一些小猎狗、小公鸡、公猫和其他动物。这些动物让周边的人都不安生，因为无论你有什么东西，斯迈利都会拿出相同的东西来和你打赌。还有一次，斯迈利从外面抓到一只青蛙，将它拿回到自己

❶动作描写 ··········
紧紧咬住对方后腿弯，直到对方认输，这是安德鲁取胜的唯一方法。作者生动的描写和奇妙的构思造就了一个幽默的情景。

❷神态描写 ··········
安德鲁遇到了一条没有后腿的狗后的表情，由"诧异"到"泄气"，预示着它的失败。

家中，说要把它教育成才，并给它起名叫丹尼尔·韦伯斯特。为了教育它，斯迈利再也不干别的事了，连着三个月教这只青蛙蹦跳，没有想到，最后还真让他教成功了。只要斯迈利在青蛙的后面拿东西戳一下，这只青蛙就会在半空中打个转。有时候这个青蛙会翻一个或是两个跟头，最多的时候还会翻四个，然后稳当地落在地上。丹尼尔在斯迈利的训练下还拥有了一项技能，就是跳起来能够捉到苍蝇，凡是从它身边飞过的苍蝇，都能被它抓住。我相信，只要好好训练，这只青蛙就会学到很多技能，办到很多事。有一次，斯迈利把丹尼尔放在我这间酒吧里，然后喊道"丹尼尔，去抓苍蝇"。[①]话音刚落，那只青蛙就跳了起来，把柜台那的一只苍蝇逮住后，又稳稳地落在了地板上。然后它用蛙脚扫了扫自己的脑袋，就像刚才什么事也没有发生，又好像它做的这些是其他青蛙也会的一样，没有什么稀奇的。就这一点来说，我感觉它是一个很谦虚又耿直的青蛙，天赋很高，但是并不张扬。如果要它和别的青蛙比跳远，那一定是它跳得最远。别的青蛙都比不上它，因此跳远算得上是丹尼尔最拿手的技能了。它的主人斯迈利更是看重这点，哪怕身上只有一分钱，他也会拿它的跳远打赌，赌丹尼尔会赢。所有见过丹尼尔的人，即使再见过大世面，也会说它是自己见过的最有本事的一只青蛙，为此斯迈利很是自豪。

这只有本事的青蛙被斯迈利装在一个扎了洞的方匣子里，常常被带到镇上去和别人打赌。

①动作描写
这是每一只青蛙都会的本领。夸张描写表现了故事的荒诞和幽默。

有一天，矿区来了一个外地人，看到了斯迈利和他手里的那个匣子。他很好奇，就问斯迈利匣子里装的是什么东西。

①斯迈利装作漫不经心的样子回答他："这里面装的不是你想象中的鹦鹉，也不是什么金丝雀，而是一只普通的青蛙。"对方拿过匣子看了看，果然是一只没有什么特别的青蛙，更感觉到好奇，就询问它的用途。

斯迈利用平淡的口气说："也没有特别的用途，它和其他的青蛙一样，只不过在卡拉维拉斯县里，这只青蛙是跳得最远的一只。"

那个人不相信，又拿起匣子看，也没有看出这只青蛙到底有什么特别之处。斯迈利接着说：②"你看不出来并不奇怪，那是因为你不了解青蛙。但是我坚信我的看法，如果你不相信，我愿出40元打赌，赌我这只青蛙是全县跳得最远的。"

听到赌约，那个人有点踌躇，表示自己是个外乡人，不了解这里的情况，手里也没有青蛙，没有办法和斯迈利打赌。

斯迈利听到这里，连忙说没关系。他告诉那个人只要愿意打赌，他就能找一只青蛙来和自己的那只进行比赛，看看到底谁跳得更远。斯迈利让那个人等他一会，并把自己的40元钱和装青蛙的匣子交给对方保管，然后就去找青蛙了。

那个人并没有呆坐在那里，而是思考如何取胜。想了

❶语言描写
"漫不经心"的回答，"不是""也不是"几个词透露着斯迈利的奸诈与狡猾。

❷语言描写
斯迈利抓住一切打赌的机会，不用多余的语言掩盖自己的本性。一个"赌"字直奔主题。

✒ 读书笔记

一会儿之后，他把斯迈利的那只青蛙从匣子里取出来，给它喂用来打鹌鹑的铁砂，直到喂不下为止。这个时候，斯迈利正在泥塘里费力地捉青蛙。溅了一身淤泥之后，他捉回了一只青蛙，作为参赛对象。

两个人把青蛙前爪并齐放好，然后准备比赛。斯迈利喊了开始之后，两个人都用手在青蛙的后面碰了一下，让它们跳。斯迈利新捉的青蛙马上就跳了出去，但是丹尼尔却没能跳出去。[①] 它努力地发动着自己的身子，还是没有跳出去，就像被钉子固定在地上一样。

❶ 比喻
比喻的修辞手法，形象地描写出青蛙身体的沉重。

斯迈利感觉到很吃惊，但是又不知道为什么会这样。这个时候，参赛的那个外乡人拿起钱就走。在他走到门口的时候，转过身对斯迈利说，他真的没有看出斯迈利的青蛙有什么特别之处。

斯迈利输了这场比赛，很是不解。他看着蹲在地上的丹尼尔，看了很长时间，自言自语："是什么地方出了问题呢？为什么它跳不起来？哦，它的肚子为什么那么鼓？它吃了什么东西？"

✒ 读书笔记

斯迈利立刻抓起青蛙的腿，感觉它重了很多。他把它掉了个头，青蛙的嘴里马上就吐出了东西，就是那个外乡人喂的铁砂。

看到铁砂，斯迈利立刻就知道是那个外乡人捣的鬼，是他把自己的钱骗走了。斯迈利很生气，马上就追出去，想找回自己的钱。但是那个家伙早就跑远了，连个影子都看不到了。

还没有说完，前面院子里有人叫西蒙・惠勒，让他过去一趟。他起身走的时候叮嘱我，让我耐心坐在那里等他一会儿，他很快就回来。

听了上面惠勒讲的故事，我心里想，① 我在这里再听那个吉姆・斯迈利的故事，哪怕听再长时间，也不一定能够从他的嘴里得到要打听的利奥尼达斯・斯迈利牧师的事情。

我起身向外走时，惠勒回来了。他一再希望我能坐下来和他说话，并且提到那个斯迈利还养着一头黄色的母牛，这是一个独眼的牲畜，尾巴小得像香蕉一样……

还没有等他说完，我就打断了他的话头："我再也不想听关于斯迈利和他母牛的故事了，让这个人和他养的东西见鬼去吧！"然后就和西蒙・惠勒告别，走出了那间小酒吧。

❶心理描写
"我"本是受朋友之托去打听朋友故友的消息，却成了听一位老人无聊地唠叨，构思出人意料，而这唠叨却含义深远。

精华赏析

故事的主人公吉姆・斯迈利对赌博很是"执着"，文中说看到一个金龟子在走，他都要跟人赌，只要有人愿意赌，他甚至可以跟着金龟子去墨西哥。对待事情认真执着是人类的一种美德，但斯迈利的执着却表现在赌博上，他把赌博当作一件正事来做，结果是受人愚弄，输掉了比赛。文中荒唐而又合理的夸张，达到了幽默的"笑"果。

延伸思考

1. 嗜赌如命的赌徒是谁?

2. 跳蛙在赌场上为什么会失败?

3. 人们为什么将斯迈利所养的马叫"十五分钟老爷马"?

相关链接

1848 年，在加利福尼亚州的一个磨坊中发现了金子。随后，这一新闻很快传播开，美国乃至海外的大约 30 万人来到加利福尼亚。这场淘金潮让旧金山成为繁华都市。淘金热使当地人被排挤，土地也遭到破坏，还造成了环境污染。

威尼斯的小艇

名师导读

《威尼斯的小艇》以形神兼备、灵活多变的文句，展示了瑰丽的异国风情与小艇的独特作用。让我们一起看看这些极具特色的威尼斯小艇吧！

① 威尼斯是世界闻名的水上城市，河道纵横交错，小艇成了主要的交通工具。

威尼斯的小艇有二三十英尺长，又窄又深，有点像独木舟。② 船头和船艄向上翘起，像挂在天边的新月。行动轻快灵活，仿佛田沟里的水蛇。

我们坐在船舱里，皮垫子软软的像沙发一般。小艇穿过一座座形式不同的石桥，我们打开窗帘，望望耸立在两岸的古建筑，跟来往的船只打招呼，有说不完的情趣。

船夫的驾驶技术特别好。行船的速度极快，来往船只

❶直接描写

文章开门见山，交代了威尼斯"河道纵横交错"的特点，引出主要交通工具小艇。

❷比喻

这两句运用比喻的修辞手法，把小艇比作新月和水蛇，可见威尼斯的河道狭窄的特点。

❶动作描写

"挤过去""穿过""急转弯"生动地描写了船夫驾驶小艇动作的娴熟，以及河道的拥挤程度。

❷静态描写

通过水面沉寂、月影摇晃、小艇静寂等描述，展现出一幅温馨、优美的静态美。

很多，他操纵自如，毫不手忙脚乱。① 不管怎么拥挤，他总能左拐右拐地挤过去。遇到极窄的地方，他总能平稳地穿过，而且速度非常快，还能急转弯。两边的建筑飞一般地倒退，我们的眼睛忙极了，不知看哪一处好。

商人夹了大包的货物，匆匆走下小艇，沿河做生意。青年妇女在小艇里高声谈笑。许多孩子由保姆伴着，坐着小艇到郊外去呼吸新鲜的空气。老人带了全家，坐着小艇去教堂祷告。

半夜，戏院散场了。一大群人拥出来，走上了各自雇好的小艇。簇拥在一起的小艇一会儿就散开了，消失在弯曲的河道中，远处传来一片哗笑和告别的声音。② 水面上渐渐沉寂，只见月亮的影子在水中摇晃。高大的石头建筑耸立在河边，古老的桥梁横在水上，大大小小的船都停泊在码头上。静寂笼罩着这座水上城市，古老的威尼斯又沉沉地入睡了。

精华赏析

文章中小艇是主角，小艇的主要功用就是人们的交通运输工具。既然主要功能是交通运输，不停地动便是表现它的恰当形式。所以作者很好地抓住了这一点，运用大量的动态描写去表现小艇的各种动，从而表现出威尼斯这座城市的灵动、鲜活、旺盛的生命之美。

延伸思考

1. 文章围绕小艇写了哪几方面的内容？
2. 威尼斯的小艇都有哪些特点？

相关链接

　　威尼斯是意大利北部的著名城市，始建于公元 6 世纪，10 世纪末成为地中海区贸易繁荣的城邦国家之一。它位于欧洲亚得里亚海滨，周围被海洋环绕，由 118 个岛屿组成，只有西北角一条长堤与大陆相通，所以有着"因水而生，因水而美，因水而兴"的说法，同时也享有"水城""水上都市""百岛城"等美称。威尼斯全城有 117 条纵横交错的大小河道，靠 400 多座桥梁把他们连结起来。威尼斯城内没有汽车和自行车，也不见红绿交通灯，小艇就是"公共汽车"。威尼斯的小艇同样闻名于世。

火车上的食人事件

名师导读

"食人"，骇人听闻的词语在马克·吐温的作品中并不鲜见。他总是用这样看似夸张的描述精准地揭示人性和社会中被人们忽视的一面。那么火车上的食人事件又是怎么回事呢？

有一次，我坐火车去圣路易，在印第安那州特尔霍特换车的时候，遇到了一位四五十岁，很面善的绅士，他正好上车成为我的邻座。我们两个人愉快地聊起天来，内容涉及的范围非常广。① 从谈话中我发现，我的邻座是一位很有见识的人，对首都华盛顿各种各样的政治生活都非常熟悉，国会中许多议员的个人特点以及做事方法他都很熟悉。我们两个人在说话的过程中，有两个男人走过来停在我们旁边聊起了天。其中一个对另一个叫哈里斯的人说，让他替自己办点事儿，并且说会一直记得他的。

❶直接描写

谈话使作者了解到邻座的绅士不是普通人。他不仅学识渊博，而且似乎对国家政治无所不知。

16

听了两个人的对话后，和我聊天的这位旅客表情出现了变化：<u>①一会儿欣喜，好像对方的话让他想起了什么高兴的事；一会儿又有点思虑重重，看起来有点不太开心。</u>然后他对我说要讲一个故事，告诉我一件他从来没有向别人说过的事情。他还让我耐心听，不要打断他讲故事。

旅途无聊，我正好可以用他的故事来打发时间，因此我对他的要求满口答应。然后他就用各种丰富的语气开始给我讲下面这个故事。在讲述中，他的情感出现过各种变化，可以说是用真挚的感情来回忆这件事的。

"我永远也忘不了那一天，1853 年 12 月 19 日，我从圣路易乘坐火车去芝加哥。当时火车上一共有 24 名成年男性乘客，在漫长、寂寞的旅途中，大家没有多长时间就热络起来。人们都感觉这是一次愉快的旅行，谁也不会想到接下来要发生的事情有多么的恐怖。

"到了晚上 11 点之后天空下起了大雪，火车在离开一个叫韦尔登的小村之后，就进入了大草原。大草原茫茫无际，连个人烟都没有，最前方一直到了朱必利定居点。<u>②外面呼啸的狂风吹过草原，这里没有植被，也没有起伏的山丘，纷纷扬扬的雪花被风吹得很凌乱，就如同大海中溅起的浪花。</u>因为雪越下越大，火车轨道上有了积雪，因此车开得越来越慢，这说明前面的火车头在大雪中行驶越来越吃力。肆虐的狂风把雪吹到了轨道上，堆成了一个个雪堆。这时车厢里的旅客也没有了聊

❶神态描写············

"一会儿……一会儿……"一个人在很短的时间里有着两种截然不同的表情，这个人的情绪不同于常人。

🖋读书笔记
_____
_____
_____
_____
_____
_____

❷景物描写············

为后文火车在暴风雪中遇险埋下伏笔。

天的兴致，外面恶劣的天气让他们出现了焦虑的情绪。他们担心火车被大雪困在这荒无人烟的草原上，这里连个住户都没有，更没有救他们的人。想到这样的结果，大家的心情很沮丧。

"到了凌晨两点，火车停下来不动了。睡梦中的我一下子醒了过来，我意识到火车已经被大雪包围了。这个时候有人喊：'我们必须出去自己救自己！'车厢里的人都赞成这一决定，然后集体出去铲雪。火车外面是黑茫茫的一片，大风夹杂着大雪不断吹过来。看到这种情景，所有人都知道，如果不赶快把雪铲开，火车将会被吞没，整个车厢的人也会有性命危险。如果你在现场，你会看到，① 二十几个干得发狂的身影正与堆得越来越高的雪堆做斗争。雪堆上半截在车头大灯的照射下反着亮光，而下半截则隐没在黑暗中。

② "拼命地铲了一个小时后，我们绝望地发现这是白费功夫。前面的轨道上有十几个雪堆，它们把前面的路堵死了，而我们这些人只不过才把其中的一个刨完。更让我们绝望的是，火车头主动轮的纵向轴断了，这说明火车已经没有办法开动。一时间，失去信心的旅客们回到了车厢，讨论接下来怎样应对目前的处境。因为火车里有木头，所以大家不会被冻死，但关键是车里没有吃的，大家会挨饿，这是最让人郁闷的问题。这时候列车员告诉大家，③ 即使有人愿意徒步走上 50 英里去求救，这样的天气只会让求救的人送死；就是找到了救援的人，对方也

① **场景描写**

描写了火车被暴雪逼停在荒原后，车上人员奋力自救的场面。

② **概括描写**

火车前进的路被雪堆堵死，人力无法铲除，而在这样的情况下火车的轮轴又断裂了，他们被困住了。

③ **假设句**

列车员列举了人们能想到的两种求救假设，结论都是只能坐等有人来救援，但希望是那样渺茫，这让乘客觉得陷入绝境。

不愿意在这样的天气里来搭救我们，这个结论让我们听了更加沮丧。列车员的话，让我们知道了目前的处境：不是有人救我们，就是我们最后饿死。我们只能把希望寄托于老天爷了，想到这里，所有人的内心马上变得冰凉。

✎ 读书笔记

"在讨论无果的情况下，所有乘客渐渐失去了想办法的热情，最后变成了各种窃窃私语，话题还是围绕着火车遭遇到的情况。车厢外面狂风的声音时不时传来，车厢里渐渐安静下来的氛围让人想到了睡觉，觉得这样就可以忘掉眼前的灾难。

"这是一个很漫长的黑夜，因为大家对前途并不知晓。在无望的等待中人们迎来了黎明，车厢里的旅客们开始苏醒，慢慢活动着身体，以显示自己还活着。每个人都把睡觉时拉下来的帽子重新扶正，再活动活动自己的胳膊与脚，最后把自己的眼睛转向了车厢外面。① 等他们转头看向车窗外面的时候，被惊呆了：外面是白茫茫的一片，任何生命活动的迹象都没有。大雪已经停了，但是大风把雪片吹得四处飞扬，就如天空依旧在下雪一样。在这样的情况下，人走不出去，也没有人能够来救我们，大家都尽量少说话，只在心里思考面前的问题应该怎么办。在这样的情况下，我们依旧饿着肚子又度过了一个难熬的晚上。

❶场景描写
　　车窗外的景象使人们的心情更加沉重。

"夜晚过后又是天明，又过去一天。大家已经饿得有些悲哀和绝望了，在没有希望中等待着现在根本不可能到来的救援者。又一个无法安宁入睡的夜晚到来，人们只能在睡梦中大吃大喝，但是醒来却发现自己正在被饥饿折磨着。

❶神态

生动描绘了饿了五天后，人们被饥饿折磨的样子。

"第四天、第五天在绝望的等待中又过去了。第五天的时候，人们已经被饥饿折磨得心理发生了变化。①大家眼睛里露出的凶光预示着有什么样可怕的事情要发生了，每个人的心里都有了一些想法，只是还没有人提出。

"到了第七天，人们已经饿得看到了死亡的影子。人们的想法已经到了非说不可的时候了，好像每个人一张口，心里的想法就会被说出来。人的本能已经把这个想法激发出来，不说不行了。这时终于有人站了起来，是来自明尼苏达州的理查德·H.加斯顿。他身材高大，但是此时脸色很不好。从他严肃的表情里，大家知道要有事情发生。所有人都有了心理准备，其他的一切感情在这里已经不再起作用，人们的眼睛和脸上都浮现出平静和严肃的表情。

❷语言描写

理查德的话传达了凶残的食人事件就要开始了。

"他说的话代表了大家的心声：②'先生们，时间很紧迫，人只能忍耐七天的饥饿，最后的时间已经到了。现在大家需要决定，我们这些人中必须有人牺牲自己给其他人当食物。'

"他的话音才落，其他的人纷纷站起来提出自己心目中的那个人选。

"来自伊利诺伊州的约翰·J.威廉斯提议田纳西州的詹姆斯·索耶牧师做这个人选。

"来自印第安纳州的威廉·R.亚当斯先生提议纽约州的丹尼尔·斯罗特做这个人选。

"查尔斯·J.兰登提议来自圣路易州的塞缪尔·A.鲍恩做这个人选。

"斯罗特先生提议的是来自新泽西州的小约翰·A.范·诺斯特兰德做这个人选。

"加斯顿表示和斯罗特的提议一样，但是这个提议遭到了范·诺斯特兰德本人的反对，因此斯罗特的建议没有被采纳。前面被推出的两个人也都表示反对，因此提议没能被通过。

"来自俄亥俄州的A.L.巴斯科姆建议不用再进行这种提名，应该进行投票选举。

"曾经被提做人选的索耶牧师对这两种方式表示了抗议，他建议先选出一个会议主席，再找出几名干事协助他工作，然后再开始商量这件事。

"而来自依阿华州的贝尔表示，①现在这个时刻已经不是再采用什么仪式的时候了，大家已经七天都没有吃任何食物了，讨论只会浪费时间，还会让我们更加痛苦。上面提出的人选我都表示同意，应该立即从刚才推选的人中选出一两个人马上做成食物。

"他还想提出建议，但是话头被加斯顿打断，认为贝尔的说法不仅没有人会赞同，而且还会延误时间。

"范·诺斯特兰德插话说自己与其他人只是萍水相逢的关系，没有这样的义务。

"来自亚拉巴马州的摩尔根紧跟着提议用投票的方式，决定是否辩论提出的方案。

❶ **直接描写**
七天没有进食的人们已经变得穷凶极恶了。

注释

萍水相逢：比喻不认识的人偶然相遇。

21

"摩尔根先生的建议被大家采纳，辩论暂时告一段落。表决提案里，先选举干部的那个提案被通过。大家选举加斯顿先生当选为委员会的主席，选举布莱克先生当选为委员会的书记，另外三个人鲍德温先生、戴尔先生和霍尔科姆先生被提名为委员会的委员，另外大家还提议R.M.霍兰先生为操办伙食的人选，主要任务是协助委员会进行遴选。

"委员会选举出来后，大讨论结束了，被选出的干部们先召开了一个会议。之后再次召开全体成员参加的会议，会上宣布了委员会讨论的结果，把路易斯安那州的卢西恩·赫尔曼先生、科罗拉多州的W.梅西克先生和肯塔基州的乔治·弗格森先生提为候选人。这个提议被大会所认可。

"这时来自密苏里州的罗杰斯又提议对刚才的报告进行修正，用来自圣路易州的卢修斯·哈里斯来代替报告中提到的赫尔曼。他还提到哈里斯是人们心目中共同的选择，但这并不是贬低赫尔曼的人格，他是一个让人敬仰的人，不选他的原因是在过去的一周内，他因为挨饿瘦得非常厉害，身上已经没有太多的东西了。罗杰斯认为委员会对这样的事情视而不见是没有尽到自己的责任，而且有可能是故意这样做的，让大家把目光放在一个可敬的绅士身上。虽然这个没有错，但是他作为食物确实没有什么'货'。

"委员会主席这个时候说话了，他不允许有人对刚才的报告表示怀疑，要是有人提出自己的意见，也必须严格按照正常程序。他又问'议会'其他成员对罗杰斯的提议怎么处理？

"来自弗吉尼亚州的哈利戴表示，他希望对报告做修正，由来自俄勒冈州的哈维·戴维斯取代报告中提出的梅西克。他指出戴维斯虽然看起来糙一点，但现在不是挑选精致物品，也不是过多计较的时候，谁的分量重、块头大、油水又多，才是人们关注的。他表示现在不需要有灵性的人，也不需要天才，更不需要受过教育的人，因此他坚持自己的提议是对的。

"他的话音刚落，一位叫摩尔根的人激动地说：'我对他提出的建议强烈反对。① 来自俄勒冈的戴维斯从年岁上来说太老了，虽然他看起来块头比较大，那也只是骨头大而已，没有多少肉。现在大家不需要喝汤水，而是需要真真切切地吃顿饱饭。所以来自弗吉尼亚的这位先生在骗我们，让我们听风就是雨，他在用一个华而不实的人来嘲弄我们！他应该看看我们每一个人脸上露出的焦虑情绪，也应该注意到我们眼中流露出的忧伤，更应该听听我们每个人的企盼，那他就不会用一个已经被饥饿折磨得骨瘦如柴的人硬作为我们的粮食。他难道没有考虑到我们艰难的处境，难道想不到我们这几天是如何挨过的，更甚者他难道不去想我们是不是还有光明的未来？却还要欺骗我们，非要把一个看起来块头大，实际上已经饿得发晕，连肉都没有的人来替换别人，这是在糊弄人，我坚决不同意！'

读书笔记

❶肖像描写⋯⋯⋯⋯
　　粗略地描述了一位身材高大却很瘦弱的老年人的形象，给人的感觉是那样悲哀。

他的发言得到了大家的热烈鼓掌，表示赞同。

"在大家讨论并表决后，摩尔根的提议没有被通过。全体人又对罗杰斯的提议进行了表决，经过了六次投票后，最后以哈里斯一人反对，其他人全体赞成而通过。还有人提议对哈里斯的当选进行鼓掌，但是因为他本人反对此提议没有被通过。

"关于候选人的问题确定后，一位叫拉德威的先生提议，从三个候选人中选出一个人作为大家的早饭，这个提议被通过。

"关于这个提议的投票出现了僵持现象，一半人推荐其中年轻的一位，另一半人推荐个头大的一位。最后决定性的一票来自主席，他把票投给了个头大的梅西克先生。这个投票结果让另一半投弗格森的人感到不满。有人要求重新投票，但是有人提议应该先休会，这个建议被通过，大家先解散了。

"准备吃饭的时间到了，原先支持弗格森的一些人注意力被分散。等他们希望再讨论此事时，听到哈里斯已经准备好成为大家食物的消息，之前的不满意都没有了。

❶ 心理描写

在生死面前，车上这群人展示了人性的丑恶，饥饿时连自己的同类也不放过。人们热情期待的晚餐，让幽默的讽刺带着血腥之气。

"其他人把车厢里的座位变成了吃饭的餐桌，每个人都感谢上帝的眷顾。在这备受折磨的七天中，大家在梦里期待的'丰富''精美'的晚餐已经出现在所有人面前。我们的心情已经和几个小时前不一样了。❶原来已经绝望，已经被饥饿折磨得很痛苦，但是现在大家充满了感激，对未来也充满了期望。我感觉这是我不平凡人生中最开心的时刻，虽然外面依旧大风呼啸，雪花飞舞，但是外面的严寒已经阻挡不了车厢中人们的热情。① 我喜欢来自圣路易州的哈里斯，因为他的肉很对我的胃口，当然他也可以被煮得更好吃一些。梅西克的肉也不错，但是不如哈里斯的肉有营养和细嫩。让梅西克当早饭不是一个好想法，因为他身上并没有多少肉，就如一具木乃伊一样，并不让人如意。"

这个时候我想插句话："你要给我描述的是……"但是被他打断了。

"先让我把故事讲完。吃完早饭后，我们又讨论决定把来自底特律的沃克当其他人的晚餐。这是一个不错的人，我会一直怀念他。他被煮得很嫩，口感不错。

"第二天早上，来自亚拉巴马州的摩尔根被当成了早餐。这个人很不错，有学识、有教养，而且长得很不错，是一个完美的绅士，当然身上的油水也很多。晚饭我们享用了来自俄勒冈的哈维·戴维斯，他看起来有'货'，实际上却是一个又老又瘦的骗人家伙。

"这一餐我没有吃，对其他人说要等下一个当选人。来自伊利诺伊州的格兰姆斯刚也对我的说法表示赞同，希望大家选出一个'有用'的人。

"事实证明，我和格兰姆斯刚说的话得到了其他人的响应，他们都对来自俄勒冈的戴维斯的身材不太满意。然后我们又进行一次推选，大家同意来自佐治亚州的贝克尔充当这个角色。选择他的原因是，看上去他应该能满足大家的

❶ 语言描写

乘客冷静地评判着吃掉的每一个人，就如评论的是我们平常餐桌上的食物，没有愧疚，没了人性。

✒ **读书笔记**

胃口。贝克尔之后，还有霍金斯、麦克罗伊、彭罗德、史密斯、贝利等人会一个个入选。之后还有一个印第安的年轻人，一个在街头演奏手风琴卖艺的人，还有一个名字叫巴克明斯特的人依次入选。最后是个绅士，但是和大家的关系一般，也不合群，拿他做成早饭也不见得合我们的胃口。我们在选中他之后，营救队来了，这让我们看到了获救的希望。"

✒️ 读书笔记

"你们终于等到了营救队的来临？"

"是的。那是一个天气不错的早上，我们刚刚选举出谁来做成早餐，他们就来了。最后选出的这个人叫约翰·墨菲，要是把他做成早餐一定不错。不过营救队来了，他没有把自己献出去，而是坐着营救我们的火车回去了。他获救后找到了哈里斯的遗孀，然后和她结了婚。"

"那是谁的妻子？"我提出了疑问。

❶语言描写
吃了人肉，又娶了人家的妻子。这妻子嫁给吃了自己丈夫的食人者，讽刺意味更进一层。

① "第一个被我们选出做成早餐的人。墨菲找到了他的妻子，然后和她结婚。现在他们两个人过着不错的日子。你看，我所经历的事情多么富有传奇色彩，就像一本写在小说中的故事。我的目的地到了，要下车了。我很喜欢你，对你有好感，就像当初喜欢那个哈里斯一样。"话说完后，他又祝我一路顺风，然后下了车。

❷心理描写
听了食人故事，作者迷惑、痛苦、恐惧，而最让作者恐惧的是讲故事的人。

② 这个奇怪的乘客走了，但是我的心却不能平静下来，反而多了恐惧、痛苦和迷惑。我由衷地为他的下车而高兴，虽然他看上去像个绅士，但是看到他的眼睛我就害怕，因为我感觉那是一双饿狼的眼睛。尤其当他说到喜欢

我，对我有了好感，而且像喜欢哈里斯一样喜欢我时，我的心脏因为害怕差点停止了跳动。

我的困惑不可名状。他的话让人听了之后会深信不疑。但是他说的那些让我感到害怕的细节让我很惶恐，让我心乱想不明白。我看到列车员不断地在看我，就问他和我说话的那个人是谁。

读书笔记

列车员说："这个人曾经是国会里的议员，而且还很不错。他在坐火车的时候曾经被大雪困住，好几天没有吃东西，马上就要被饿死，他的身体也冻僵了。几天的饥饿对他的身体损耗太大，病了两三个月，精神发生错乱。后来他被治好了，但是思想变得偏执。他还经常和别人提到那次事件，每一次都讲到把别人全吃光了才罢休。刚才如果他继续讲下去，那一车人就会被他说得全被吃光了。这个人每次坐车，一定会在这里下车。他把当时火车上的人的名字都记得很清楚，每次讲到火车上的人都被吃光了，只剩他一个人时，他就会说：'应该选举谁当早餐了？如果大家不反对，我便当选了。当选后，由于没人反对，我就推辞了，所以我现在依然还能活着。'"

① 原来我遇到的是一个精神不正常的人，听到了一个脑洞大开的恐怖故事。幸好这只是幻想出来的食人故事，在现实生活中并没有发生。我现在可以长长地舒一口气了，感觉整个人都变得轻松了不少。

❶直接描写

文章结尾揭示出这仅是一个恐怖故事，读者悬着的心可以安放下来了。

注释

国会：美国国会最主要的功能是立法，制定影响每一个美国人的法律。

精华赏析

　　"我喜欢哈里斯，他也许还可以煮得更好一些"，"他很不错，我将永远怀念沃克。他煮得嫩了点儿。"讽刺当时美国国会制度之弊。

延伸思考

1. 小说中讲故事的人是什么身份？

2. 故事中火车遇险是什么时间？

3. 小说中讲述的火车上的食人事件是真的吗？

相关评价

　　作者对19世纪末到20世纪初美国政客之鄙与选举政治之弊进行了讥讽。以相当冷峻的笔调揭露了资本主义扩张时期，美国的社会财富迅速地积累，而人性这一理念却显得苍白而脆弱。

我最近辞职的事实经过

名师导读

在读者看来，马克·吐温幽默、滑稽、诙谐、夸张，可又蛮真实的，有时还带点刺儿。《我最近辞职的事实经过》就是其代表作之一。

我把工作辞掉了。没有了我这个人，政府的工作也没有停止下来，但至少没有了我的参与。我原来的工作是为参议院贝类委员会当文书，现在我已经不是其中的一员了。① 辞职的原因是，我很清楚地知道，其他人也知道，他们并不想让我参与讨论国家的重大事件。对于在这个位置上的我来说，这是很丢面子的事。我只干了六天，但是这六天我遇到的每一件事都很气人。如果让我都说出来，我可以出一本著作了。

我是被他们指定当贝类委员会文书一职的，但是却不被允许与抄写员一起打台球。不打台球气氛会不热闹，但

❶直接描写
文章开头点题，说明"我"的辞职事实上是被迫之举。

我还能忍受，只要内阁其他人给予和我身份相符的平等待遇，我是不会这么失望的。但是他们从来没有高看过我。在工作中，如果我发现一个部门的领导者颁布的政策是不对的，我就立刻去找他，指出他的错误，帮他纠正，我认为这是我的职责所在。但是没有人把我的这种热情当一回事，更没有人感谢我。有一次，我想好了最好的建议去见海军部长，对他说："我感觉法拉库特海军上将现在在欧洲很闲，如果他不带兵打仗，就让他回国。带领舰队去旅游，很浪费国家的钱。虽然我也支持军官们合理的要求，也就是少花钱去旅游，但是他们现在去密西西比河上乘木排更好……"

你不知道当时海军部长听完我说的话，发了多大的火，好像我犯了多大的罪一样。不过我没有放在心上，我是在为国家的钱而考虑。军官们乘坐木排旅游，不花什么钱，又能不受别人打扰，多么好的方式。

后来海军部长问我是谁，我说我在政府上班。他又问我是干什么的。我很奇怪，我和他同在政府部门工作，他竟然不认识我，还问这样的问题。虽然我这样想，但是我还是回答，自己任参议院贝类委员会的文书一职。[①]他听完后对我发了更大的火，然后让我立刻滚出他的房间，以后只做自己的工作，不要管别人的事。我一听真想把他的官职撤掉，后来又想想，撤他的职还要惊动很多人，而且

读书笔记

❶直接描写……
一个"滚"字是对我的职位的完美揭示。

注释

内阁：政府最高级官员代表政府各部门商议政策的组织。

我从中得不了利益，还是算了吧，就没有把他撤掉。

我又转去找作战部的部长。只是人家根本不想见我，虽然后来他知道我和他一样在政府当差。我不罢休，因为没有什么要紧事，我也不会找他。我趁他出来抽烟的时候向他借火，紧接着我就表示，他提出关于李将军和其战友假释的报告，我没有异议。我把话题一转，告诉他我不同意他关于对付印第安人的作战方案。我告诉他这么打兵力就分散了，应该用一部分兵力把印第安人吸引过来，等他们来到一个不错的地方时，对他们开展集体屠杀。我还表示，要让印第安人降服，就得靠大屠杀。我还想，如果他否决了我的大屠杀方法，我就告诉他另一个好方法，就是利用肥皂和教育的方式。当然这个方式不如大屠杀见效快，但是从根本上来讲，他们又能长久让印第安人降服。道理很简单，杀不完所有的印第安人，他们还会反抗，但是如果在思想和生活上控制他们，最终会让他们归顺。我想到的这个办法是从基础部分摧毁他们，打中他们要命的地方。最后我强调，现在正是对破坏平原的印第安人残酷打击的时候，用教育和肥皂惩罚他们，他们会被打败的。

① 听完我的话，作战部部长询问我是不是内阁的成员，我回答是。他又问我是干什么的，我告诉了他，然后

🖋 读书笔记

❶ 间接描写
这是在"我"想办法见到作战部长，告诉他"我"和他不同的作战方案，并且知道"我"的身份后受到的"待遇"。

注释

印第安人：对除因纽特人外的所有美洲土著的统称，并非一个民族或种族。

他就下令逮捕我，罪名是对法庭不尊重，并限制了我一天的自由活动。

①受到如此的打击，我有点受挫，不想再管政府里的事了。但是一想到自己身为政府人员的职责，我又不能不管。

我又拜访了财政部长，当他问我要喝点什么时，我有点意外，还是要了甜酒。然后他问我什么事，并让我说得简短一些。

他的态度和之前的两位不同，我很意外，但是我不计较，因为正事才要紧。我诚恳地告诉他，他之前做的报告很长，这是在浪费别人的时间，完全没有必要。我还说他的报告没有什么结构，更没有描写这样的手法，没有加入诗歌，甚至连感情、主人公、情节、插图、木刻什么的都没有。我告诉他这样的报告没有人会愿意看，因为太枯燥了。如果他想在文学上有所造诣的话，在写报告时应

该有一定的花样，不能太枯燥。②我还指出了日历片受大众欢迎的原因，就是因为有诗还有谜语，如果他能在财政报告里放进谜语，就可以卖出去很多本，而且也比报告里的国内税收项目要有趣。我说完自己的建议后，财政部长也发了很大的火。他还骂我和驴一样蠢，并且警告我如果再来对他的工作指手画脚，我就会被扔到窗户外面。我告诉他，我在政府的职务赋予了我这个权利，如果从别人那里得不到相应的好待遇，那我还不如辞职回家。我心里清楚，他们这样的人就如同第一部著作即将发表的新作家，自以为是，给他们提点建议都不能忍受。

在担任政府职员的时候，我不断履行自己的职责，但是效果都不理想。我做的每一件事都是为国家考虑的，是为了整个国家好。我感觉自己很委屈，也很痛苦，这样下去我会想出对国家不利的观点来。而且我感觉，不管是作战部长、财政部长还是我找过的其他官员，他们根本不想让我在政府工作，早就想把我赶走。

我在当文书的时候，只参加过一次内阁会议，就这一次我就忍受不了了。在白宫负责看门的那个人看起来不想让我进去，等我问他内阁的人都到齐了没有，他表示都来了，我才走进白宫。内阁成员看到我之后，没有一个人站起来邀请我坐下。他们看到我很吃惊，就如同看到了不认识的人。

总统询问我是谁，我把写有"参议院贝类委员会文书马克·吐温"的名片给了他。他仔细打量着我，感觉就像不认识我。

①财政部长对大家说："他就是那个让我在报告里加入诗句和谜语，把报告做成日历片的那个蠢驴。"

作战部长告诉大家："他就是那个爱幻想的人，是他告诉我，用屠杀和教育的方法来征服印第安人。"

海军部长告诉大家："这个人在周三干扰我的工作，告诉我，法拉库特上将带领整个舰队去旅游了，建议我让海军去坐木排，又省钱还能看风光。你们听听他的话是不是太荒唐了。"

听了他们的话，我反驳："先生们，你们在对我做的

❶语言描写
三位部长嘲讽了"我"荒诞的提议。

每一件公务进行抹黑，而且你们根本不想让我参与国家大事的讨论。就像今天这样的会议，竟然没有人通知我。我是通过一个偶然的机会，才知道要开内阁会议的。我想再确定一下，现在开的是内阁会议吗？"

总统表示肯定后，我立刻表示大家要赶紧讨论重要的事情，不要再浪费大家的时间，也不要去揭别人的老底。

国务卿说话了，他首先表示我的想法错了。[①] 他说，参议院里各个委员会的文书并不是内阁的成员，就如同给国会看门的人也不是内阁成员。国务卿还表示，虽然他们希望在讨论国事的时候听取我的意见，但是国家的法律是不允许的。他还提到，万一遇到什么不好的事，我会难过，但是我用自己的行为制止过一些事，已经是对我的安慰了。最后他对我说再会，让我离开。

国务卿的这些话说服了我，让我的心里很舒服，也得到了安慰，然后我就离开了。但是等我回到办公室，刚学着议员们把脚跷在桌子上时，一位贝类委员会的议员冲了进来，质问我一天都去了哪里。

我告诉他自己去参加内阁会议了，他并不相信，问我干了什么。

我告诉他自己是给内阁出谋划策去了，并且说我的行为说到底也是与他有关的。他听完后不但没有赞赏我，还非常无礼地批评了我。最后他说他找了我三天，让我为他

❶直接描写

国务卿通过打比方的方式让"我"明白了"我"的职位低微，根本无权参与国家大事。

🖊 **读书笔记**

_____

_____

_____

_____

注释

国务卿：美国国务卿是美国国务院的首长。

抄一份关于炸弹之类的文件，可是谁也找不到我。

他的话让我很生气，如果我按他说的话去抄什么文件的话，我的背估计都会被压折了。我告诉他，我一天挣六美元不是为了抄文件的，如果他真觉得我只是来抄文件的，就去请别人来当这个文书，我不做什么党派的抄写奴隶，这样会使我的身份被降低。我请他收回我的这个职位，如果不是我想要的，我宁愿放弃。

从说完这句话起，我就不再是政府的一员了。我在那个职位上受冷落，还被内阁成员嘲笑，连我的上司——委员会主席都训斥我。我在他们的迫害下，只好辞去我的工作，不能再为祖国效力了。

我要离开自己的岗位了，但是我曾经为国家出过力，我需要报销一些费用，为此我写了一份报告。

参议院贝类委员会的文书向美国政府提呈的报销清单：

① 向作战部提出建议酬劳 50 美元

向海军部提出建议酬劳 50 美元

向财政部提出建议酬劳 50 美元

向内阁提出建议酬劳免费

去耶路撒冷的差旅费，因为路途中经过了埃及、阿尔及尔、直布罗陀海峡与卡迪斯，一共走了 14000 英里，如果按每英里 20 美分来计算的话，一共需要支付 2800 美元。

担任文书的薪金：一共做了 6 天，每天 6 美元，共计 36 美元。

需要支付的费用共计 2986 美元。

❶列举

辞职后的"我"列的报销清单和"我"实际得到的报酬相差太远，因为前面几项是"我"在自己职责之外做的无用的工作。

这个报告呈上去之后，除我工作了六天的工资 36 美元付给我之外，其他的费用都没有给我。我去找财政部长，他把我列出的其他费用都画掉了，然后在清单边上写了两个字："不准"。看到这样的结果我很痛心，政府居然会赖账不给，这个国家没有救了。

我在政府工作的经历结束了，文书一职谁愿意做就去做，反正我不想做了。[①] 我已经了解到，政府各部门的文书是不会知道内阁会议什么时候举行的；如果他们对国家政治、经济、军事方面有什么建议，也不会传达到国家领导人那里，就好像他们不在政府部门工作一样，但是他们却是天天都在办公室努力干活的人。这些人知道自己做的事对于整个国家来说十分重要，这种感觉在不自觉中就会表现出来。比如他们到饭店吃饭，从点菜时的神情就可以看出来他们是做什么的。

我知道一个部门的文书，他每天的工作是把报纸上重要的内容剪下来，然后再贴到一个本子上，忙的时候一天要贴八到十张。虽然他做得不好看，但是他拿出了最大的本事去贴。这样的事情最费力，因为会慢慢磨灭你的智慧。这个文书一年只挣到 1800 美元，要是他去别的行业找工作，一年怎么也能挣几千美元。但是他并没有这样，因为他心里有这个国家，因此甘心为国家去剪报纸，把内容贴到剪贴簿上去。我还知道其他的几个文书，他们的文笔并不怎么样，但是只要国家需要，他们就尽最大努力去写东西。每天兢兢业业，也只为了一年 2500 美元的工资。甚至有时候他们写出的文章还需要别人来重写，因为已经尽力了，国家就不能再批评人家写得不好。还有一些文书，在自己的职位上没事可做，就天天等，等到什么时候国家需要，他们就会努力去效力。但是国家只给这些人一年2000美元的工资，真是太少了，他们的遭遇太惨了。

① 如果国会里一位议员，他的朋友很能干但是找不到工作，不能为国家效力，这个议员会想办法让他做一个文书。这个朋友一辈子都是政府的奴隶，而这个议员并没有去替朋友考虑，也没有从国家的角度去思考，只为了一年2000多美元的工资。如果我把自己熟悉的部门文书的情况一一列举出来，比如哪个文书做什么工作，工资是多少，大家就会发现，政府所需要的文书还差一半人呢。当然大家也会清楚地看到，他们所拿到的工资比起他们干的活来也差一半呢！

❶直接描写········
　　文书一职可有可无，不是"我"认为的那么重要。

✎ 读书笔记
————————————
————————————
————————————

精华赏析

　　"我"在短短六天的从政生涯中，先后向海军部长、作战部长、财政部长提出了自己的见解，也先后遭到他们的训斥、嘲笑甚至逮捕，只能以辞职结束"我"的文书生涯。作品幽默地讽刺了当时美国政府部门充斥着无所事事的冗员等社会现象。

延伸思考

1. "我"向海军部长提出自己的见解后受到了什么待遇?

2. "我"每天的薪金是多少?

3. "我"担任文书一职多久了?

相关链接

美国国会的主要任务是立法。法案经两院通过后交总统签署,总统不否决,或否决后经两院三分之二的议员通过,就正式成为法律。国会两院由议长主持工作。众议院议长由全院大会选举产生,副总统是参议院的当任议长。两院都设有许多委员会,还设有由两院议员共同组成的联席委员会,国会工作大多在各委员会中进行。一个议案提出后要经过委员会审议、全院大会审议等程序。一院通过后,送交另一院,依次经过同样的程序。

田纳西的新闻界

名师导读

　　田纳西的记者们总是喜欢热闹和惹是生非。他们不惜花费大量时间和笔墨侮辱别人，甚至摧残别人的身体，最终达到置对方于死地的目的。

　　记者称孟菲斯《雪崩报》的总编辑为"过激派"，当事人是这样回应的：①"当他还在写头一句话的时候，写到中间，加着标点符号，他就知道自己是在捏造一个充满无耻作风、冒出造谣臭气的句子。"——《交易报》。

　　医生说南方的气候对我的健康有益，因为这个原因，我就去了田纳西，并担任《朝华与约翰生县呼声报》的编辑。我上班的时候，看见主笔先生斜靠在椅背上，神情闲

❶语言描写

　　小说一开头就充满了火药味，借一记者对不同派别的编辑进行毫不留情地攻击，引出了"我"不同寻常的编辑经历。

注释

编辑：是一种工作，也是一类职业身份。指对资料或现成的作品进行整理、加工，包括文字、图像、录音、录像、多媒体生成处理等。

❶场景描写

揭示编辑部环境有点糟，工作也不顺利。炉子在这也不是多余之笔，是为后面故事的发展埋伏笔。

❷外貌描写

讲究的服装与有褶皱的衬衫、旧款式形成对比，揭示出主笔先生的境遇并不是很好。

逸。① 房间摆放着一张松木桌子和一把残废的椅子，桌子和椅子上面都铺满了报纸和剪报，还有未完成的原稿。有一只盛着沙子的木箱，里面丢了许多雪茄烟头。对了，还有一只火炉，火炉上面有着一扇上下开关的门。② 主笔先生身着黑布上装和白色裤子。脚上穿着皮鞋，看上去，他的鞋很小，但擦得很亮。他穿着有点褶皱的衬衫，戴着一只很大的戒指、一条旧款式的硬领、一条方格子围巾。差不多都是 1848 年的款式。我看着他的时候，主笔先生抽着一支雪茄，正在仔细研究文章，不知什么时候，头发被他抓得很乱。这时，他皱眉瞪眼，很可怕的样子。我猜他可能是因为文章的事情而烦心。这时，他把我叫过去，让我把那些报纸看一下，写一篇《田纳西新闻界的风气》，要求把里面有趣的文章或摘要写在这篇文章里。

于是我就写了这么一篇：

田纳西新闻界的风气

《地震》半周刊的编者们在对巴里哈克铁道的报道中犯了一个很明显的错误，公司并不是不管巴扎维尔；相反的，他们认为巴扎维是最重要的，公司绝不会置巴扎维不顾。相信《地震》的编辑们会乐于予以更正的。希金斯维尔《响雷与自由呼声》的高明主笔约翰·布洛松先生于昨日莅临本城。据悉他暂居范·布伦旅舍。

同时我们发现泥泉《晨声报》的同行认为范·维特当选这一事件还没有确定，这其实是一种错误的观点。范·维特没有看到我们的纠正之前，一定会发现他的错误。他很可能因为票数的影响做了不正确的猜测。

有一个好消息就是布雷特维尔城正想办法和工程师协调，商量是否可以用尼古尔逊铺道材料翻修那些几乎无法通行的街道。事情还没有起色，《每日呼声》就极力报道此事，并对这件事情的成功很有信心。

当我把完成的稿件交给主笔先生，他浏览之后，无表情的脸上变得严肃了，虽说不上是生气，但看起来有些可怕。我猜，一定是我哪里写得不好。就在我这样想着的时候，①他突然跳起来，冲着我喊道："你以为我提起那些烂人，会用这种口气吗？你以为有人会买这种无聊透顶的文章吗？你好好看看我是怎么写的！"

❶行为描写

主编的反应强烈得超乎了想象，他把同行当成了仇人。

接着，他在我的文章上，像是在草纸上乱写乱画一样，随意地改动着我的心血。就在这时，有人穿过窗户朝他射了一枪。虽然没有打中他，但打中了我的一只耳朵。②他愤愤地说："肯定是斯密士那个混蛋，他是《精神火山报》的，昨天就应该来了。"说着，他立即抽出在腰间的枪，只听"砰"的一声，打中了斯密士的大腿。斯密士受了伤，倒在了地上。斯密士倒地后打出第二枪，可能是中弹的缘故，枪打偏了，打中了一个局外人，没错，又是我。幸运的是，只打掉了我的一根手指。

❷场面描写

主编遇同行行刺，他拔枪向外射击，动作娴熟，场面激烈。

主笔先生对刚刚发生的枪击不以为然，又开始在我的文章上涂涂画画。就在他刚刚改完的时候，忽然间有一声爆炸，是手榴弹把火炉给炸碎了，有一个碎片打掉了我的牙齿，除此之外，并没有其他东西被损坏。

"真糟糕，那个火炉被毁了。"主笔先生说。

我说我也这么认为。

"其实就算火炉没有了也没太大关系，这种天气暂时也用不上。但要是让我知道了是谁干的，我可不会放过他。你看，这篇东西应该这样写。"

说着，他把稿子递给了我。我看了看，这篇稿子要是突然拿到我面前来，我都不会猜到是我写的。原有的文章已经成了现在这样：

田纳西新闻界的风气

最近有一个不真实的消息，是由《地震》半周刊那些撒谎专家散播的，其内容是对巴里哈克铁道的报道，这条铁道本是19世纪最辉煌、最伟大的计划，他们却用无聊的谎言来欺骗单纯的读者，但这并不能得到读者的宽容。他们居然说要置巴扎维尔于不顾。这根本就是他们自己胡编乱造的，也只有他们才会有那样的想法。他们这样，实在是要遭受惩罚才行。如果他们不想被打被骂，就应该做点对的事，把他们说的话收回。

对了，希金斯维尔《响雷与自由呼声》的布洛松那个家伙也来了，就住在范·布伦旅舍。泥泉《晨声报》那个昏头昏脑的臭家伙又放出了谣言，说范·维特没有当选。①新闻事业的使命是向读者传播真实可靠的消息，铲除错误，教育、改进和提高公众道德和风俗习惯的趋向，而这个流氓却一味降低他的身价，专门散布欺诈、毁谤、谩骂和下流的话来欺骗大众。

❶对比描写
先从正的方面写出自己的见解，然后点明敌方的错误论调，其口气也是对自己的讽刺。

据说布雷特维尔城要用尼古尔逊铺道材料修马路，相比之下，或许它更需要一所监狱和一所贫民救济院。一个只有两个小酒店、一个铁匠铺的小镇，居然想修起马路来，简直是异想天开。像《每日呼声》的编者卜克纳，这样下等的小贱人也就能乱喊一阵，用他习惯的语气吹捧这件事，还底气十足的样子，真是可笑之极。

主笔先生在我看完之后，用平和的语气对我说道：

① "你看，文章要这样写才行，既能吸引读者，也能更好地表达，你那种有气无力的文字叫人看了很不舒服。"

就在这时，有人向窗户扔了一块砖头，打得很响，震得我后背疼。

人家的目标又不是我，站在这里也是碍事，我就往角落里挪了挪。

主笔说："我知道那人是谁，大概是上校，他马上会来的。"

他猜对了，上校很快就到了门口，手里拿了一只左轮枪。

② 他说："好久不见，老兄，我很想念你，可我能和写这份报纸的懦弱家伙说话吗？"

"当然可以，老兄，请坐。小心那把椅子，它是坏的。您可以让我和撒谎专家布雷特斯开特·德康赛打个交道吗？"

"可以，我正好有件事想跟你说一下，那我们现在就开始吧。"

❶语言描写
通过主编之口讲的是：为了吸引读者，要不惜用任何手段来写文章。

❷对话描写
两个对手温文尔雅的语言暗含着你死我活的较量，他们的奸诈、狡猾生动地展现了出来。

读书笔记

"我最近在写一篇文章，主题是'美国道德和智慧发展中令人鼓舞的进步'，但是，我不急着写完。开始吧。"

这时，他们两个人的手枪同时响起，主笔的头发被打掉了一些，除此之外，他没受别的伤，但很不幸，我又被上校给误伤了。紧接着，他们两个又开枪了，都没射中对方，可是我却受伤了，上校的子弹打中了我的胳膊。两个人依旧开了第三枪，我被削掉一块颧骨，两位先生也都受了伤，但我比他们伤得要严重得多。我觉得我再坐在他们周围实在不合适，就向他们两人请求离开，借口想要出去散散步，但他们都请求我继续坐在那里，并极力劝说我要坐在那里。

❶**场面描写**
惨烈的枪战场面和被误伤的"我"构成卓别林喜剧般幽默的场景。

① 我就看着他们再装上子弹，一边谈事情一边开枪，我顺便找了纱布包扎伤口。他们又继续开枪，每一颗子弹都没有白费，没错，六枪有五枪都打中了我，其中有一枪终于打中了上校，于是他说，他现在该走了，因为他还有别的事情，接着他向主笔先生打听了殡仪馆的地址，就走了。

上校走了之后，主笔对我说："我还要和客人吃饭，要准备很多事情，不能再待在这里了，你要继续留在这里，你帮我看看校样，顺便招呼客人。"

我一听说要招呼客人，刚想要拒绝，可是一想到刚才的一阵枪响便浑身直冒冷汗，牙齿紧咬着嘴唇，吓得说不出话来，也想不出什么拒绝的话，就并没有回答他。

他紧接着又说，一会儿他的一个朋友会来，叫琼斯，等他来了就打他一鞭子，不用留情。吉尔斯配可能会来得早一些，你直接把他扔出去就可以了。哦，对了，福格森大约四点会来，如果可以，你就把他打死吧。

　　① 今天差不多就这些事了，要是你没有事情做，最好写一篇讽刺警察的文章，差点忘了告诉你，鞭子在桌子底下，武器在抽屉里，子弹在那个角落里，还有棉花、绷带在上面的那个盒子里。要是真出了什么事，你就去找楼下的医生，叫蓝赛，找他是不花钱的，毕竟他在我们报纸上打广告。

　　主笔先生说完就走了，他走之后，我浑身发抖。接下来发生的事情让我惊心动魄，可以说把我这两天少有的愉悦心情给弄得无影无踪。吉尔斯配是来过，不同的是，是他把我扔到了窗外。还有琼斯，我正要用皮鞭子抽他，却被他打了。我还和一个不认识的人打了一架，我被他剥掉了头皮。还有一位名叫汤普生的人把我的衣服撕成了碎片。再后来，我被一大群恼羞成怒的编辑、赌鬼、政客和恶棍们围困着，对我拳打脚踢。他们都大声地骂着我，空气中弥漫着众人的口水，有的甚至在我头上挥舞着被太阳映得发光的武器。我就在这样的环境中写着辞职信，还没写完，主笔先生就和他那些热心的朋友回来了。不出所料，又是一场血雨腥风的残杀。那种残忍、混乱，简直不能用语言来形容。② 人们互相砍着，骂着，血肉横飞，有的人甚至飞出了窗子。慢慢地，声音越来越小，由叫喊变成了喘息，夹杂着混乱和狂热，随后就鸦雀无声了。只剩下主笔先生和我平静地坐在那里，我环顾了一下充满血迹的四周，静静地看着他。

❶语言描写
　　这是多么荒唐的事。一篇文章竟和棉花、绷带，甚至医生连在了一起。

🖋 **读书笔记**

❷场面描写
　　生动形象地展现了惨烈的混战场面。

他对我说："你会习惯这里的，时间久了，甚至会喜欢上这里。"

听到主笔先生这么说，我并不赞同，我说："我可能要让您失望了，要祈求您的原谅，或许再过一阶段，才能写出让您满意的稿子，我可能需要一些时间，才能适应这里的环境，熟悉这儿的笔调。可是坦白地说，那种措辞和语气，我觉得实在是欠妥，这样的语气在写报道时难免会引起争议或者是产生舆论，我相信这种情况您也能体会到。文章写得好，能得到赞扬，可是我不愿意把文章写成您要求的那样，我感觉那是哗众取宠。就像今天，发生了这些事情，我怎么能静下心来写文章呢？我很喜欢这个职位，但我不愿意留在这儿，我也不愿意接待您的那些客人，我的阅历是很特别的，甚至是新奇的，可今天来的那些人我真的不喜欢，对我来说很不公平。① 有人朝您开枪，却打中了我；有人借着送礼的名义给您的炉子里扔了个手榴弹，结果炉子门的碎片却进入了我的喉咙，现在都还没有把它弄出来；您的朋友把我打得遍体鳞伤，身上都是窟窿眼；琼斯来了就拿鞭子把我给打了，吉尔斯配把我从窗户里扔了出去，还有汤普生，把我的衣服给扯坏了，还有一个陌生人，把我的头皮剥掉了。之后又来了一群人，每个人都拿着武器，可能是这附近所有的混蛋。这些人不到五分钟就都来了，把我吓得都不知道怎么办才好。说实话，今天发生的这些事，我这辈子可能都不会再遇到了。对不起，我很欣赏您，也很喜欢您的做事风格，但是

❶概括描写 "我"初来乍到却成了人们攻击的靶子，"我"成了主编的替罪羊。

我真的不适应。^①南方人都是很感性的，情绪冲动，对待客人也是豪爽大气。今天我写的那些话确实是不够好，经过您的修改，把田纳西新闻笔调的强烈劲势灌注到里面，气势大增，但又不是没有后顾之忧，一会儿那一群乱七八糟的编辑来闹事，张牙舞爪，像要把人吃了一样。所以，我要向您辞职，我真的不喜欢看这种热闹。我来到南方，是为了调养身体，不是为了挨子弹。所以，我现在就要走，还是同样的原因。这里的新闻界真是太让人兴奋了。"

我说完这些话后，向对方表达了歉意就走了，接着我搬到了医院，在那里暂住下来。

❶概括描写

"我"对南方人的性格进行了总结，字面上的夸赞暗含着讽刺的味道。

精华赏析

小说荒诞、可笑，记者们的工作是斗殴、混战，文中充斥着射击、格斗、砍杀、嚎叫、把对方扔到窗外等。马克·吐温运用夸张手法反映了当时美国新闻界的乱象。

延伸思考

1. "我"在田纳西的哪家报社工作？

2. "我"写的第一份稿件有没有被主编审核通过？

3. 最后，"我"辞职去了哪里？

相关链接

　　作为一名记者，要履行好职责使命，坚持正确舆论导向。正确的舆论导向能凝聚人心、汇聚力量，推动社会主义事业发展；反之，就会动摇人心、瓦解斗志。在互联网时代日趋复杂的舆论环境中，新闻工作者更要勇于改进创新，不断提高修养，完善自我，方能提供更多深入人心的新闻报道，传播正能量，实现一名记者的价值。

我怎样编辑农业报

名师导读

被生活所迫，作为无业游民的"我"接下一份农业报代理编辑的工作。"我"对农业一无所知，"我"会编出一份怎样的报纸呢？

①我最近在一个农业报里做临时编辑，我的顾虑很多，这就像是一个在陆地住习惯了的人去海上，可想而知，是有多么不适应。但当时我经济窘困，有钱可赚便是我的目的。这个报纸的主编临时有事要外出，我就因为金钱的原因接受了他的条件。

可以工作了，感觉很好，我对这个工作很有兴趣，并且斗志昂扬地干了一个星期。稿件完成的时候，我怀着迫切的心情等待着，很想知道我的文章能不能引起大家的重视。晚上我离开编辑室的时候，楼底下的人一看见我就闪躲到了一边，有的人甚至给我让路，我听见有人说："就

❶直接描写

小说一开始就说明作为代理编辑的"我"对农业一窍不通，之所以接下这个差事是由于手头拮据，薪金让"我"打消了一切顾虑。

是他！"第二天我上班的时候，我发现有一些人很奇怪，他们在楼梯底，街道上，有单独的，有成对的，总在盯着我看，还时不时议论着我。我走近他们的时候，他们就走开了，我还听见一个人说："你看他的眼睛！"我假装什么都不知道，心里却十分得意有这么多人注视着我，想把这件事写信告诉给我的姑母。当我走上楼梯，走进门口的时候，听见一阵哈哈大笑。我把门打开时，那两个青年人见到我，脸都发白了，看起来很害怕，接着，他们两人就从窗户里冲了出去。我感到有些奇怪，为什么他们见了我会是这个反应。

❶神态、动作描写
————————
"我"的文章引起了各界的"重视"。

过了一会儿，①一位看起来很有资历的老先生走进来，他很文雅，但表情严肃。我请他坐，他似乎是有什么话想对我说。只见他把帽子摘下来，从帽子里面取出一条手巾和一份我们出的报纸。

他跷了一下脚，把报纸放在膝盖上，一边用手巾擦着眼镜，一边对我说："你是新来的编辑？"

我说："是的。"

"你以前主编过农业报吗？"

"没有，这是我第一次写。"

读书笔记

"我猜也是这样。你有关于农业的实践经验吗？"

"也没有。"

"看来我的直觉是对的。"说完老先生把眼镜戴上透过镜片可以看到他眼睛里的冷漠，严肃地对我说，"我想让你听听我的直觉，就是我手里的这个，听听是不是你写的——

　　"'萝卜不能用手摘，这样它会被损伤。最好是叫一个小孩爬上去，摇晃着树让它自己掉下来。'

　　"听完你觉得怎么样？——这的确是你写的吧。"

　　①"写得怎么样？我感觉很好啊。这些都挺有道理的，我相信每年因为在半熟的时候去拔萝卜而损失了不少；假如大家都去找小孩摇树的话——"

　　"摇你个头！萝卜不是长在树上的！"

　　②"不是那么长的？哎，谁说萝卜是长在树上的？那是我的一个比喻。人们都会理解我的意思是叫小孩子上去摇萝卜的藤呀。"

　　③那个老人站了起来，把手里的报纸撕得粉碎，扔到地上后还踩了一脚。他又用手杖打破了几样东西，还说我的常识不如一头牛；然后他砰的一声把门给关上了。他走后我想，是不是他有什么不满，要不然他怎么会这么生气。可我不知道我哪里做错了，所以，不明白他生气的原因。

　　老人刚走不久，又来了一个个子很高的家伙，头上有几绺头发垂到肩膀上，脸上还长着密密麻麻的短胡子，看起来有一个星期没有刮过了。他一下子冲了进来，手指放在嘴唇上，脑袋和身子都弯下去了，好像要仔细地听什么似的，可并没有什么声音。然后他把门锁上，小心翼翼地朝我走过来，走到可以和我交谈的地方就站住了，接着他很有兴趣地观察着我的面孔，从怀里掏出了一份我们的报纸，说道——

❶语言描写··········
　　读到这里，凡是有一点生活常识的人都会发笑，同时领悟到作者的幽默。

❷语言描写··········
　　"我"无知的辩解更显滑稽可笑。

❸动作描写··········
　　一系列动词，描写出老先生被气坏了。

"天哪，可算是找到你了，我很痛苦，有个困惑我的问题，那就是我到底是不是发疯了。我带来了这个报纸，你看看，这是你写的吧。请念给我听，这样能帮我解除痛苦，求你了！"

❶神态描写
作者讽刺了"我"的文章纯粹是疯子的言论。

我把文章上写的东西念了出来，^①可以看出我念完之后对他激动的情绪起到了很好的缓解效果，他紧张的肌肉明显放松下来，与刚才激动的神情完全不一样，脸上因为紧张而抽搐的表情消失了，安静和舒适的样子在他的脸上停留着，就像温暖的阳光照着凄凉的景象一样：

瓜努，是一种品种很好的鸟，但必须要小心饲养，由产地输入的时期不宜在6月以前或9月以后。冬天应该把它放到温暖的地方，这样便于小鸟的出生。

今年的谷物可能收获会很晚，所以农民最好在7月就把麦秸插上，同时将荞麦饼种下，尽量不要推迟到8月。

我们再谈谈南瓜，这是新英格兰人最喜欢的食物，他们觉得拿它做果子饼比糖饼还要好吃，用它来喂牛也比用紫莓好，因为它容易填饱肚子，牛也很喜欢吃。除了葫芦和一两种瓜，南瓜是柑橘科中唯一能在北方成功种植的食物。但是把它和灌木一同种在前院里的做法越来越不时兴了，因为人们觉得南瓜树遮阴效果不好。

现在天气变得暖和了，公鹅开始产卵——

那个人赶紧向我跑来，激动地和我握手。

他说："好了，这足够了，现在我终于知道了我什么

读书笔记

读书笔记

52

毛病都没有，因为你念的和我念的一样，一个字都没错，看来这些字不是我幻想出来的。可是，今天早上我第一次看这个报纸的时候，我心里就在想：虽然我被人看管得很严，但我从来不相信我疯了！可看到这篇文章之后我相信我确实是疯了，把我急得都不知道要做什么。于是我大叫了一声，声音大得可以让四周的邻居都能听见，更可怕的是，我还想冲出去杀人，你能明白那种感觉吗？我认为，我迟早会发疯到这个地步，还不如就从现在开始。① 我把你写的文章看了一遍又一遍，为的就是证明自己是个疯子，然后我把房子给烧着了，我还想打人，已经把几个人打成了残废，还把他们其中一个人挂在了树上，我想再打他的时候还可以把他弄下来。可是我走到这里，还是想请教一下，弄清楚才好。现在我弄清楚了，那个被我挂在树上的家伙运气真好，要不回去的时候我准会把他杀死。再见，先生，你了却了我的心事，让我不那么有负担，我的理智居然能抵住你文章的影响，甚至还是一篇关于农业的文章。现在什么事情都不能影响我了，什么事情都不能让我疯狂了，再见了。"

这个人竟然为了验证自己有没有发疯把别人打成了残疾，还烧了房子。这让我感到有点不安，因为我感觉那个人做这些事跟我有间接的关系。

可这种念头很快就溜走了，因为正式的主编回来了，进到了我的办公室（我心里想，你要是当初去埃及，听我的建议的话，我还可以有更多的机会展现我的能力；可你

❶语言描写┈┈┈┈
　　借疯子之口暗讽"我"的文章乃疯人之语。

🖋读书笔记

就是不听，这么快就回来了）。

主编先生看起来很懊恼和沮丧，他把房间里的东西巡视了一番之后，说："这真是很倒霉的一件事情，非常倒霉。桌上的胶水瓶打破了，六块玻璃、一只痰盂和两只蜡烛台也都碎了。最糟糕的还不是这些，报纸的名誉受到了损失，是不可弥补的损失。但好消息是这个报纸从来没有像现在这样受到关注，也从来没有卖过这么多份，更别说出这么大的风头了。可是我们要靠发疯来出名，靠神经病卖报纸吗？朋友，跟你说，外面站满了人，大家都排着队想要看你，知道为什么吗？因为他们都认为你是个疯子。他们看了你的文章之后，都这么认为。新闻界能有你真是不幸。你怎么能想出那么不切实际的东西呢？你连农业上最基本的常识都没有吗？ ^① 你文章里竟然把犁沟和犁耙当成同一个东西；你还说什么要到牛换羽毛的季节；还大力主张养臭鼬，原因是它好玩，还会抓耗子！还说什么给蛤蜊奏乐就可以使它规规矩矩一动也不动。真的是，这种废话还用你说吗？什么也不会惊动蛤蜊呀。蛤蜊都是老实待着不动的。你认为蛤蜊会跟人一样懂音乐吗？我的天哪，朋友，你真的是什么都不懂，就算你一生都在学糊涂，现在的你比任何时候都糊涂，我从来没见过这样的事情。你还说七叶果是商品，这么做无疑是毁了这份报纸。我劝你赶紧离开这里。我再也不休假了，休假之后会有一堆的麻烦事。叫你留在这里工作，我当然无心休假了。我会一整天都在提心吊胆，不知道你下一秒又会做出什么事，要提

①**语言描写**
主编先生对"我"的文章中可笑、滑稽的语言进行了归纳，并进行了讥讽甚至责骂。

出什么意见，实施什么行动。一想到你在'园艺'这一栏里讨论养蚝场的问题，我就火冒三丈。就算天大的事发生我也不走了。啊！我的天！你怎么不早说你对农业什么都不懂呢？"

①"告诉你吧，你这个连玉米秆都不如的家伙，或者说你还不如一个卷心菜。我这辈子还是头一次听到这种无情无义的话呢。我告诉你，我干这行已经 14 年了，还是第一次有人跟我说编报纸需要关于什么的专业知识。你这个木头！我问你，是谁给那些第二流的报纸写旁评的？还不是一些鞋匠和药剂师的学徒吗？他们对演戏的了解程度跟我对农业的是一样吧。又是谁写的书评呢？都是些没写过书的人。又是谁评论印第安人的战争呢？就是那些从来没拿着战斧飞奔猛冲的人，也就是没有从家人身上拔下箭来烧过营火的人。是谁写关于戒酒、大声疾呼警告纵酒之害的呢？就是那些直到死也不会喝一滴酒的人。又是谁编农业刊物呢？不就是你这个连玉米秆都不如的家伙吗？一般情况下，都是些写剧本、写小黄书、写新闻都不出名的家伙，不得已才来写农业报的，才不至于是无业游民。你竟然来教训我，还跟我讨论常识问题。先生，这一行我什么都懂，我告诉你，一个人越是无知，他就越是有名气，薪金也挣得越多。天知道我是受过教育还是一无所知的人，我没有轻举妄动，否则在这个世界上我早就成为名人了。我没想到你会用这个态度对我。既然你这个态度，先生，那我告辞了，我很愿意离开这里。我已经完成我的任

❶语言描写
"我"面对主编的指责，进行了有力的回击。阐明了"我"之所以如此胆大妄为的原因。一份小小的农业报与唯利是图的社会大背景就联系在一起了，增加了故事的深度。

①语言描写

揭示了"我"以名利为目标，不顾事实与廉耻的原因。

务了。① 在你所接受的范围之内，我已经履行了职责。我说过我能使你的报纸引起各方重视，会引起人们的兴趣，我已经做到了这一点。我说过我会让你的报纸销量增加到两万份；如果我能再写两个星期，这个数绝对不成问题，发展好的话，可能还不止这个数量。我本可以给你找到农业报的忠实读者，其中一个农民也没有，无论是谁，一辈子也弄不清楚西瓜树和桃子藤的区别。我们这次关系决裂，损失的是你，而不是我，再见了，先生。"

说完我就离开了。

精华赏析

小说用极其夸张的笔墨，描写做"农业报临时编辑工作"的"我"对于农业知识一窍不通，却自以为是，胡乱编写严重脱离农业生产实际的文章，闹出不少笑话，发人深省、耐人寻味。

延伸思考

1."我"在经济窘困时，为了挣钱找到了一个什么工作？

2."我"文章中的萝卜属于什么科？

3.老人说"我"对农业无知，骂"我"是什么？

相关评价

　　小说采用一明一暗两条线展开了故事。明线叙述故事：作为代理编辑的"我"对农业一窍不通，薪金使"我"打消了一切顾虑。一周后"我"编辑出一份毫无常识、哗众取宠的报纸，气坏了儒雅的老先生，使疯子杀人放火，人们都认为"我"是疯子。暗线由最后"我"与编辑的争吵引出："我"之所以如此胆大妄为，是因为处于以名利为目标，不顾事实与廉耻的社会大环境中。作者的创作意图得以显现。

大宗牛肉合同的事件始末

名师导读

马克·吐温是19世纪后期美国批判现实主义文学的卓越代表。幽默讽刺是他的小说最显著的特征，他选择生活中最具讽刺意义的事情，以漫画式的夸张进行描写，让人对现实进行深刻的思考。这篇小说揭露的是当政政府的又一丑恶现象。

不管它跟我有多大的关系，我都想简短地跟全国人民说这件事，以及这件事跟我有什么关系。因为这件事情在当时算得上是轰动一时，激起了很多反感，两大州的报纸都刊载了歪曲事实的报道和偏激的评论。

而我下面要说的每件事都会有中央政府的档案证实，这个不幸的事情是这样的：

大约在1861年10月10日，新泽西州希芒县鹿特丹区已故的约翰·威尔逊·麦肯齐和中央政府订立了一份合同，合同的内容是把30大桶的牛肉供应给谢尔曼将军。

读书笔记

这是一笔大买卖。

① 他带着牛肉去找谢尔曼，但是，等他赶到华盛顿的时候，谢尔曼已经去了马纳萨斯；于是他又跟到那里，可是到达那里的时候已经是晚上；然后他又追谢尔曼去纳什维尔，从纳什维尔去查塔努加，再从查塔努加去亚特兰大。不幸的是，他始终没能追赶上。他从亚特兰大再一次出发，紧沿着谢尔曼的路线直趋海滨。可是他还是没赶上谢尔曼。听说谢尔曼准备坐"贵格城号"去圣地旅行，他就乘了一艘开往贝鲁特的轮船，打算超过前一艘轮船。当他到达耶路撒冷时，他听说谢尔曼并没乘"贵格城号"出航，而是到大草原上跟印第安人打仗了。他又回到美国，前往大草原，走了68天，离谢尔曼只有4英里的时候，他被印第安人用战斧给砍死了，还被他们抢走了牛肉，只丢下了一桶。谢尔曼的部队拿走了那剩下的一桶。那位勇敢的人虽然已经死了，但还是履行了合同。在遗嘱中，他将那份合同传给了他的儿子巴塞洛缪·W.。巴塞洛缪·W.列了以下的账单，不久就死了。

② 致美利坚合众国政府：

您应偿付新泽西州已故的约翰·威尔逊·麦肯齐所列出的账单：

牛肉30大桶，每桶售价100元，一共是3000元。

旅费与运输费14000元

共计　17000元

收款人：

① 概括描写

约翰费尽周折，损失惨重，甚至搭上生命，履行了合同。

② 埋伏笔

实物价值和应付价值的悬殊为后面讨账的艰辛埋下伏笔。

读书笔记

　　他虽然去世了，但在临死前把合同留给了威廉·J.马丁。马丁收回账款的这件事还没办妥，不幸也去世了。他把合同交给了巴克·J.艾伦，艾伦也试图收回那笔账款，但不幸的是，他也没活到最后。他又把合同留给了安森·G.罗杰斯。罗杰斯层层申请，已经到了第九审计官的办公室，但是这时候死神向他招了招手，把他也带走了。他把账单留给了康涅狄格州一个叫文詹斯·霍普金斯的亲戚。霍普金斯在接到账单后只活了四星期零两天，但他是最接近成功的，因为他在此期间差点儿见到第十二审计官。在他死后，他又把遗嘱传给了一位名叫"哦—寻乐吧"·约翰逊的舅父。但是他操不起那份心，他临终时说的是："别再为我伤心，我是心甘情愿走的。"说完他就咽气了。之后继承那份合同的共有7个人，但是他们一个个都死了。这份遗嘱最后落到了我手里，是由一个名叫哈伯德（伯利恒·哈伯德）的亲戚传到我手里的。

读书笔记

他是印第安纳州人，这人一直对我怀恨在心，可是，到了弥留的时候，他却把我叫过去，含泪把那份合同交给了我。

　　以上就是这份合同传递的详细经过，我要将此事与我有关的细节向大家说明。我拿着这份合同和一系列账单去见美利坚合众国总统。

　　他说："先生，请问您来这里有何贵干？"

　　我说："阁下，在1861年10月10日，新泽西州希芒县鹿特丹区已故的约翰·威尔逊·麦肯齐和中央政府有份合同，是把 30 大桶牛肉供应给谢尔曼将军……"

我还没说完，他就打断了我，并叫我离开。

第二天，我去找国务卿。

他说："先生，您有什么事啊？"

我对他说："先生，在 1861 年 10 月 10 日，新泽西州希芒县鹿特丹区已故的约翰·威尔逊·麦肯齐和中央政府有份合同，是把 30 大桶牛肉供应给谢尔曼将军……"

"你不要说了，我们不管这个，你应该去别的地方。"

他也是叫我出去。经历过这些拒绝之后，我想了很久，是不是我有什么话说错了。最后，我去找了海军部长。他对我说："你有什么事找我？快点说吧，我很忙。"

于是我对他说："在 1861 年 10 月 10 日，新泽西州希芒县鹿特丹区已故的约翰·威尔逊·麦肯齐和中央政府有份合同，是把 30 大桶牛肉供应给谢尔曼将军……"

他也是在我说到这里的时候打断了我，并请我出去，说他不管这份牛肉合同的相关事情，我心想：他们不会是想要赖账吧。

第二天，我又去找了内政部长，我说："在 1861 年 10 月 10 日，新泽西州希芒县鹿特丹区已故……"

"够了，先生，我已经听过了，你赶紧拿着这些合同离开这里吧，我们根本不会管这些事情的。"

我气愤地离开了那里，我想：①我要一直纠缠着他们，要把他们这里闹得鸡犬不宁，直到把这件事情解决了为止。要不就是我得到了这些钱，要不就是我像之前的那

読书笔记

❶心理描写
"我"在多处讨要无果后，气愤难平，决心不达目的不罢休。

些讨债人一样死去。总之在我死之前，一定要跟那些人交涉到底。此后我去找邮政部长，我围困了农业部，我给众议院议长打了埋伏。他们都不管给陆军订立的牛肉合同。于是我来到了专利局。

我说："阁下，大约在……"

① "上帝啊，你终于找到我这里来了是吗？你手里的这份合同根本不归我管，这跟我们没有任何关系，先生，你还是走吧。"

❶语言描写

作者真实地反映了当时美国政府的问题。

"这没关系，总得有一个人出来偿付那笔牛肉账呀。再说，你们现在就要偿付，不然我就要没收了这个老专利局，包括里面的东西。"

"可是，亲爱的先生……"

"先生，我认为专利局应该对此事负责，既然我已经找到了你们，你们要付清这笔账。"

接下来发生的事我就不细说了，结果就是我们打了起来，是专利局赢了。但我却得到了一个有用的消息，专利局的人告诉我财政部的人才应该是我要找的。于是我又去了财政部，等了差不多两个小时，他们才让我进去见第一财政大臣。

我说："尊敬的，高贵的大人，大约在 1861 年 10 月 10 日，约翰·威尔逊·麦肯……"

❷语言描写

语言中透露着厌烦，刚稍有转机，却又遇到了新一轮的推诿。

② "好了好了，先生，这些我已听说过了。您去见财政部第一审计官吧。"

我去见第一审计官。他并没有跟我详谈，打发我去见第二审计官。第二审计官打发我去见第三审计官，第三审计官打发我去见腌牛肉组第一查账员。这一位看起来是个办事认真的人。他查看了所有账册和未归档的文件，可是没找到当年那份牛肉合同的底本。我去找腌牛肉组第二查账员。他查看了他的账册和未归档的文件，但最后还是毫无结果。在接下来的一个星期里，我一直找到了第六查账员；第二个星期，我走遍了债权部；之后，我开始在错档合同部里查询，在错账部里找到了一个据点。我只花了3天工夫就消灭了它，这让我感到我自己办事很有效率。最后只有一个地方没有去过了。我去找杂碎司司长，但他本人没在，又去找办事员。① 有16个年轻漂亮的姑娘在屋子里记账，有几个小伙子在围着她们。小姑娘扭过头对办事员笑，办事员也朝她们笑，大家看起来都很高兴。两三个正在看报的办事员看了我几眼，又继续看报，就像我没进来一样。其实，自从走进腌牛肉组的第一个办公室那天起，直到走出错账部的办公室止，我已经有了很多经验，习惯了四级助理普通办事员的这种敏捷的反应。这时候的我已经练到可以从走进办公室时起，直等到一个办事员开始跟我说话时止，我能一直笔直地站着，最多只改换一两次姿势或方向。

于是，我站在那里，一直站到我换了四个姿势的时候，我对一个正在看报的办事员说：

"请问您知道大名鼎鼎的坏蛋，土耳其皇帝在哪里吗？"

"您这是什么意思，先生？如果您说的是局长，他今

● 读书笔记

①场景描写
  生动地再现了政府办事人员不作为的场面。

● 读书笔记

天出去了。"

"他今天是去后宫吗？"

那个办事员盯着我看了一会，又去看报纸了。可是我熟悉那些办事员接待人的那一套，只要他能在纽约的另一批邮件递到之前看完报纸，我的事就会引起他的注意。现在他只剩下两张报纸了。过了一会儿，他看完了最后两张报纸，接着，打了个哈欠，问我有什么事情。

"尊贵的痴子，大约在……"

"好了，我知道了，你就是那个拿着牛肉合同的人吧，把单据给我吧。"

我把单据给了他，他好久才翻到当年的那份牛肉合同记录。我还以为他是发现了西北航道，以为他是发现了那块我们许多祖先还没驶近它跟前就被撞得粉身碎骨的礁石。当我看到它的时候，内心无比地激动——因为我总算保全了性命，我声音颤抖地说："把它给我吧。这下可好了，政府可以解决这个问题了。"他却冲我摇了摇手，说还有手续要办好才行。

"约翰·威尔逊·麦肯齐在哪里？"他一脸严肃地问我。

"他死了。"

"什么时候死的？"

"不知道，他不是自杀，他是被人杀死的。"

"怎么杀死的？"

"是用战斧砍死的。"

"是谁砍死他的？"

"当然是印第安人了，不然您以为是谁？"

"那个印第安人叫什么？"

"鬼才知道他叫什么。"

"必须要知道他的名字，还有当时砍人的时候谁在场？"

"我不知道。"

"你当时没在场吗？"

"我不在场。我的头发就可以证明。"

"那么您又是怎样知道麦肯齐死了的呢？"

"他肯定已经死了，真的，我发誓。我有充分的证据证明他已经死了。"

"必须有人来证明。你找到那个印第安人了吗？"

"没有。"

"你必须找到他。那你找到那把战斧了吗？"

"我怎么可能找到？我从来没想过要找它。"

① "先生，你必须找到那个印第安人，还有战斧，还要把那个斧头交上来，如果麦肯齐的死能被证实，你就可以去委员会那里去对证，让他们审核你所要的赔偿；按时间来算的话，你的子女应该会活到有结果的那一天，可以领到一笔钱。但前提是，那个人的死必须得到证明。实话告诉您，政府绝不会偿付已故麦肯齐的那些运费和旅费。假如你找国会，让他们拨出一笔钱来，政府有可能会给你牛肉的钱，但只是谢尔曼的士兵截下来的那一桶，另外

读书笔记

❶语言描写⋯⋯⋯
　　这段话惟妙惟肖、一针见血地道出了当时美国政府"忽悠"人的现象。

29 桶的钱，政府是不会给你的。"

"那政府只能给我 100 元啊，而且照你的意思是，这 100 元也只是可能会得到，这钱给得也太少了点，你们这么做不免太让人失望了，当初麦肯齐带着那些牛肉走了那么多的地方，为了能追上那个将军，受了那么多的磨难，带着那么多的牛肉跋山涉水，还有收回账款的无辜者做了牺牲，最后竟是这个结果！你们为什么不在一开始就告诉我呢？"

"因为他们不清楚你说的话是真是假。"

"那为什么第二查账员、第三查账员不早告诉我？为什么各组各部所有人都不早告诉我？"

①"他们也不知道啊，我们都是按规则办事的，按规矩，你一步步地办理了手续，一点点地知道了结果，这是最好的办法，也是最正规的。虽然很缓慢，但这样最可靠。你要相信，我们这个规章制度是非常好的，是值得信任的。"

"是啊，十分稳妥，就是因为你们的办事效率，我家族的人都因此而送命了，我感觉我的下场也跟他们一样，我也要被主给召唤去了。年轻人，我能从你的眼光里看出，你喜欢那个姑娘，看她水汪汪的大眼睛，炯炯有神，真是迷人。你想娶她，可是没有钱，来，这份合同给你，娶了她去享受生活吧。愿上帝保佑你！"

在那之后，那份合同的事情引起了社会大众的议论，我把我知道的以及我为那份合同所做出的努力也都交代在上面了，拿着那份合同的那个办事员现在也死了。现在有关合同的下落，有关它的任何人或事我都不知道。但我知道，如果一个人的寿命很长，并且这个人闲来无事，那就让他到华盛顿扯皮办事处去查一些事，或见一些那里的人，跟工作在那里的人们交谈，我保证他会花费很大的力气，经历无数的拖延，最后找到他第一天就可以找到的东西。（如果扯皮办事处也能像一家大的私人商业机构，将工作安排得很灵活的话。）

读书笔记

精华赏析

30 桶牛肉的合同，费尽周折送到时只剩下了一桶，送牛肉的人还送了性命，几代人遗交合同，在无数部门讨要账款，结果是无法得到的证明材料让"我"止步。作者夸张地讽刺了当时美国政府的腐败、不作为。

延伸思考

1. 引起故事的那笔大买卖是什么？

2. "我"讨要牛肉账的第一人选是谁？

3. 故事结尾时，那份合同有没有兑现？

相关链接

合同又称为契约、协议，是当事人或当事双方之间设立、变更、终止民事权利义务关系的协议。合同依法而立，受法律保护，是法律部门中确定权利、义务关系的协议。也可以指民事合同中的债权合同。合同作为一种民事法律行为，是当事人协商一致的产物。依法成立的合同从成立之日起生效，具有法律约束力。

竞选州长

名师导读

　　美国的南北战争在 1865 年以北部的胜利宣告结束，国家恢复了统一。美国资本主义经济迅速发展，而美国自诩的"民主政治"其实是两大政党横行霸道、为所欲为的政治，所谓的"自由选举"不过是一出无耻的倾轧、诽谤和陷害的闹剧。《竞选州长》这部小说为美国的"民主"描绘了一幅绝妙的讽刺画。

读书笔记

　　几个月前，我被提名为纽约州州长候选人，是代表独立党参加竞选的，竞争对手是斯坦华特·L.伍福特先生和约翰·T.霍夫曼先生。我认为同他们相比，我的知名度比较高，应该会有优势。从报纸的报道就可以看出：即使这两位先生有好名声，或者他们两位意识到好名声的重要性

注释

候选人：选举国家权力机关代表或公职人员时先提出供选举人选举的人员。

的话，那也一定是过去的事了。最近他们都在做无耻的事情。① 当时我看到了自己的优势，暗自感到庆幸，可一想到自己的名字会与这些人的名字一同出现的时候，心里就有些不快。后来我越想越烦，我给奶奶写了一封信，把这件事告诉了她。她很快就给我回信了。

信上说：

② 你从来没有做过亏心事，我相信，从来没有。你自己看看报纸，就会知道，伍福特和霍夫曼先生是什么样的人。这件事取决于你自己，看你愿不愿意降到他们的档次，跟他们竞选。

奶奶的想法和我一样！那天晚上我一宿没睡。但是我没有打退堂鼓，既然我已经卷入了这场没有枪支的战争，就要战斗下去。

早上起来的时候，我一边吃早饭一边看报纸，看到了一条这样的消息（说实话，我从来没有这样吃惊过）：

伪证罪——1863 年，在交趾支那的瓦卡瓦克，马克·吐温先生犯有伪证罪，有 34 名证人可以证明，他想占领一片芭蕉地，那片地是当地的一位寡妇和一群丧失亲人的孤儿在悲惨境遇中的唯一资源。马克·吐温先生现在既然在社会大众面前提出来要竞选州长，那他是否可以讲讲此事的经过。吐温先生无论是对自己，还是对

❶ 心理描写⋯⋯⋯

和两位竞争对手相比，"我"暗自庆幸自己有优势。

❷ 侧面描写⋯⋯⋯

通过奶奶的信描写出"我"是个好人，是个"正派人"，也反衬出对手的人品很差。

✒ **读书笔记**

_____

_____

_____

_____

_____

注释

伪证：伪证罪是一种很古老的罪名，是指在刑事诉讼中，证人、鉴定人、记录人和翻译人对与案件有重要关系的情节，故意作虚假证明、鉴定、记录、翻译，意图陷害他人或者隐匿罪证的行为。

那些支持他的选民都要有一个交代，他是否愿意交代清楚呢？

❶心理描写
　　"我"阅读报纸时，发现一篇指控"我"有伪证罪，"我"委屈、生气，愕然不已。

①我当时惊讶得不行，我从来没有这样被冤枉过！我从来没有听说过瓦卡瓦克！我也不知道芭蕉地是什么东西！这让我感到很委屈，我都要气疯了，不知道怎么办才好。那天我什么也没有干，没有心情也没有力气。第二天早上，这家报纸没说什么，只说了一句：

　　最新情况：马克·吐温先生对那份伪证案似有苦衷，至今还没发表任何言论。

　　（在这件事发生之后，这家报纸凡是提到我，必称为"臭名昭著的作伪证者吐温"。）

✒读书笔记

　　有家报纸叫《新闻报》，登了这么一段话：

　　急需查明：马克·吐温先生与朋友在蒙大拿州露营时，与他同住在一起的人时常丢东西。后来，大家在吐温先生的身上还有背包里找到了丢的东西。大家顾及他的面子，对他进行了友好的警告，在他身上涂满柏油，插上了羽毛，叫他跨坐在横杆上，把他赶出去，还警告他永远别回来。对于这件事情，请新州长候选人吐温先生给支持他的人解释一下，他会解释吗？

❷比喻
　　作者用生动的比喻描绘出"我"内心极度恐慌，开始过着提心吊胆的生活。

　　还会有比这种诬陷更加可怕的吗？我从来没去过蒙大拿州。

　　（这件事之后，这家报纸称我为"蒙大拿小偷吐温"。）

　　于是，②每次拿起报纸我都像拿起个地雷一样，提心吊胆，就好比你想要睡觉，生怕毯子下有一条毒蛇。

有一天，我看到了这样一条消息：

有人揭穿了他的谎言！——根据五点区的密凯尔·奥弗拉纳报、华脱街的吉特·彭斯和约翰·艾伦三位先生的证词我们可以证明，马克·吐温先生曾说我们尊贵的领袖约翰·T.霍夫曼的祖父拦路抢劫被处绞刑的事情，其实是一个骗局，用毁谤他人、颠倒事实这种下流手段，来获取政治上的成功，这是有道德的人所不能接受的。我们一想到这种下流的做法会使无辜的人伤心流泪，会使人白白地蒙上冤屈，真想对这样的人加以惩戒。但是，我们不能这样做，毕竟我们是有道德的民众，不能与他这种人同流合污，还是让他自己受到良心的惩罚吧。（不过，公众如果对他进行报复的话，只要是对他的伤害不是很严重，按道理来讲，法院不会对你们加以惩处。）

最后这句话真是画龙点睛，^①当天晚上，就有人闯进了我家，显然是有一些"正义"的群众实施了最后一句话。他们来势汹汹，吓得我赶紧从床上爬起来，打算从后门逃走。他们义愤填膺，打坏家具和门窗，走的时候还顺走了点值钱的东西。我可以发誓，我从来没有诽谤过霍夫曼州长的祖父，甚至没有在人前提起过他。

（顺便说一下，这家报纸在这之后总称我为"盗尸犯吐温"。）

还有一篇引起我注意的文章，他是这样写的：

好一个候选人——马克·吐温先生原本想在昨晚独立党民众大会上做一次毁损对方的演说，却没有按时到场。

＊读书笔记

❶场景描写
　　生动地描写出"我"被恶棍般的竞争对手污蔑、陷害。

我们通过他的医生得知，他被一辆跑得很快的马车撞倒，伤势很重，无法起身，还说了一大堆的废话。独立党的党员们逼着自己把这些谎话当成事实，假装不知道他们提名为候选人的吐温先生未到场的真正原因。

昨天晚上，有个人喝醉了，摇摇晃晃地走进了吐温先生的房间。独立党不明所以地就把那人抓了起来，并要证明那个人不是马克·吐温本人。这下我们到底把他们抓住了。大众急切地想要知道答案："那个人到底是谁？"

不出所料，我的名字果然和那个醉鬼联系到了一起，这叫我无法相信，我已经整整三年没有喝过酒了。

❶解释说明
　　幽默地讽刺了美国的政客为达到目的使用的手段之卑劣。

①（这家报纸在第二天光明正大地授予我"酗酒狂吐温先生"这一称号。我清楚地知道，这个称呼他们会一直用下去。我当时看到的时候竟然无动于衷，现在想来，这种风气给我造成了多大的影响。）

这些事发生之后，我收到了很多的邮件。这些邮件大多都是匿名，内容一般都是这样：

被你在公寓门口一脚端飞的那位乞讨者现在怎么样了？

包打听

还有人这样写：

❷直接引用
　　直接引用邮件上的原话，揭示了那些人的卑劣行径——讹诈。

②你做的一些事，除了我没有人知道，要想堵住我的嘴，赶紧拿钱来，不然报上见。

惹不起

大致就是以上这些。你们要想听的话，我保证会说到你不耐烦。

后来，共和党的报纸"宣判"我犯了贿赂罪，民主党的报纸又把一桩讹诈案栽到了我的头上。

（是的，这时的我又有了两项罪名，分别是："肮脏的贿赂犯"和"恶心的讹诈犯"。）

这下彻底轰动了，大众都要我对这些事做出回复。我们党和报纸说我要是再不发表声明的话，我的政治生涯就会到此结束。事实也证明了这件事情的迫切程度，就在第二天，有家报纸这样写道：

大家看这个人——这位候选人至今都不露面，没有对他所做过的事做出任何回应，因为他害怕。对他的报道都是有事实依据的，并有着一步步的证实，现在他永远也不能翻案。独立党的人们，看看你们选出来的候选人吧，他是万人唾弃的伪证犯！他是盗尸犯！好好看一看你们这位酗酒狂的化身！你们推选出来的贿赂犯！你们这位恶心的讹诈犯！你们看一看，想一下，这个人犯下了这么多罪行，伤害过那么多的人，你们还愿意投票给他吗？

①我没有办法改变现在的局面，只能委屈地回应着毫无理由的指控，接受着这些无聊的人编造的谎言。但是我始终没有办完这件事。②因为第二天，有一家报纸再一次对我恶言相向，指控我因为一家疯人院挡住了我看风景，我就命人将这间疯人院放火烧掉，把里面的人都给烧死了。这件事可把我吓得不轻，我还没有缓过神来，又有了一个控告，说我为了财产把我的叔父给毒死了，并且要求立即挖开坟墓验尸。这叫我神经都快错乱了。这些还不

①直接描写
讽刺了所谓的"民主选举"是黑白颠倒。

②举例说明
每句描写都饱含反讽意味。

够，竟有人控告我在管理育婴堂事务时，雇用年老昏庸的亲戚给育婴堂做饭。我被吓得不知所措。最后，党派斗争对我的迫害达到了自然而然的高潮：

❶行为描写·········

"我"在一群政治流氓的种种肆无忌惮的诽谤和陷害下，束手无策，终于招架不住，退出竞选州长。

① 雇用几个刚刚学会走路的孩子，这些孩子不同肤色，身着不同的衣服，在我演讲的时候，抱住我的大腿，管我叫爸爸！

最后，我放弃了竞选，我选择了退出。我没有资格竞选纽约州州长。所以，我向组织递上退出竞选的声明，怀着怨恨、痛心、委屈的心情签上了我的名字：

"你们的朋友，曾经是好人，现在却成了众人心中的伪证犯、蒙大拿小偷、盗尸犯、酗酒狂、肮脏的贿赂犯和令人作呕的讹诈犯——马克·吐温。"

精华赏析

小说的构思极其巧妙，通篇采用第一人称的形式，叙述"我"即独立党候选人参加竞选的过程，给人们一种真实感，容易唤起人们的愤怒之情和同情心。作者使用"含着哀怨、含着讽刺"的幽默笔法，向公众控诉了这个"恶人告状"的故事。《竞选州长》标志着马克·吐温的讽刺艺术达到了空前的高度。

延伸思考

1. "我"参加竞选州长，开始时觉得自己的优势是什么？

2. 故事中，竞争对手给"我"强加了哪些罪名？

3. "我"参加竞选州长的结果是什么？

相关链接

竞选是西方国家的一种选举制度，是投票选举国会议员和其他国家公职人员的一项措施。大选开始后，各政党推出自己的候选人；然后候选人开始组织竞选机构，公布竞选纲领，筹措竞选经费等，并且利用电台、电视、报刊等宣传工具开展宣传，为使自己当选而展开争夺选票的活动。这种竞选活动需要大量资金。1986 年美国总统竞选费用就高达 1.844 亿美元。

我给参议员当秘书的经历

名师导读

马克·吐温先生被誉为"美国文学史上的林肯""近代幽默文学的泰斗",他的智慧就如一眼永远不会枯竭的泉。本篇小说里的幽默也是让人笑中含泪。

我在担任了参议员老爷的私人秘书两个月之后,终究还是暴露了,这直接导致我失去了老爷的信任。这真是一个让人伤心的故事,事情的过程是这样的——

有一天的早上,我正在想为一篇关于财政演说的稿子增加点什么内容。这时候,我接到了东家的命令,让我过去一趟,接受最新的命令。我结束了稿子的修改工作,一刻都不敢耽搁地去了。没想到,这次我遇上的却是这两个月以来前所未有的灾难。① 他的样子看起来并不是特别好,甚至还有些邋遢,也没什么精神。全身上下,最明显的莫过于他紧紧攥着什么东西的手了,仔细看了一下,

❶人物描写

"邋遢"一词表现出"东家"遇到了麻烦事,无心顾及自己的形象。

76

原来那是一些信件。我猜想信件应该是关于太平洋铁路的了。

他也不拐弯抹角，直接将这沓信件丢在我的面前，跟我说：① "我以为你是可以让人放心的。"我说"是的，先生"。东家继续说道："内华达州的一些选民，写信要求在那边的包尔温牧场建造一所邮局。我让你替我回一封信，委婉地拒绝这个荒唐的请求。然而你呢，你是怎么回的信？"我轻松地说："这件事我的确照办了。"为了让我意识到自己的错误，以及不恰当的处理事情的方式，他将我回复的信件大声地读了出来，看看我是不是真的不知羞愧。

"尊敬的斯密士、琼斯及其他诸位先生：

② 开什么玩笑呢，在包尔温牧场建造一个邮局，你们难道不觉得这很荒唐吗？有信件会寄到你们那里去吗？好吧，我们假设会有。那你们识字吗？你们上过学吗？你们知道信件上的文字是什么意思吗？不知道吧。寄钱的话，从以往的经验来看，路过你们那里的邮局寄钱好像也并不是怎么方便，每次都会出现装有钱的信封不翼而飞的情况。这其中的缘由，我相信你们的心里都应该很清楚吧，我这里就不挑明了。在我仔细地分析了你们那里的现状之后，得知了你们迫切需要建造一个邮局的原因是装饰门面。怎么样，我说得对吗？接下来让

❶语言描写········
　　参议员的话简短直接。这让读者感到事态的严重性，急于知道原因。

❷反问修辞·········
　　一连几个反问句的运用，争强语气，更突出政客们不为民众办事却挖空心思拒绝民众的正当请求。

注释

太平洋铁路：太平洋铁路是第一条横贯北美大陆的铁路，被英国BBC评为自工业革命以来世界七大工业奇迹之一。

我来给你们分析一下，你们那里最需要修建的设施吧。一所足够结实的监狱和一所免费的学校。监狱的作用就是规范你们的行为，进而维护我们国家的治安。学校便是用来提高你们的素质，让你们感受到他人在金钱丢失后的不愉悦究竟是一种怎样的感受，试一下是不是真的可以无所谓。

参议员杰姆士·×× 敬启

马克·吐温代笔

11 月 24 日，于华盛顿"

❶语言描写·········
参议员用很重的语气，由此可见"我"按照他的旨意写的信给他带来了很大的麻烦，甚至是灭顶之灾。

①"您是有多恨我，才会这样给我当秘书？那些人说，我要再去那个地方，他们会把我绞死的。"

"我并不是这样的意思。您知道的，我的原意和您是一样的，就是让他们放弃那个修建邮局的疯狂的念头，将注意力放在其他的更有意义的事情上面。"

"哦，是的！您的确是说服了他们。别急呀，我这里还有一封信。内华达的几位先生曾经写了一封请愿书，让我说服国会批准内华达州的卫理公会教派教会为法定团体。我让您回信巧妙地告诉他们，这不是我们的职责，我们无法帮忙，应该让州议会去处理。并且，在他们的州里面宗教的力量还是很薄弱的，人们的宗教意识也很疏浅，当地也不怎么开展宗教活动，并没有成立一个独立宗教的必要。关于这个，我亲爱的秘书，现在就让我来读一下您的回信吧！顺便让您体会体会自己的文笔。

"尊敬的约翰·哈里法克斯牧师及其他诸位先生：

📝读书笔记

① "你们的请求，与国会的职权没有任何的关系，我们无法处理，这是你们的州议会的事情，去找州议会吧。不过，请先不要去急着找你们的州议会。因为你们的提议实在是荒谬得很，州议会不会搭理，更加不会受理。另外再加上你们那里的人们在智力方面、道德方面、虔诚方面都远远差于其他的州，这一点上，你们都有自知之明的吧。还有像你们这样的团体并不方便发行债券，因此也不能给国家带来什么入得了眼的利益。其他的教派也会给你们的债券设置阻碍，就像对待你们的银矿一般，以至于让众人相信你们的决定是盲目的，将你们的计划以及蓝图扼杀在襁褓里，你们所做的只可能将宗教这项神圣的事业，搞得声名狼藉、遭人唾弃。哦，所以，就像你们请愿书的结尾那样，去祈祷吧！祈祷你们的现状一天比一天要好。

参议员杰姆士·×× 敬启

马克·吐温代笔

11 月 24 日于华盛顿

"我亲爱的秘书，您知道吗？这封信彻底结束了我的宗教选民对我的支持。可是我呢，却好像很赞同您这样的行为与态度一样的，就好像是觉得我的事业实在是太过顺利，故意在给自己捅娄子。然后呢，就鬼使神差地将旧金山市参议会里那些威严的长老们递给我的一份申请书交

❶直接描写
深刻揭露政客们不办事、不作为，政府职能部门间互相推诿扯皮的丑恶现象。

读书笔记

读书笔记

注释
债券：一种有价证券。由于债券的利息通常是事先确定的，所以债券是固定利息证券（定息证券）的一种。

给了您，好让您锻炼锻炼。长老们事实上是希望国会制定相应的法律，将旧金山市海滨地区航运税的收取权交给他们。① 这不是一件很随便的事情，还有待认真地考虑。我交代您，不要急忙回应他们，关于这方面的用词要注意模糊一点，关于航运税的问题，更加不需要太多地去描述，尽量一笔带过。在回信里面，也不要表明我们在航运税上的态度。您如果现在还有点良心——如果您还知道羞耻的话——那我把您遵命照办写成的这封回信念给您听听。

①语言描写
通过参议员之口，清晰地刻画出政客们虚伪、狡猾的嘴脸。

"令人敬佩的市参议会诸位先生：

"人们敬爱的国父乔治·华盛顿早已逝世，他那光辉灿烂的一生永远地结束了，令人无限追悼。他在我们这里深受人们敬仰。可惜他过早地去世，举国上下不胜悲哀。他在 1799 年 12 月 14 日去世，从他获得荣誉和伟大成就的地方安详地离去。他是最值得我们哀悼的英雄，是这世上被死神带走的最令人爱戴的人物。但是在这样的时候，你们却提什么船运税——他遭的什么运啊！名望算得了什么！获得名望不过是偶然的意外。我们的身边还真是不乏这方面的典型的例子。艾萨克·牛顿爵士在游玩的时候，无意中发现并注意到了一只从树上掉到地上的苹果，这本是一件很平常很不着眼的事情，不值得人们去关注，可是他的父母却仗着已有的势力，将艾萨克·牛顿爵士大肆地吹捧，以至于这件不怎么样的事情为众人所熟知，甚至收获了人们的掌声，被一些不理智的人们所追捧，然后给社会造成一系列的负面影响。请问，这是值得开心的事情

读书笔记

吗？在我看来，这就是我们时代下的悲剧，我们的社会是
有多么地不堪，才会去将注意力放在这些事情上！我们的
社会现在有那么多值得我们去关注的方面，比如说诗歌，
是多么美丽！让我来给你们推荐几首很不错的吧，老顽固
们。'玛丽有一只小羔羊，它有一身雪白的毛——无论玛
丽到什么地方去，它老是和她一道。''杰克和吉尔往山上
走，去提一桶水下来；杰克跌了一跤滚下山，摔破了头
顶，吉尔也跟着他滚下来。'多么美丽的诗歌，多么让人
神往的意境，感觉我的格调都提升了！这世界上，只有诗
歌，不违于田野，不违于育婴室，不违于商业社会。甚
至，参议会也应去领会这两首诗。

敬爱的老顽固们，请多与我联系。友好的书信往来会
让人受益匪浅。请再来信——如果你们这封信中还提到其
他问题，务必说明。

参议员杰姆士·××敬启

马克·吐温代笔

11 月 27 日于华盛顿

"这些信……您是当我的秘书当得腻烦了是吗？只要
您提出来，我立马就可以满足您。"

①"我都是按照您的意思来的！我避开了航运税的问题，
而且，说得也是让人捉摸不透。"

"避你个鬼！算了——还是别管它了。现在既然注定
要完蛋，干脆就让它搞得更彻底吧。让它搞得彻底——
让你最后这封杰作来收场吧，我马上就念给你听。我已

❶语言描写
通过"我"
之口，讽刺了参
议员的奸猾和不
作为。

81

经完蛋了。我把从亨堡德来的那封信交给你的时候，原本就有些担心。他们要求把印第安谷到莎士比亚豁口和中间各站的邮路按照摩门老路作部门修复，但是我告诉过你这是个很棘手的问题，而且提醒过你，对付这个问题要机灵点——回信要模棱两可，让他们摸不着头脑，可是你这要命的低能脑瓜竟写了这么一封糟糕透顶的回信，我看你要是有羞耻心的话，应该把自己的耳朵堵起来才行。

"敬爱的柏金士、华格纳及其他诸位先生：

❶直接描写

每一句都酣畅淋漓地揭露了政客们的虚伪、狡猾和官僚作风。

① "这个问题，你们应该都知道它处理起来是很棘手的，其实，我们也是这么觉得的。但是参议员说了，只要态度模糊一点，处理的手法圆滑一点，也是可以解决的。这个建议，希望你们可以参考一下。在离开拉森草原不远的地方，去年冬天有两个勺尼族酋长'破落冤家'和'云中骗子'就被人剥掉了头皮。但是其实还有另外的一条路也是可以经过这里的，那就是走摩门老路了，只是要辛苦一点。早上3点钟由摩斯比镇出发来到觉邦平地，然后先后经过布勒乔和壶把镇。因为这条路线的右边有一条大路，这条路线也被自然而然地荒废了。接着，在道生镇的左边有一个小镇，汤玛浩克镇。这样走，可以为旅客省一点钱，也更方便一些。另外，如果还有什么需要我们帮助的，可以随时写信过来，很高兴能够帮助到你们。

参议员杰姆士·××敬启

马克·吐温代笔

11月30日于华盛顿

✒读书笔记

"我亲爱的秘书，在听完了我给您读的最后一封信之后，不知道您现在的感受是怎样的呢？不会觉得羞愧吗？"

"哎呀，您太冤枉我了，我完全是按照您的要求来的。对于一些不方便说的需要含糊带过的，我也没有过多地描述。"

"哼！都是按照我的意思来的，滚吧。你可知道亨保德的野蛮人现在都恨不得杀了我，就因为您为我回的信。我失去了卫理公会对我的拥戴，以及市参议会……"

① "好的，我现在可以承认前面的两封信是我考虑得不够周到，可是，在包尔温牧场那封回信的处理上，我还是很巧妙的！"

"巧妙！我呸！滚！就现在，立刻，马上。并且，你可以不用再回来了。"跟参议员这么一番谈话之后，我就辞职了。这一次给参议员当了秘书之后，我后来没有给任何人当过秘书。这群人实在是太难伺候了。他们什么也不懂，别人费尽心思，他们也不知好歹。

❶语言描写

"我"的话"锋芒毕露"没有掩盖参议员真实的想法和目的，将政客们厚颜无耻、逃避职责的一面暴露无遗。

精华赏析

参议员让"我"巧妙、含糊地回复选民们的来信，内容是关于建邮局、组建教会、航运税收等敏感问题，"我"自认回复已经够含糊、巧妙了，实则锋芒毕露。听了参议员读的秘书的回信，不得不让人拍手称快，他几乎不近情理地揭露了政客虚伪、奸诈、不作为的丑恶嘴脸。

延伸思考

1. "我"做参议员的秘书多久了?

2. "我"替参议员回了几封信?

3. 内华达州的人要求建一所邮局,"我"为什么要他们建一所学校和监狱?

相关链接

　　这篇小说发表的时候,美国内战已经结束,国内呈现一片繁荣的景象。然而繁荣下面政府内部腐败、不作为的情况却暗流涌动。一些参议员不把公众利益放在眼里,只做表面文章,政坛浮华。马克·吐温在这一时期做过记者,目睹政界丑恶。小说辛辣地讽刺了这一现象。

哥尔斯密的朋友再度出洋

名师导读

　　鸦片战争失败后，清政府与美国签订了《南京条约》，中国开始沦为半封建半殖民地社会。美国结束了南北战争，资本主义蓬勃发展起来，资本家对廉价劳动力的需求大增，纷纷到中国招募工人。他们用欺骗手段，引诱华工远渡重洋，去美国寻找"幸福"。《哥尔斯密的朋友再度出洋》就是对此事的揭露。

按：下面的信里面的内容皆是事实，都是真实发生了的。一个从熟悉的中国来到美国这片陌生土地的中国人，亲身经历耐人寻味，并不需要任何的修饰。

第一封信

秦福兄：

　　①我这边的所有的事情都已经安排好了，即刻就可以启程去往太平洋另外一端，世界上最神奇的国度——美国。那真是一个最吸引人的国家，人人自由而平等，人们

❶直接描写

　　欢快的语句表达了"我"对美国的向往。

的生活都很安定平和。它是当今世界上最先进的国家，惹人神往。我的朋友，你要知道在这之前，我都过着一种没日没夜地将我们贫困的生活状况与那幸福的避难所做着比较的生活。①美国政府是希望我们过去的，因为他们国家的人口实在是太少，而那边的工厂又需要大批大批的工人。德国人、法国人以及爱尔兰人在美国大受欢迎，也已经足够说服我们了。这些外国人去了美国之后，房子、面包、工作样样皆备，人们干起活来也是冲劲十足。美国人是很博爱的，他们的胸襟很宽广，很愿意帮助像我们这样受苦受难的人，而且还没有什么附加要求，甚至还不分民族、信仰和肤色。除此之外，②那些曾经受过苦的人在接受了美国政府的帮助之后，现在也很乐意帮助我们，因为我们这种处境他们很感同身受。美国让他们感受到了最最崇高的博爱，他们自然也希望能够将这份罕见的博爱散发出去，让更多的人感受到这份美好，进而对生活充满希望，阳光地生活。

❶概括描写

直接叙述了去美国的两个原因。

❷对比描写

曾经受过苦的人们到了美国后会受到美国的帮助，生活会变好。表达了"我"对美好生活的憧憬。

艾送喜

18××年于上海

第二封信

秦福兄：

我最亲爱的朋友呀，我现在还在海面上漂泊着，不过，我的心情却美丽极了，因为不久之后，我就可以踏上那片向往许久的土地了。要知道，我接下来要到的地方没有忧愁，没有悲伤。

我的朋友，请您千万不要为我担忧。① 我已经和美国这边一位特别好的朋友约好了，他答应了每个月支付我12美元的薪水。您想一想，我们在中国干一天才多少钱哪，我即将要拿到的可是我们之前的20倍。我乘船的费用是很大的一笔钱。这笔钱是我向一个东家借的。东家的心地很好，允许我分期偿还，仅仅做个担保就可以了。我让我的老婆、一个儿子和两个女儿出面了。我最好的朋友，也请您不要担忧我家人生命的安危，因为这只是一种手续而已，东家答应不会伤害我的家人，因为我会忠诚于他，这对于他的价值更大。

可是，我这还没有到美国，就被克扣了2美元，而这是没必要的。② 美国领事要我办理一个乘船执照。他其实只要向船上全部的中国乘客总共征收2美元就够了，而我则不用额外给他这2美元。但他却执意向船上的中国乘客都征收了2美元，然后将多出来的部分塞进了他自己的腰包。船上的中国乘客一共是1300位，所以他拿了2600美元。东家和我说，美国政府已经在介入此事了，希望尽可能地避免这种情况，规范执照费的收取。但因为当时这项议案并没有通过，所以只能看下次议会了。东家和我说了，美国是一个很仁慈很公正的国家，是绝对不会容忍这样的行为的。

我所在的船舱称作统舱，是美国政府特地为我们中国

❶对比描写 ········
被欺骗的劳工以为去美国会得到丰厚的报酬。

❷直接描写 ········
美国政府试图通过法律使这笔敲诈费合法化。

注释

统舱：指轮船上设有较多铺位，可以容纳许多乘客的大舱。

乘客而准备的。要知道，统舱不受温度和穿堂风的影响，相对要安全一些，就是有点闷热，不过这已经是船里最好的地方了。这只不过是伟大的美国政府仁慈地对待一切不幸的外国人的另一例证。

❶事件简述

这是对华人人身的伤害，是对生命的漠视，是对华工的极端蔑视。

昨天也不知道是出于什么原因，^①我们中国乘客之间发生了些争吵，搞得舱里很不安宁。然后船长向他们放了蒸汽，滚烫滚烫的，导致七八十个人受伤了。有些人身上的皮一条一条地掉下来，他们狂呼乱叫，东推西撞，再加上舱里的蒸汽使得光线也不是很好，以至于一些原本没有受伤的人也被踩伤了。不过，我并没有抱怨，因为东家说了这是船上解决纷争的通常办法，连美国人的二等舱里每隔一两天也会来这么一次。

✒读书笔记

秦福，我的好朋友，为我祈祷吧。再过 10 天我就可以抵达美国大陆了，就可以切切实实地感受到那里自由的空气。而我，也可以是众多的自由人当中的一员。

艾送喜

18××年于海上

第三封信

秦福兄：

我们的船到了，我高兴地上了岸。我再也无法抑制自己的激动，我想跳舞、唱歌、呐喊。可下跳板时，^②我身后的一个穿着灰色制服，一脸不友善的人狠狠地踹了我一脚。如同被人给了一记当头棒喝，我立马就冷静了，甚至感到有点害怕。我再转了个身，另外一个穿着灰色制服的人也拿着棍棒狠狠地将我抽了一下。我正要拿起旁边的扁

❷直接描写

这就是这个国家的博爱吗？

担，有一个穿着灰色制服的人朝我走过来，示意我放下手里的扁担，还给了我一棍。然后又来一个人将我们的网篮和铺盖卷倒在了肮脏的地上，接着就是搜身。不妙的是，他们在洪五戴的假辫子里面搜到了鸦片。之后就是鸦片被没收，洪五被抓走。洪五的行李也被一并带走，但我们的行李放在一起，他们也不听我的解释，分一下行李。我上去分行李，他们就打我。最后我的行李也被拿走了。

　　这样的一个时候，我心里实在是郁闷极了。我想在这附近转转，了解了解这片土地，就和东家打了招呼。我不愿意让东家看出我对美国的接待方式的失落，就假装很开心的模样。但是东家叫住了我，说为了防止天花，必须要先种痘。我告诉他，我之前已经患过天花了，不会再患上了，我脸上还留着那个时候的麻子呢。可是①东家还是很坚持让我种痘，说这是法律规定的。东家还说，就算他随我意，医生也是不会放过我的，这又得交10美元。没过多久，医生就来了，给我种了痘，顺便拿走了我身上的10美元，这可是我大约一年半的积蓄。就在这个时候，我突然对美国的立法者的决策产生了怀疑，他们要是知道这城里的医生乐于给人种一次痘收一二美元，那他们决不会规定向穷困的爱尔兰人、意大利人或中国人收这么高的费，而我们都是为了躲避贫穷才来到这片陌生的土地。

艾送喜

18××年于旧金山

● 读书笔记

❶事件描写⋯⋯⋯⋯
　　"我"为了躲避贫穷来这里，到这里"我"却更穷了。这是多么绝妙的讽刺。

第四封信

秦福兄：

我的好朋友，我在美国待了快一个月了，每天我都在学习美国语言。不幸的是，东家的事业遇到了挫折，他的种植园倒闭了，我们现在都被解散了。东家当初对我们的承诺也成了口头支票，不可能兑现。更糟糕的是，我们还必须支付东家 60 美元，因为东家曾经给了我们每个人垫付船费。

在美国才待了两个星期，就遇到这样的事情，对我来说，又是一个晴天霹雳。接下来我需要自己出去找工作，来做到至少养活我自己。^①我现在就如同一个流浪者，没有亲人，没有朋友，没有钱，仅有的就是身上的破衣服。现在我的感觉，除了比别人轻松一点，不需要照看行李之外，其他的一切都让我失望透顶。但没过多久，我就想通了。是呀，我和其他地方的贫民不一样，我在美国。这个收留世间受压迫的人的地方，这就是我最大的优势。

正当我想着这个令人宽慰的念头时，却碰上了一群青年朝我放狗。我拼命地抵挡，但还是无济于事。接着，我退到了一个门道里，这里的门关住了，打不开。^②而那些狗却追着我来了这里，现在，我只能任由它们撕咬我的喉咙、面孔以及作践我的身体，而我能做的也只剩下大声呼救，但是那些青年却只管取笑，不管我的生死。甚至，连警察也只是朝我看了看，就冷漠地走开了。可是，有一个人不一样，他拦住了警察，并努力地说服他们帮助我。他

❶概括描写
种植园的倒闭让"我"成了一无所有的流浪汉。

❷直接描写
孤身飘零的"我"在自寻工作时遭到美国青年放狗撕咬取乐，警察熟视无睹。这就是美国的自由、平等吗？

成功了，警察返回来赶跑了趴在我身子上的狗，这让我突然感到很欣慰，虽然我的衣服已经烂了，我的身上也都是鲜血。警察询问那些青年为什么要这样欺负我，那些青年却让他们不要管这件事。从他们的口吻里，我听出了他们对中国人的敌视，他们认为我们抢了他们原本就很有限的面包。

然后那些青年就开始找那个帮助过我的人的麻烦。由于青年们的样子实在让人感到害怕，面目狰狞，他也只好默默地走开了，连我的一句谢谢都没能听到，还受了不少的谩骂。然后其中的一个警察跟我说，我被逮捕了。我讪讪地向他们打探缘由，可是我受到的却又是一记恶棍，他们命令我"闭嘴"。接下来迎接我的自然就是，街头顽童和二流子们的嘲笑。最后就来到了一个监狱，而我的罪名是扰乱社会治安。

我想为自己辩解，但他说："闭嘴！你现在最好老实点，我的伙计！在这里容不得你顶嘴。现在该是你冷静的时候，如果你还不安分，我们倒要看看是不是拿你没办法。你叫什么名字？"

"艾送喜。"

"别名什么？"

① 我说我不明白什么意思。他说他想要知道我的真名。因为他猜想我这个名字是上次偷了小鸡之后换了的。说完，他们都哈哈大笑起来。

然后，他们搜我的身。当然，搜不到什么东西。他们

读书笔记

❶直接描写
美国警察颠倒是非，勒索钱财，践踏人权，作者淋漓尽致地刻画出他们的丑态来。

十分生气，问我打算请谁"保释或付罚款"。他们向我解释这些事情时，我说我没有伤害任何人，为什么要取保或付罚款？他们踢我，说懂点规矩对我有好处。我顶嘴说我没有任何不敬的意思。于是他们中的一个把我拉到一边，说："喂，伙计，放聪明点，跟我们装傻充愣是全然没用的。你要知道，我们这是在办公事。你尽快给我们五块钱，你就立即可以出去了。少于五块办不到。你有哪些朋友？"

我告诉他，我在全美国没有一个朋友。我远离家乡，走投无路，穷得可怜。我乞求他们放了我。

他一把揪住我的衣领，使劲地又拉又推，把我拖到监狱，打开一扇铁牢门，一脚把我踢了进去，说："你就待在里面发霉吧，你这个外国畜生，叫你明白美国没有你这种家伙、你们这种民族的容身之地。"

艾送喜

18××年于旧金山

精华赏析

《哥尔斯密的朋友再度出洋》是美国现实主义作家马克·吐温笔下的一篇佳作，它以书信的形式真实地反映了一位名叫艾送喜的中国人和同胞们到美国寻求自由幸福的故事。故事有着悲惨的结局，艾送喜非但没有实现自己的愿望,反而饱受美国人的歧视、盘剥和打骂,之后莫名其妙地被警察投进了监狱。

延伸思考

1. "我"在哪写的第一封信?

2. 收信人是谁?

3. "我"写了几封信?分别是在什么时候写的?

相关评价

《哥尔斯密的朋友再度出洋》题目源自18世纪英国作家哥尔斯密的小说《世界公民》。内容是哥尔斯密假托中国哲学家李安济在伦敦给朋友写的119封信。信里通过写游历英国的感受,批判了英国乃至欧洲的社会黑暗。100年后,中国人再度出洋前往美国,吐温借鉴《世界公民》的方式塑造了"哥尔斯密的朋友"艾送喜的形象。

神秘的访问

名师导读

　　马克·吐温是美国文坛的一位巨星，他被公认为作家中的幽默大师，他的作品语言生动有趣。《神秘的访问》讲述了一个令人啼笑皆非的故事。

❶直接描写……
叙述故事的起因。

　　在找到了适合居住的地方之后，我也谈得上是有家的人了。①之后在这里认识一些朋友，来让自己的休闲时间显得不那么无趣，也让自己的生活显得更加丰富。我认识的第一位朋友自称是 assessor，在美国 Internal Revenue Department 工作，我对这个行业不是很熟悉，所以不知道和他谈什么才好。觉得像我这样有家产、有身份的人，必须要尽可能地去扩大自己的人脉，这就要求我是健谈的，尽管对面坐着或者站着的朋友是我完全不熟悉的，或者是刚刚才互相打过招呼的。为了找到我们的共同话题，我决定先从职业入手。看他的一身装扮，颇有老板的身段。我问他是不是在这个地方开店做生意的。我猜得没错，他点了点头。

（我不想让自己显得太过无知，指望着他自己说出他卖的是什么。）

我试探着问："买卖怎么样？"他说："马马虎虎。"然后我说，我会去他那儿，会成为他的主顾。"嗯，这个我想先不说。不过我可以向您保证，只要您看了我店里的东西，您绝对不会对其他店铺里面跟我家一样的东西产生兴趣。我在这方面算是业界大佬了。"他说。

"哦哦，好的，我大体有点认识了。"

我眼前的这位朋友，虽然身上不可避免的也有这个时代下人们免不了的世俗，但是相处起来的感觉却很舒服，交谈起来也让人觉得很是坦诚。接下来也不知道是什么缘故，① 我们的谈话很是顺畅，如行云流水般的，就好像我们之前就是知己，是彼此最熟识的朋友，这倒让我觉得不是那么真实了。我们就保持着这样的状态交谈着，整个的过程，我至少一直都在发言，而他也笑得很是恰到好处。但我知道，② 我对面前的朋友的警惕性自始至终都未消减半分，就如同工程师眼中的最高度，是那样的一丝不苟。我很清楚地知道，虽然我们一直都在交谈，但是，到现在我都并没有得到什么有用的信息，就仿佛没在交谈一样，他每一次开口都显得那样含糊其词。我想知道他所从事的行业，并且还要巧妙地设法让他自己说出来，不能让他觉得我抱着什么不正当的

读书笔记

❶ 比喻修辞
用"行云流水"比喻"我们"谈话顺畅、客套、没有实质的内容。

❷ 比喻修辞
形象地写出了这位朋友警惕性之高。

❶心理描写

这段文字描写出"我"为了得到在这认识的第一位朋友的信息，费尽心机想到了办法。

❷心理描写

表现出"我"为自己想出的计划自鸣得意的心理。

❸语言描写

生动地展现了"我"信口开河，对自己的收入夸大其词。

目的。① 然后我想到了一个自己还认为很巧妙的主意，先假装向他吐露心扉，让他产生一种我已经将他当成了一个很重要的朋友的错觉。然后，自然而然地，从他那里知道我想要的信息，还保证是真实的。② 因为觉得自己的计划很完美，便有了一种在和傻子聊天的感觉，而自己，就是一只老奸巨猾的狐狸。

③ "先生，您猜我用一个冬天和一个春天单单就靠做演讲赚了多少钱？"

"做演讲，猜？嗯，让我好好地想一下、想一下……光凭做演讲，2000？嗯，不不不，这太多了。1700？是吗？"

"好开心，您果真不能够猜到呢！不过也毫无悬念。让我来揭开谜底了，总共是 14750 元，哈哈，您觉得怎么样？"

"这真是让人诧异，您真的厉害呀！这只是演讲的收入，意思是您还有什么其他的职业吗？如果是这样的话，那您可真是厉害！"

"是呀，我确实还有一些其他的职业。《每日呐喊》，您知道这本杂志吗？这本杂志我做了 4 个月，然后拿了……拿了……8000 块，这个您觉得怎么样，会不会太少？"

"4 个月，8000 块，这还少呢！不行，我得立刻记下来。根据您的话，这还只是您收入的一部分呀？"

"不容易呀，您这次终于猜对了呀。上面的都还只是我收入的九牛一毛，我最大的收入在后面呢。不久之前，我写了一本书，《老实人在国外》。根据书本不同的装订风格，3.5 块到 5 块的每本售价……不过呀，您也不用觉得很恐怖呢，继续听我说一下后面的内容吧。您可知道，在刚刚过去的 4 个半月的时间，我的书卖出了多少本？算了，还是我说出来吧，95 000 本。95 000 本呀！按照单价 4 块，也将近 40 万的毛收入了。而我，40 万的一半 20 万，那是不在话下了。"

① "20 万！天哪，受苦受难的摩西！让我将这一笔也记下来吧。14750……8000……20 万，让我来算一下您在这么短的时间里的纯收入吧。哦！是 214 000 元！神哪，这真是让人觉得不真实了，这真的可能吗，先生？"

"可能呀，怎么会做不到呢。要错了也只可能是少算了。"

就在我说完了自己的收入，那位先生却打算走了。这让我很不开心，因为我不仅莫名其妙地向陌生人公开了收入，还因为虚荣心将收入的数字大大地提高了。可是尽管这样，对面那位先生的职业到底是什么我还不知道。不过，让我稍微开心的是，那位先生并没有说离开就离开，在离开之前他还递给了我一个信封，并告诉我里面有他的联系方式以及我可以了解的关于他的一些信息。除此之外，他还向我表达了他对我极大的好感，还说殷切希望我可以去他的店里面坐坐、喝喝咖啡。然而事情远远不只是这样，接下来他给我说了很多关于他的职业的情况，这让

读书笔记

❶列数字
"我"胡编的数字让对方吃惊。

读书笔记

97

我很高兴。他说，他曾经也接触过几位大财主的，不过，等到真的开始做交易的时候，他们却并不能拿出来几个钱。他还跟我说了一些他这些年的经历。从他的话语当中，我发现了，他这些年店里的情况并不是很好，因为根本遇不到一些身价不菲的大佬。说到激动之时，他还用手触碰了我。最后，准备离开了，他还想要拥抱我。如果我肯任他拥抱，他认为那是极光荣的。

❶动作描写
表达出这位先生的激动、兴奋。

①先生的这一番话让我甚是高兴，我也就不再拒绝，任由他的双臂将我拥住。先生在拥抱我的时候不经意间，还在我的后颈窝洒下了激动的泪水。先生离开之后，我立马将信封拆开了，但是当我用4分钟看完了信封里面的内容之后，我简直都快晕过去了。就在我晕倒之前，喊来了厨子，吩咐他要照顾好灶上的烤饼。

❷直接描写
揭示"我"晕过去的原因，让人啼笑皆非。

过了一会儿，我才缓过来。然后，就立刻抓紧时间命人去街拐角的小酒店那里雇了一位行家，用来贴身保护我一个星期。与此同时，我不停地咒骂他。②那位先生是个骗子，税务局的，他的包装可真的是很巧妙，一天下来，我竟然丝毫都察觉不到。而他交给我的信封里的东西自然就是一份报税表格，以及一些乱七八糟的问题。上面的问题设置得非常巧妙，连最世故老练的人都不一定能巧妙地躲过去。我也尝试了钻空子，但结局显而易见，我失败了。上面的第一个问题就包括了我所有的收入，这让我立刻就感受到了心脏被捆绑住的感觉。反面的问题同样刁钻，连这里面用词最委婉的一个问题都是关于我过去的一年里是否做过偷盗等犯法的事。这就是在骗我上当，无奈之下，我只好又花钱雇了另外一位行家。由于那位先生成功地挑起了我的虚荣心，以至于我将自己的收入夸张地说成了 214 000 元。根据国家的法律，稍微还让人开心的就是，这笔钱里面有 1000 块钱可以免税，但这对于我要缴的税款来说，简直可以忽略了。按照国家的法律规定，我得交 10 650 元税呢。天哪，我又要晕过去了。

（由于我当时的说法实在太过夸张，我并不可能交出那么多的税款，最后我还是很巧妙地逃过了。）

事实上，①我是真的有一位很有钱的阔气朋友，他生活得也着实是有滋有味，家里的装潢就像是一座皇宫，而吃饭自然就像高高在上的皇帝进膳的感觉了。他每天每月每年的消费数字都极为庞大，然而，他却是一位没有丝毫收入的闲人，这一点我在他的报税表上注意到了。无奈之下，我去向他求教。他在拿过我的一沓证明收入的收据之后，都不觉呆住了。不过，在一位税务方面的高手面前，这些简直不算什么。②他的操作手法很是老练，一根烟的工夫就找到了解决问题最好的方法，那就是制作一份应予扣除数的清单，上面记录着我交给州政府、中央政府和市政府的税的数目，我由于沉船、失火等受到的损失，我变卖房地产的损失，我出售牲口、支付住宅及其周围土地的租费、支付修理费、装修费和到期的利息，以前在美国陆军、海军与税务机关任职时从薪金中扣除的税款以及一些其他的零零碎碎的款项。列举出来的应予扣除的数额都大

❶人物描写 ·········
作者此处又设了一个悬念。文章悬念重重，引人入胜。

❷具体描写 ·········
写出朋友那避税的手腕儿之厉害，不得不让人佩服。

得惊人。然后，让我惊诧的是，我这一年里的总收入便只有 1250.4 元了。所以说，我接下来只需要宣一个誓，然后为多出来的 250.4 元交一下税款就可以了。

（就在我和朋友交谈的时候，他的小儿子威利从朋友的口袋里摸出一张 2 块钱的美钞，然后就跑开了。我可以保证的是，就算是我今天碰到的那个讨厌的家伙明天来访问这个小孩子，这个小孩子都能回答得超级令他的爸爸满意，尤其是在税务方面的。）

"您也是这样填报'应予扣除数'的吗？先生！"我说。

"哦，这个是毫无悬念的了，不然就我这点能力，以及我的学识，没日没夜地沿街乞讨，都不足以去供奉这个满嘴仁义道德，内心却一片肮脏、虚伪的政府。"

在我所在的市里这方面有名望的大师当中，最让我敬佩和信任的就数我这位朋友了。他处理事情的方式不仅利索，而且重点是不会让人有担忧。至于税务局那边，我连蒙带混，也就顺利地过了。

❶直接描写

文章结尾直抒胸臆，揭露并讽刺了美国社会的黑暗现状。

① 但这又有什么呢，这在美国可是最受人们尊敬的、最有钱的、最自豪，而且最体面、最被人奉承的人每年都在玩弄的把戏。所以，我不在乎，我毫不愧疚。今后，我干脆少开口说话，别轻易玩火，免得又犯老毛病，弄得不可收拾。

精华赏析

小说中的主人公"我"因为虚荣心夸大了自己的收入，作为炫耀，没想到和"我"聊天的先生临走时留下的一个信封让"我"晕倒了。原来"他"留下的是一张报税单，让"我"交纳一笔数额巨大的个人收入所得税。后来"我"的一位"阔"朋友大笔一挥，把"我"又变成了"穷光蛋"。小说运用夸张手法，深刻揭露了美国当时税收制度的混乱及有钱人偷税漏税的狡诈方法和手段。那些所谓的受人尊敬的富豪、阔佬们发财致富的根源就是钻税务的空子。作者在结尾处对文章的主旨做了总结。

延伸思考

1. 小说主人公遇到的第一位朋友是做什么工作的？

2. "我"告诉那位朋友"我"有几项丰厚的收入？分别是多少？

3. 经过"阔"朋友的帮助，最后"我"需要为多少钱交纳个人所得税？

相关链接

税收是国家依法通过征税取得的财政收入。它按照法律所规定的标准和程序执行。税收具有无偿性、强制性、固定性。

一个真实的故事

名师导读

　　通过《一个真实的故事》中瑞奇尔大娘的黑人女性形象，解读19世纪美国黑人女性在奴隶制下所遭受的种种苦难，揭示了黑人女奴的悲惨命运，彰显出作者进步的黑人女性平等意识，凸显作者对现实社会的批判和对黑人女奴的同情。

　　接下来我说的都是根据我听到的如实写出来的，没有虚构。

　　一个夏天的黄昏，我们一行人闲得无聊，便一起坐在农家门口的走廊上面。我们的后面，还跟着瑞奇尔大娘，她和我们并不是坐在一起的，而是另外的一排。原因是什么呢？无非就是因为瑞奇尔大娘是我们雇用的女仆，并且，她还是个黑人。① 虽然是个女人，可是瑞奇尔大娘的身子硬朗得很，已经六十岁了，但她的眼睛仍未昏花，气力仍未衰退。她是一个快乐而又热情的人，你可以毫不费

❶外貌描写
　　瑞奇尔大娘的身体健壮。

力引得她纵声大笑，比你逗一只鸟儿唱歌还容易。现在，像往常一样，一天的工作做完了，大家跟她开玩笑，打趣她，而她却引以为乐。她会一阵一阵地哈哈大笑，然后双手捧着脸，乐得浑身直颤抖，说话时喘得透不过气来。每逢这种时刻，我就会想到这一问题，我说：

"美丽的瑞奇尔大娘，您总是这么开心，难道您就没有什么悲伤或者是难过的事情吗？"

她突然停住了，看起来一脸严肃的样子，我突然有点尴尬。接着她反问道："克先生，您当真要这么说话吗？"

"哦……亲爱的瑞奇尔大娘，如果我太冒失了，请您见谅。但是我就是单纯地感到好奇，对您能够这么积极地生活表示很敬佩。"

"那好吧，克先生，既然您那么想知道，我就和您说说吧。① 我是两个奴隶的女儿，我是在一群奴隶当中长大的。后来，我也是一个奴隶。紧接着，我嫁给了一个奴隶，也是一个黑人。我们很相爱，感觉遇见彼此的时间都太晚了。然后我们很幸福地生了 7 个小宝宝，他们都很可爱。我和我的老公很爱我们可爱的孩子，希望他们和别家的孩子一样幸福。先生，我是在弗吉尼亚出生的，那是一个很老很老的地名了，不知道您是否有印象。而我的妈妈是在马里兰长大的，那是一个很有个性的地方，那里的人们也很有特点。那边的风土民情和我们这边很不一样，教育孩子的方式也存在着很大的差别。有一点是要记着的，

读书笔记

❶语言描写
种族歧视让他们毫无尊严地活着。

103

那就是千万不要惹怒了她，否则她定会搞得您一脸尴尬。而她这种时候说得最多的一句话就是：'我要你们知道，老娘不是生在平常人家，不能让你们这些杂种开玩笑！我是老蓝母鸡的小鸡，不含糊！'老蓝母鸡的小鸡，她们那边都是这样称呼自己的，更会为这个称呼感到高兴。还记得有一回我的小亨利摔坏了手腕子，头也被碰伤了，流出了血，但是却没有人及时为我的孩子处理伤口，都在干着自己的事情。就在这个时候，我的妈妈火了！① '我要叫你们这些黑鬼知道，老娘不是生在平常人家，不能让你们欺负！我是老蓝母鸡的小鸡，不含糊！'随后她迅速地收拾好了厨房的卫生，整理好了工具。与此同时，还给我的宝宝处理好了伤口，还好好地安慰了我的宝宝。所以，如果我被惹恼了，也是那几句话。

❶ 重复引用
"妈妈"再次用"老蓝母鸡的小鸡"称呼自己，强调自己的身份。

"后来发生了一件很不幸的事情，我们的东家破产了，不仅不再需要这么多的奴隶，还要拿我们去抵债。紧接着，我们就被送到了里奇蒙的拍卖会。我们接下来的结局，可想而知了。"

说到这里，瑞奇尔大娘明显已经很激动了，然后她就站了起来，这下整片空地都是她的领域了，而我们能够感受到的，就是瑞奇尔大娘足够让我们震撼的背影。

❷ 场景描写
这是作者借大娘之口对不合理的奴隶制进行控诉。

② "东家将我们套上手铐脚链，然后将我们集体放在一个二十来英尺的看台上。接着，我们就被各种各样的人

注释

尴尬：不自然的事情，让自己觉得很难堪。比喻窘迫不自在。

打量着，他们对我们评头论足。虽然很不舒服，但只能忍受，因为我们卑微的身份不可以去反抗。他们仔细地挑着，嫌弃这个嫌弃那个的，一会儿说脚是瘸的，一会儿又说太老了。到后来，我的老公被他们挑走了，我的孩子们除了小亨利也陆陆续续地被挑走了，到最后我的小亨利也被挑走了，我不愿意，死命地反抗着，但是却被那些人用棍棒抽打。之后，我的小宝贝亨利突然和我说，他会偷偷溜走，会去打工，等赚够了钱就来赎我回家。我的小亨利总是这么懂事，这么孝顺。无奈之下，我只好松开了我紧紧地拽着小亨利的手。

📖 读书笔记

"我之后也被一个富豪买走了，是新百伦的，然后我有了一个新的东家。① 直到今天，我也没有见过我的6个孩子。后来发生了战争，我的东家是南方军营里的一个上校，我在他家做厨娘。但是很不幸的是，北方的军队很快就打到南方来了。东家带着他的军队提前撤了，而我们这些奴隶被遗留了下来。东家的房子很大，他们走后，就是我们这些人住在这里了。之后北方的军队找到了这幢房子，询问我是不是可以为他们煮饭，我很乐意地答应了，这就是我的本行。

❶语言描写
瑞奇尔大娘的诉说，句句心酸让人落泪。

"住在这里的是从北方来的大官，叫那些小兵怎样，那些小兵就得怎样，都很神气。那将军说话也特别有力量，还很温暖地跟我说：'不要害怕，如果有人欺负你们，或者是难为你们，你就和我说。让我看看究竟是哪些

❶语言描写⋯⋯⋯

北方军官把大娘当作朋友，让她感受到了温暖。

不知天高地厚的东西，敢这样放肆。还有，^①我们都是朋友了，以后相处起来可以随意一点，不用那么拘束。

"这个时候，我想到了我的小亨利。我的小亨利这个时候应该在北方的军营里面，然后我就向从北方来的军官们打听我的小亨利。而军官们也很耐心地听着，丝毫不介意我和他们肤色的差异，仿佛我和他们的肤色一样，也是白色皮肤。我和他们说小亨利的左手腕子上和脑门子顶上都有一个小的疤痕，那是亨利小的时候不小心摔倒留下的。这个时候，军官们的脸上都流露出了同情的神色。接下来有一个军官问我，我和我的小亨利分开有多久了，我说13年。然后军官说："那您的小亨利现在可不像您描述的那样子了，他现在已经是一个大孩子了，恐怕没有那么容易找到了。"军官的这番话倒是让我突然震惊了，一直以来，我虽然都在记着和小亨利分别的时间，却从来没有想过小亨利已经长大了，他的容貌会发生变化，会变得和我想象中的小亨利截然不同。

❷递进描写⋯⋯⋯

一个个"不知道"描述了小亨利为寻找妈妈经历的艰辛。

"是呀，我对我的小亨利已经不怎么了解了。^②我不知道他去了北方参军，也不知道，我的小亨利当过剃头匠，干活儿养活自己，也不知道，我的小亨利为了找他的老妈妈，才去参的军。我更加不知道，小亨利为了获取关于他老妈妈的更多信息，换了一个又一个军官当

注释

截然不同：很分明地、断然分开的样子。形容两件事物毫无共同之处。

下属。

　　"这些从北方过来的士兵经常会举办跳舞会，用来找找乐子，缓冲一下过于平淡单调的生活。可是他们却不去别的地方，单单就爱我的厨房，因为我的厨房够大。这让我很不愉快，厨房是我的领地，是我用来为军官们服务的，不是用来给他们瞎折腾的。他们每次都会把我的厨房搞得很脏很乱，但我站在一旁没有去管。只是在一些我心情特别不好的时候，才会让他们留下来，把厨房打扫整理好再离开。而他们也因为实在是知道自个儿不占理，所以也不反抗，都会听我的。在一个星期五的晚上，我们的地方突然来了不少的人，是从司令部那边过来的黑人兵团的一部分。那天，① 我们这边也正在举办跳舞会，所以一大群人一起唱着跳着，屋里的气氛也彻底被调动起来了，这让我感到非常高兴。看着看着，全身的细胞都调动了起来，不由自主地，我也就跟着跳了起来。然后有一个穿着很时尚的黑皮肤的小伙子和一个金色头发的美丽女孩朝我这边跳过来，他们两个人在我面前跳来跳去，还跟我开玩笑，惹得我很不开心。② 我撑着腰，大声地说：'我要叫你们这些黑鬼知道，老娘不是生在平常人家，不能让你们开玩笑！我是老蓝母鸡的小鸡，不含糊！' 当我说这句话的时候，那些闹腾得不像样子的士兵果然都出去了。③ 只有一个男孩子，一个黑色皮肤的士兵，看起来就是那个在我面前跳舞跳得很嚣张的，穿着很时尚的士兵，突然就呆

📖 读书笔记

❶ 场景描写⸺
　　受舞会的热闹气氛的感染，大娘也不由自主地跳起来了。

❷ 语言描写⸺
　　口头禅并非只是简单地重复，而是为后文埋下伏笔。

❸ 行为描写⸺
　　"我"的一句话让那个士兵震惊。他的心情激动，无法迈动双腿。

读书笔记

住了。那种感觉，就像是突然被什么震动了一样，就算想抬脚，可是双腿却怎么都抬不起来。然后他旁边的也是黑皮肤的一个男孩子拉了他一下，他这才渐渐地缓了过来，然后和旁边的男孩子说：'你先回去，替我和上尉打声招呼，说我明天八点之后再回去。'

"早上七点钟的时候，我就得醒过来，给军官们做早饭。我正站在火炉的旁边，打算先把火烧起来。我在火炉前蹲下——就像这样，比如你的脚就是那炉子吧——我用我的右手开炉门——就像这样，再把它这样向回推，就像我这会儿推你的脚——我的手里端着那盘热腾腾的面包，刚要抬起头，这时候只见一张黑脸从下面凑近我的脸，一双眼睛向上冲着我的眼睛瞧，就像我这会儿从下面凑近你的脸，我就僵在那里一动也不动，就那样一直紧盯着他。突然，我明白了，一把抓住他的左手，捋起他的袖子——就这样，就像我这样捋你的袖子——接着我又去看他的脑门子。我说：'孩子呀，你要不是我的亨利，你手腕上哪来的这个疤痕，脑门子上哪来的这个印呀？感谢老天爷，我又见到我的小亨利了。'

①"哦！克先生，我并没有什么让我感到悲伤的故事，同样，也没有让我觉得特别开心的。"

❶语言描写
　　这句话是对黑人女性的"笑中带泪"的总结之语。她失去了家庭和亲人，没有受教育的权利，真的没有什么可开心的，可是她依旧精神饱满、欢喜快乐，因为她对未来还有着希望。

精华赏析

　　《一个真实的故事》以"我"的"逐字重述"讲述了19世纪一个黑人妇女在奴隶制下遭受种种磨难却依然乐观、坚强的故事。黑人女奴瑞奇尔大娘因为东家破产，和家人分离，过着悲惨的生活。作者通过幽默和讽刺性的语言讲述了她的坎坷经历，抨击了美国罪恶的黑奴制度。

延伸思考

1. 瑞奇尔大娘和她母亲骂人的话出现了几次？

2. 瑞奇尔大娘有几个孩子？

3. 瑞奇尔大娘是怎么认出自己的儿子的？

相关链接

　　南北战争以北方军队的胜利结束，南北战争维护了美国联邦的统一，但美国黑人的地位并没有改变多少，而马克·吐温发现黑人有许多"优秀的品质"，并"非常喜欢黑人"，他塑造的黑人形象勇敢、乐观，没有因为被奴役而卑躬屈膝。

稀奇的经验

名师导读

美国历史上发生的一次大规模内战是南北战争。本篇故事就发生在那个年代，不同的是这是一场新奇、滑稽、没有火药味的特殊战争。

回忆一下少校给我讲的故事：

1862 年冬天，我在康涅狄格州新伦敦特伦布尔要塞当司令官。我们的生活比较平静，但也时常会有些情况出现，所以我们并没有很清闲。^①那时候北方流传着一个神秘的谣言——叛军的间谍到处出没，他们计划炸毁北方的要塞，烧毁旅馆，将能带来传染病的衣服送到北方来，诸如此类。这些谣言打破了我们平静的生活，让我们必须保持警惕。我们那儿还是一个新兵招募站——这意味着我们没有任何时间游手好闲。虽然我们监管得很严苛，但招来的新兵每天还是有一半左右从我们眼皮下逃走。入伍会得

❶概括描写
北方流传的谣言让"我们"保持高度的警惕，这一细节为后面故事的展开埋下了伏笔。

到很多的津贴，所以新兵可以用两三百块钱贿赂看守的士兵，放他逃走。即使这样，新兵手中剩下的津贴对于穷人来说也是不少的财产。因此，我们的生活并不无聊。

　　有一天，我一个人在营房写东西，一个十四五岁、脸色苍白、衣服破旧的孩子走了进来。他认认真真向我鞠了一躬，说：

　　"这里招新兵吗？"

　　"是的。"

　　"长官，可以收下我吗？"

　　"不行，你的年纪太小啦，孩子。而且你的个子也太矮了。"

　　他的表情告诉我他失望了，然后又变得丧气极了。他慢慢地转身，好像是准备离开了，但是他又犹豫了一下，然后转过头来看着我，说："我没有家，也没有亲人，您收下我吧，好不好？"我被他真诚的语气深深打动了。

　　可是我绝对不能答应他，我十分温和地给他解释。然后，我让他坐在火炉边暖和暖和，对他说：

　　"你饿吗？我马上就给你找点东西吃。"

　　他没有回答，他也用不着回答，因为他那双柔和的忽闪忽闪的大眼睛里闪烁着感激的神情，比任何话语都更加能够表达他的心情。他坐在火炉边，而我继续写东西。① 偶尔我偷偷抬头看他，看得出来，他的衣服和鞋子虽然都已经很脏很破了，但样式和材质却都很好。而且他的声音很轻

① 人物描写
　　他也许并非平常百姓家的孩子，这点耐人寻味。

111

很好听，眼神总是深沉中带着忧郁，他的行为举止都很优雅，我想这孩子一定是遭遇了不幸，这让我很感兴趣。

然后我又继续专心做我的工作去了，将那个孩子完全抛到了脑后。① 不知道过了多长时间，我偶尔抬头一看，那个孩子背对着我坐着，脸有些侧向我，我看到顺着他脸蛋无声无息落下的一颗眼泪。

❶ 细节

表达的是因为我专心工作忽略了孩子，让孩子感到了委屈。

哎呀，糟了！我在心里暗道，我忘记了这个孩子还饿着肚子呢！为了向他表示我心中的歉意，我对他说："孩子，跟我走吧，我带你去吃饭，今天只有我一个人。"

他又满含感激地看了我一眼，脸上露出十分开心的表情。② 我们一起走到餐桌前，他用手扶着椅背乖乖站着，等我在餐桌边坐好了他才坐下。我拿起了刀叉，但并没有开动，因为这个孩子他低下了头，默默地进行了谢饭祷告，这让我想起了无数关于家和童年的圣洁回忆，我不禁感叹，我已经好久没有进行任何宗教仪式了。宗教能够治疗受伤的心灵，能够给人带来安慰、解脱和激励，而这些都跟我没有多大的关系了。

❷ 动作描写

他和"我"一起就餐的过程展示了他有着很好的教养。

在吃饭的过程中，我认真地了解了一下这个孩子。这孩子叫罗伯特·威克鲁。

他知道怎样使用餐巾，还有很多，就不详细说了，总之，能够看得出来他是个很有教养的孩子。他对我的态度也很真诚和坦白，这也让我很高兴。我们主要谈论了他的经历，我询问清楚了他的来历。当他说他出生和成长在路易斯安那，我对他的同情更多了几分，因为我在那个地方住过一段时间，很熟悉和喜欢密西西比河近海一带，而且我离开那里的时间也并不是很长，所以对那里还是有很大的兴趣的。从他嘴里听到那里的一些名字都会让我觉得很痛快，因此我总是刻意地把我们的话题引到这些方面，好让他多说出一些这一类的名字和故事来。巴敦鲁日、普拉魁明、端纳桑维尔、六十哩点、邦尼开尔、大码头、新奥尔良、卡罗敦、好孩子街、轮船码头、汽划子码头、周毕都拉街、贝壳路、斜堤、圣查理士旅馆、第阜利圆场、庞查特伦湖；特别让我开心的是再听到"李将军号""魁德门将军号""那且兹号""旧蚀号""邓肯·堪纳号"，还有一些我以前很熟悉的其他一些汽船的名字。^①听他说起来，我好像重新回到了那个地方，这些名字让我觉得关于那儿的一切事物又都在我心头重新出现。简洁地说，小威克鲁的来历是这样的：

爆发战乱的时候，他和他的爸爸还有生着病的姑母一起住在巴顿鲁日附近的一个大农场上。这个农场是他们家的，已经50多年了。他的爸爸是联邦统一派的人，受尽了各种各样的迫害，但是他一直坚持着自己的主张。后来，有一天夜晚，他们家的房子被一群蒙面的歹徒烧了，他们不得不逃走。一路上他们被人追踪，挨饿挨冻，受尽苦难。生病的姑母终于忍受不住流浪生活的折磨，在一个风雨交加的夜晚死在露天的田野中。不久之后他的爸爸也

📖读书笔记

❶心理描写
从侧面表达出"我"对小孩子的话深信不疑了。

注释
密西西比河：发源于美国北部的艾塔斯卡湖，全长3765千米，是北美洲流程最长、流域面积最广、水量最大的河流。

被一个武装队伍俘虏，孩子在一边苦苦哀求无果，最终他看着他的爸爸被人勒死。（说到这里，① 这孩子眼中闪烁着悲痛的光，十分愤慨地说："要是我不能当兵那也没关系，我也会想别的办法，我一定会想别的办法，为父亲报仇！"）他的爸爸去世了，那些杀了他父亲的人对他说，如果他不在 24 小时之内赶紧离开那里，他也会被杀掉的。于是那天晚上他就悄悄跑到河边，藏在一个大农场的码头上。后来那个码头停靠了"邓肯·堪纳号"，他就游过去藏在船后面的一只小船上，在天还没亮的时候他跟着船一起上岸了。那里离新奥尔良大概 3 英里远，他一路走过去，一直走到好孩子街，找到了他的叔父，终于暂时结束了他的流浪生活。但是他的叔父也是联邦统一派的人，不久后他就决定要离开南方，于是他和威克鲁一起离开了那里，去了纽约，住在亚斯多旅舍。威克鲁在那儿暂时过了一段安稳的生活，他常常去百老汇附近闲逛，见识了不少北方的稀奇景致。好景不长，他的叔父刚开始还很高兴，但渐渐变得愁苦和悲伤，脾气也变得很古怪和暴躁，② 老是跟他说花了很多钱，然后又没办法挣钱——"剩下的钱恐怕养活一个人都不够，更别说要养活两个人啦！"他的叔父不愿意再抚养他。后来有一天早上，他的叔父失踪了，没有跟他一起吃早饭，他去账房找旅店的职员询问，才知道叔父前一天晚上就结清了账离开了。至于去了哪里，职员猜测他是去了波士顿，但也不是很确定。

威克鲁独自一人，无依无靠，不知道该怎么办才

❶ 神态、语言描写

小孩子在叙述自己悲惨遭遇时悲愤的神情让人不容置疑。

❷ 语言描写

叔父的话让威克鲁明白叔父不愿再抚养他。他的境遇让人同情。

好，思虑再三他还是决定跟上去寻找他的叔父。他跑到码头，但他口袋里的钱根本不够支付他去波士顿的路费，而要去新伦敦却是足够的，于是他买了去新伦敦的船票。他祈祷着老天保佑，可以让他勉强度过剩下来的一段路程。直到现在，^①他已经在新伦敦的街上晃荡了整整三天三夜，依靠别人给他施舍的食物度日，困了就随便找个地方睡觉。后来他的勇气和希望都被耗尽了，他终于灰心了，他想要当兵，如果有人能让他当兵，他一定会很感激。如果他还没有当兵的资格，那做个鼓手也行。他会很努力很拼命地做事，绝对会心怀感激，也绝对会让人满意的，他保证。

❶直接描写

简单地叙述了近几天小威克鲁的悲惨遭遇。

这就是小威克鲁的经历。听了他的故事，我说："孩子，你现在找到朋友啦，不用再发愁啦！"我决定收下他，他一下子就高兴起来，眼里几乎放出光来。我把约翰·瑞本上士叫进来，交代道："瑞本，就让这个孩子跟军乐队的兄弟们一起住吧。我打算收下他，让他当个鼓手。拜托你照顾照顾他，千万别让他受什么委屈。"

要塞司令和小鼓手之间的交流到这里就告一段落了，但是^②我一直很牵挂这个无依无靠让人同情的孩子，我无时无刻不在注意着他，我想要他变得活泼一些，希望他高兴起来，但这都是枉然，他一直没有任何改变，总是不开心，不跟别人交谈，而且也总是心不在焉的样子，满脸愁苦。一天早上，瑞本找到我，单独跟我谈话，他说：

❷心理描写

小威克鲁的故事让"我"同情，"我"希望他活泼起来，所以时时关注他。

"司令官，有些话我一定要跟你说，我希望您听到后

读书笔记

不要太惊讶。现在的情况是这样的，军乐队的兄弟们忍无可忍了，一定要我跟你说才好。"

"咦，怎么了？"

"司令官，是威克鲁那个孩子。弟兄们真的很厌烦威克鲁，你简直想象不到他们的厌烦到了什么程度。"

"好吧，可是他做了什么？"

"司令官，他老是祷告！"

"祷告？"

"是啊，这孩子总是在祷告，搞得军乐队里的兄弟们都不得安宁。① 每天一大早他就要祷告，中午和晚上也是，特别是晚上，整夜祷告，就像是被魔鬼附身了一样，闹得大家都没法休息！他们晚上根本睡不了觉。他只要一开口祷告，就会没完没了，他会先跟乐队长祷告，然后再跟号手头儿祷告，再然后跟低音鼓手祷告，他甚至会带领他一起！乐队里的每一个人他都要祷告到，而且还都是要大大地祷告一番。他那个认真祷告的模样恨不得给人一种他马上要死去的感觉，好像他离开人世的时候要是没有带上一个乐队跟他一起离开，他就会不快活一样！唉，往他那儿扔靴子都没有效果，因为晚上屋子里漆黑一片，而且那孩子又没有很明显地进行祷告，② 他总是跪在大鼓的后面，所以就算大家都向他扔靴子，扔得像下了暴雨一样，那也没有用，因为他根本就不会在乎，他照样颤悠悠、慢吞吞地进行祷告，好像大家向他扔靴子是在给他加油助威一样。于是军乐队的兄弟们都大声呼喊起来，'啊，快

❶直接描写⋯⋯⋯
　　用"魔鬼附身"一词形象地描写出小威克鲁一天到晚不停地祷告影响了战士们的休息，让人厌烦。

❷夸张修辞⋯⋯⋯
　　夸张地写出扔出的靴子之多。

住嘴吧！' '别烦了，让我们安静会儿！' '快杀了这小子！' '臭小子快滚出去！' 以及类似的话，但是并没什么用处，根本就不会对他产生任何影响，他根本就不会理睬他们。"瑞本停顿了一会儿，又接着说道：

"这孩子倒是个很乖的小傻子，每天早上起来他还会把满地乱七八糟的靴子都搬回去。他被这些靴子丢了太多次了，都能够记住哪双靴子是哪个人了的，闭上眼睛都能把它们挑出来还给他们。"

他又停住了，我没开口说话。

"但是最让人难以忍受的是他祷告完了之后，就会清一清嗓子，然后唱歌。本来他说话的声音就是那么好听悦耳，唱起歌来更是好听，跟他的歌声比起来，笛子的声音都会显得粗糙和刺耳。①他唱歌声音低低的，柔柔的，就像在黑暗中轻轻流淌的水一样，给你一种在天堂的美好感觉。"

"那为什么你们会受不了？"

"问题就在这儿，司令官。他唱的歌，只要你听到了，就会忍不住浑身都发软，眼中忍不住要流出泪来！不管他唱的是什么，都会有种深入人心的感觉，仿佛击中你的要害一般，让人心神恍惚。他唱的歌词悲哀凄婉，听得人觉得自己仿佛是世界上心眼最坏、最不知好歹的人。②他的歌关于家乡、关于母亲、关于童年、关于以前的美好回忆、关于那些已经过去了的消散了的事情，还关于一些已经去世了的老朋友，能够把你一生中最难以忘怀的却

📖读书笔记

❶比喻修辞········
　　形象地描写了小威克鲁的声音很动听。

❷直接描写········
　　小威克鲁的歌词内容涉及面很广。

又再也无法挽回的事都带到你的面前来，唱得惟妙惟肖，让人很爱听，但是也叫人听了伤心极了！

①动作描写
战士们听了小威克鲁的歌后很感动，也从侧面描写了他的歌声凄婉感人。

① "军乐队的兄弟们一听到他的歌声都会一个一个忍不住哭起来，毫不掩饰地哭泣。这些刚刚还用靴子扔向那个孩子的人们啊，会从床上跳下来，在黑暗中跑向那个孩子，拥抱他，亲吻他，弄得他浑身都是唾沫；他们还用亲爱的名字叫他，请求他饶恕。每到这个时候，他们丝毫不允许任何人伤害这个孩子哪怕一根头发丝，他们会跟伤害他的人拼命的！"

他又停住了。

"就这些吗？"我问。

"是的，司令官。"

"原来如此啊，可是这有什么可埋怨的呢。他们想要我怎么做呢？"

"唉，我们想请您让他别唱了。"

"可是你刚刚还说他的歌声十分神奇、十分悦耳动人的呀。"

"问题就在这儿啊！他的歌声实在太美妙啦，一般人都接受不了。他唱的歌太让人感动了，让人觉得很不舒服，总觉得自己是有罪的，除了到地狱去受苦受累，别的什么也不配做。那歌声让人忍不住想要忏悔，让人显得特别地不对劲，好像整个人生都没有什么安慰。还有，他们哭了好久，第二天早上起来都不好意思看彼此的眼睛。"

"这倒是很新奇啊。你的告状也很奇特，那他们就是

读书笔记

118

要让他别再唱了吗？"

"是啊，就是这个意思，我们也不会提什么特别过分的要求。如果能够让他不再进行祷告，或者是让他的祷告不再没完没了，那自然是更好的，但是最主要的还是唱歌这个问题。只要能让他不再唱歌，我们觉得祷告还是勉强可以接受的，虽然他的祷告也折磨得人十分难受。"

我向上士承诺说我会考虑这件事。那天晚上我悄悄去了军乐队的营房。果然跟上士瑞本说的一样，我听见黑暗中的祷告，我听见那些被祷告扰乱心神的人的咒骂声，我听见很多靴子从空中飞过时的"嗖嗖"声和它们打到大鼓周围发出的声音。这样的情形让我觉得有所感触，也觉得十分有趣。

过了没多久，经过了一段时间的安静之后，就听到了他的歌声。① 他的歌声真的是很凄凉，也很吸引人！天下没有什么声音比这更加悦耳的了！那么美好，那么柔和，那么圣洁，那么让人感动。我没有在那儿待很长的时间，但已经可以体会到跟一个要塞司令官所具备的性格不相符合的感情了。

第二天我就发出命令，禁止了他的祷告和歌声。之后接连几天，总是出现新兵骗了入伍津贴又开小差的事情，弄得军营里很热闹但是也十分让人烦恼。我根本没有想到那是小鼓手干的。可是有一天早上，瑞本又来了。他说：

"司令官，那个孩子的举动有些古怪。"

"嗯？怎么古怪啦？"

"他总是在写字，一天到晚写个不停。"

📖 读书笔记

❶直接描写……
要塞司令官亲自听了歌声后对歌声的赞美。

"写字？你知道他写了什么吗？是在写信吗？"

❶行为描写

通过瑞本之口，描述了小孩子的古怪举动。那时的情况不得不让人产生怀疑。

"我不知道，①每天一下班，他就老是一个人在炮台周围转来转去，四处张望。我敢打赌，炮台的任何一个地方他都到过，而且他还老是看了一会儿就拿出笔和纸，写写画画的。"

瑞本的话让我觉得有些不开心了。我不喜欢这种疑神疑鬼的猜测，可是在那时只要有一点古怪的事情出现，都不能怪别人多疑。当时我们在北方，常常会发生各种各样的事故，这需要我们时时刻刻都要提防，时时刻刻都要怀疑别人。于是我想起，这孩子来自南方，还是路易斯安那种最南边的地方，联想到这里，我有些放心不下了。但是要我下命令让瑞本去处理这件事，我又感觉十分心痛。

❷心理描写

生动地写出"我"对孩子的关爱，"我"不忍心伤害孩子。

②威克鲁就像我的孩子一样，要我去调查他，就好像是一个父亲在捣鬼，会让孩子受到羞辱和损害似的。我让瑞本不要张扬，静静等待时机成熟，然后偷偷拿到一些那个孩子写的东西给我，千万不能让孩子知道。我还特意命令他不要有任何举动让那个孩子知道自己已经被别人注意到了。我还命令他，要允许那孩子跟原先一样有行动自由的权利，但是如果他进城的话，一定要在很远的地方盯住他。

🖋 **读书笔记**

后来几天，瑞本跟我报告了几次，但都是告诉我毫无结果。那个孩子还是一直在写东西，但是他不让人看他写了什么，每当瑞本靠近他的时候，他就装作毫不在意的样子，把正在写的东西塞进口袋里。而且他还去过城里一个没人的旧马棚两次，但只停留一两分钟，很快就出来了。

这件事很蹊跷，我们不能麻痹大意了。^①我不得不承认，我心中很是不安。我跑到我的私人住处找来了副司令韦布，他是个很聪明而且很有判断力的军官，是杰姆士·华特生·韦布将军的儿子。他听了这件事也很惊讶和着急，我们针对这件事谈论了很久，最后决定进行秘密搜查，而且由我亲自执行这个任务。^②我第二天早上两点钟就起床了，收拾了一下就去了军乐队的宿舍。我趴在地上，肚皮贴着地板从那些还在睡梦中的士兵的床边爬过去，然后停在威克鲁的床前。那个孩子也还在睡觉，我偷偷拿了他的衣服和背袋，然后再按照原路爬回来。我回到自己屋里的时候，韦布还在我的屋子里等着。我们急于想知道结果是什么，于是立刻动手进行了搜查，但是结果又让我们失望了，因为我们只从口袋里找到一些空白的纸和一支铅笔，然后除了一把大折刀和一些孩子们喜欢收藏起来当宝贝的乱七八糟的东西和没用的东西，别的什么也没有。我们又满怀希望地去翻那个背袋，但也没有找到什么，反而看到一本小《圣经》，上面写着这么几个字："先生，请看在他的母亲的面上，多照顾点我的孩子吧。"

我看了一眼韦布，他失望地垂下了眼皮，我也是。我们都默不作声，然后我恭恭敬敬地把书放回了原处。韦布站了起来，什么也没说就离开了。过了一会儿，我打起精神来，把我偷偷拿来的东西又送回了原处，还是像开始那样趴在地上爬过去的。

^③做完这件事之后，老实说，我觉得很开心。第二天

❶心理描写

"我"听了瑞本的报告后对孩子的行为产生怀疑。

❷动作描写

通过一系列动作，生动地描写了"我"亲自秘密搜查孩子，这行为放在司令官身上是多么可笑。

❸心理描写

写出了"我"对孩子偷偷地检查后，没有发现问题时高兴的心情。这正是"我"所希望的。

瑞本又来报告的时候，我抢在他开口说话之前对他说：

"这件事情就到此为止吧，① 他只是个孩子，而我们却像对待一个妖怪一样在对待这个可怜的小孩子。这孩子是很单纯美好的，他不会对我们有任何妨碍的。"

瑞本看上去十分地惊讶，他说："唉，可是司令官您也知道，这是您下的命令呀。现在我弄到了一些他写的东西。"

"嗯？那里面说什么了？你是怎么弄到的？"

"我从门上的钥匙孔里偷看，看到他在写字。我在他大概写完了的时候，小声地咳嗽了一下，然后就看到他很紧张地把写好的东西揉成一团扔进了火里，还四处看了一下有没有人来，然后他就放松下来，表现出一副满不在意的样子。这时候我就走了进去，跟他随意说了点话，就打发他出去干别的事了。他也很淡定地立刻就走了。因为炉子里是刚生起来的煤火，纸团扔到了一个大块的煤后面，掉在看不见的地方，但我还是把它弄出来了，就是这个，你看这张纸都没有被火烤到呢。"

我看了一眼瑞本递来的纸条，就看了一两句，然后就吩咐他去把韦布找来。那纸上的全文是这么写的：

特伦布尔要塞，8 号

上校，我上次开的单子里写到的那三尊大炮的口径是放 18 磅炮弹的，我刚开始弄错了；不过其余的武器都和我所写的相符合。炮台还是跟前一次报告的一样，不过原先准备派到前线去作战的那两连轻步兵暂时还要驻在这里。现在还不能确定具体要待多久，但是很快就能够确定下来了。我们认为就现在的情况看来，最好暂时不要采取行动，等等——

信到这里就中断了，应该就是瑞本咳嗽了一声，孩子就没有接着写下去。① 揭露了他这些卑鄙的行为，我感到心头一痛，以至于现在我对这个孩子的感情和好意，还有对他悲惨遭遇的同情心，都消失不见了。

先不去管别的事吧。② 现在问题严重了，而且我们需要马上就去解决。韦布和我一起认真研究了一番，然后韦布说：

"他还没写完就被打断了，真可惜！他们到底有什么行动需要推迟一下的？要推迟到什么时候呢？这些也许他本来是要写到的，这个小坏蛋！"

"是啊，"我说，"还有，信里写的'我们'又是谁呢？是外面的人，还是炮台里他们的同伙呢？"

那个"我们"的存在着实让人不安，但是一直在这一方面猜测也是不值得的，我们还是要想更加具体的办法。首先，我们要加双岗，尽全力提防。其次，我们得把威克鲁叫来，让他说出所有的秘密才是。这个做法好像并不是特别明智，要等别的办法都没有效果之后才能用。我们开始想办法要再弄到一些他写的东西。后来我们想到一个主意：③ 威克鲁从来都没有去过邮局，那个空马棚应该就是他传递消息的地方。我找来了我的亲信书记，是个名叫斯特恩的德国人，他十分有侦探天赋。我把这件事原原本本都告诉了他，让他想办法去破案。不到一个小时，我们又得到消息，威

❶心理描写 ········

生动描写出在确凿的证据面前"我"的心理变化。

❷直接描写 ········

证据面前，"我们"感到了事情的严重性，这成了"我们"当前最要紧的事。

❸直接描写 ········

为了得到更多威克鲁的信，"我"特地找人来侦查他的行为。

克鲁又在写东西了。又过了一会儿，他又请了假进城去了。在他起身进城之前，他们刻意地耽误了一会儿他的时间，同时，斯特恩赶紧去那个空马棚那里藏好。不一会儿他就看到威克鲁走进了马棚，东张西望了一下，然后把一个东西藏在角落里一堆垃圾下面后，淡定地离开了。斯特恩赶紧去把他藏好的东西拿了出来，是一封信，他把它带了回来。信上既没有收件人的名字和地址，也没有寄件人的名字。信里接着写我们刚看到的没写完的话：

我们觉得最好暂时不要采取行动，等那两连人走了再说。这只是我们四个人的意见，因为怕引起注意所以还没有跟别的人说过。我之所以说四个人，是因为我们少了两个人，他们入伍时间不长，刚刚进来炮台就被派到前线去了，现在得再派两个人来接替一下他们才好。走掉的两个是三十哩点的两个人。我还有一个很重要的消息要告诉你，可是绝不能靠这种通信的方式，要换一种方式。

读书笔记

❶语言描写
通过韦布对威克鲁的咒骂揭示了他们已经下了定论，他是一个间谍。

① "小混蛋！"韦布骂道，"谁能猜到他竟然是个间谍！算了，先不管这些了。我们先把现在得到的信息都凑起来看看吧，研究一下这件事到底发展到什么程度了。首先，我们已经知道了我们中间有一个间谍的存在；第二，我们之间还有三个间谍是我们还不知道的；第三，这些间谍都是通过应征入伍这个办法进我们的军队里来的，其中还有两个骗过了我们，被我们送到前线去了；第四，还有多少这些间谍的帮手存在于我们周围，我们还不知道；第五，威克鲁还有一件很重要的事，他不敢用通信的方式报

告，准备换一种方式。大致就是这些了。① 我们是不是应
该把威克鲁抓起来，让他招供？又或者可以去马棚那里抓
住来取信的人，然后让他招供？还是说我们现在先不要作
声，多调查一下再做决定呢？"

　　我们最终决定再调查一下，因为我们觉得现在还没有
一定要实施紧急措施的必要，那些阴谋分子显然是准备等
那两个轻步兵连开走之后再动手的。于是我们给了斯特恩足
够的权力去办事，让他尽力把威克鲁还没有说出来的话用
新的方式调查出来。我们打算做一次大胆的尝试，主张继续
这样，让间谍们不起疑心，能够拖多久就拖多久。所以我
们命令斯特恩回到那个空马棚，把威克鲁写的信再原原本
本藏到原来的地方去，等那些人去取。

　　那天一直到天黑了都没有什么动静。② 那天晚上天气特
别冷，还下着雨雪，风也刮得特别大。但即使是这样恶劣的
天气，我夜里还是从温暖的被窝里爬起来几次，亲自去外面
进行巡逻，确认没有出什么事情，而且确认每个岗哨都在
认真地站岗。无论我走到哪里，都发现他们振作精神在值
班，显然已经有一些神秘的、有威胁性的谣言在士兵之间悄
悄散播了，再加上我们加了双岗，就更加使那些谣言显得
确有其事了。有一次天快要亮的时候，我遇到韦布顶着寒
风在走着，后来才知道原来他也巡逻了好多次，确认没有
发生什么事才放心。

　　第二天，威克鲁又写了一封信，斯特恩赶在他的前面
到了那个空马棚，看到了他藏那封信，然后在他刚一走开

时，就去拿了那封信。然后他走出来，隔着很远的距离跟着威克鲁，在他的背后还跟着一个便衣的侦探，因为我们觉得他应该需要随时都可以得到帮助，以备紧急情况的出现。威克鲁跑到火车站去了，在那里等着从纽约来的车，然后在乘客从车上下来的时候，他就仔细地看着每一个下来的人的脸。① 不一会儿，车上下来一位年迈的老绅士，戴着一架绿色的护目眼镜，手中拄着拐杖，一瘸一拐地走过来，然后停在威克鲁的附近，焦急地四处张望着。威克鲁马上就向他走去，在他手里塞了一个信封，然后就飞快地溜走了，消失在人群中。斯特恩立刻就从老绅士手里抢来了信封，然后在匆忙走过那个侦探身边的时候，吩咐侦探说："跟着那个老先生，别让他跑了。"随后，斯特恩就随着人流一起跑了出来，一路跑回了要塞。

② 我们把门关好，嘱咐外面的守卫不要让别的人进来打扰我们，然后就坐下来看信。我们先打开了在马棚里拿到的那封信，信的内容如下：

神圣同盟，——照常在那个大炮里拿到大老板的命令，那个是昨天晚上放在那儿的；命令中取消了以前从次一级的机关所得的指标。已在炮内照例留下了暗号，表示命令已经到了收件人手里——

韦布忍不住问："这孩子现在不是一直在我们的监视下吗？"

我回答他是的，自从我们拿到上次他写的信之后，他就一直被我们严密地监视着。

❶人物描写⋯⋯
通过外貌、动作、神态对刚下车的老绅士进行了详写，他的神态让人怀疑。

❷动作描写⋯⋯
怕走漏消息，"我们"的行为是那么的小心谨慎。

① "那他怎么还可以放东西到炮筒里去？或者他是怎么有机会从那里面拿东西，还不被别人发现的呢？"

"唉，"我叹了口气，"我觉得现在情况有些不太乐观。"

"我也这么觉得"，韦布说，"这就明显说明了连哨兵里面也有他的同谋的，要不是他们暗中帮助他，他一个人是做不到的。"

我把瑞本叫了过来，嘱咐他去查一查炮台的周围，看看能不能找到什么线索，然后我们又接着去看那封信了：

新的命令很果断。它要求○○○○明天早上3点钟××××，会有200个人分成几股从各地坐火车或者通过其他办法来到这里，并且会按时到达指定的地点。今天是我来分发信号。② 我们是有把握成功的，但是我们现在已经走漏了一些消息，因为这里已经开始进行双岗提防了，而且正副司令昨天晚上巡逻了好几次。寅寅今天会从南方到来，用另一种方式接受秘密任务。你们6个人必须准时早晨两点钟到166号。乙乙会在那里等你们，给你们指示。口令跟上次是一样的，但是要倒过来——第一个字改到最后，最后一个字改到第一个。记住辛辛辛辛。千万要胆子大些，不到太阳出来你们就能够成为英雄了；你们的名声将会流传千古，你们会成为历史上不朽的人物。亚门。

"我觉得情形对我们不太有利啊。"韦布说。

我说情况确实是越来越严重了。

我说："很明显，他们正在计划一个冒险行动，而今天晚上就是他们约定好的时间。这个冒险行动，我估计是

❶ 语言描写

通过两个人对话描写中的疑惑，突出了事情比他们想象的要严重。

❷ 概括描写

在信件中，对现在的状况进行了总结，反映了威克鲁一伙儿组织严密。

🖋 **读书笔记**
_____
_____
_____
_____

偷袭和夺取要塞。我们必须立刻采取又快又狠的措施。我想我们不能再用秘密的手段来对付威克鲁了，这样没有一点用处，我们必须很快知道，'166号'到底在什么地方，这样才能在早上两点钟之前把那一伙人全部抓住。想要知道这个秘密，不用说，最快的办法一定是逼着威克鲁说出整件事来。可是我必须先把现在的情况报告给军政部，请求全权处理这件事，然后我们才能够采取行动。"

急电译成了密码，我看了一下，确认无误之后就发出去了。

我们随后就结束了关于刚刚那封信的讨论，又打开了另一封从那个瘸腿的老绅士那里抢来的那封信。那封信里面是两张白纸，什么也没有。①这让我们十分地失望，热切的心像是被泼了一盆冷水，简直不知道怎么办才好。但是只过了一会儿，我们想到这信可能是使用了"暗墨水"，我们就把信放到火边烤，等着字迹显现出来，但纸上只显示了一些模糊的笔画，别的还是什么都没有。而且我们也看不懂那几条笔画之间的逻辑。于是我们找来了军医，叫他用他知道的方法去尝试，等到字迹能够看清了，就立刻把这封信的内容报告给我。这个阻碍真是让人十分心烦意乱。我们迫切地想要从这封信里知道关于这个阴谋的一些重要的秘密和任务。

这时瑞本上士回来了，他从口袋里掏出了一根大概一英尺长的麻绳，上面打了三个结。他把它拿给我看。

"这是我在江边的一座大炮里找到的。"他说，"我把

❶心理描写
形象地刻画出"我们"破案的急切心情。

所有大炮上的炮栓都拿了下来，一个一个地看过去，最后每个大炮都检查过了，只发现了这一截麻绳。"

原来，①这就是威克鲁的"暗号"，表示着"大老板"的命令已经被接收到了。我立刻下了命令，把过去 24 小时内在那座大炮周围值过班的哨兵都单独关起来，不经过我的同意，不允许他们互相交流。

这时军政部长来了一封电报，内容如下：

②暂时停止实行人身保障法，全城戒严。必要的时候逮捕嫌疑犯，必须采取果断且快速的行动，随时汇报消息到本部。

这下我们可以出手了。我派人去逮捕了那位瘸腿的老先生，然后把他悄悄带到要塞来；我需要把他看管起来，不让别人跟他有任何的交流。刚开始的时候他还会吵吵闹闹的，但是很快他就不再做任何反抗了。

后来又传来消息。说是有人看到威克鲁拿了什么东西交给了刚入伍的两个新兵。他刚刚转身，那两个人就被抓过去关起来了。从他们的身上我们搜出了两张小纸片，上面用铅笔写着：

大鹰三飞

　记住辛辛辛辛

　　　166

按照军政部长的指令，我给本部打了一个密电，汇报了整个事件的进展，还描述了一下上面提到的纸片的内

❶直接描写

情况紧急，草木皆兵。

❷直接引用

上级的电报内容营造出紧张的战时气氛。

读书笔记

注释

要塞：是指险要的关隘，亦作要隘，常出现在边城的要害处。

容。现在我们终于可以拉下威克鲁虚伪的面具了。我让人把威克鲁叫来，同时我还派人去取给军医的那封用暗墨水写的信，军医还附带了一张纸条，说明了他用了几种方法，但都没有成效。不过他还有一些方法没有尝试，如果我需要的话，他还可以再试一试这些方法。

威克鲁很快就进来了。他看上去有些疲倦和急躁，但是他还是很镇定和从容的。他感到了有什么不妥，但是并没有表现出来。我让他在那里站了几分钟，然后才开口说道：

❶对话描写
　　面对司令官的审问，威克鲁表现出的是从容、镇定。

① "孩子，你为什么总去那个旧的空马棚呢？"

"报告司令官，我也不知道为什么，并没有什么特别的原因，但是我喜欢清静，我喜欢去那里玩。"

他很是天真地、从容地回答我。

"你只是去那里玩的，是吗？"

"是啊，司令官。"他依旧是那么天真淡定地回答我。

"你在那里单单只是玩吗？"

"是的，司令官。"他抬头，孩子气地看着我，那一双水灵灵、温柔的大眼睛充满惊讶的神情。

🖋 读书笔记

"是真的吗？"我再一次向他确认。

"是的啊，司令官。是真的。"

停顿了一会儿，我又说：

"威克鲁，你为什么总是在写字？"

"我吗？我并没有总是在写什么啊。"

"你确定你没有总是在写什么吗？"

"没有的，司令官。我只不过是在乱画呢，我都是画着玩的。"

"那你画了之后拿去干什么了呢？"

"没有干什么啊，司令官。我画完就丢掉了。"

"你没有把写好的东西送给什么人吗？"

"没有，司令官。"

我突然拿出了他写给"上校"的那一封信，展示在他的面前。他只是稍稍地吃惊了一下，但是很快就镇定了下来。他的脸上微微有点发红。

"既然这样，你为什么送这个出去呢？"

"我，我绝对没有安什么坏心思的。"

"你绝对没有安什么坏心思！你都要泄露要塞和军队的情况了，竟然还说没坏心！"

他低下头去，沉默不语。

"你老实交代，这封信到底是要给谁的？你不要说谎。"

① 这时候他的神情有些痛苦了，但是很快他又平静下来，语气十分恳切地跟我说道：

"司令官，我还是告诉你所有的事实吧，我都告诉你。其实那一封信根本就没有打算送给任何一个人，那真的是我写着玩的。现在我知道我真是做错事了，而且真的做了一件傻事，但是我保证我只犯过一次，我敢以人格担保这件事的真实性。"

"哎呀，要是真是这样的话，那真是让我感到十分高兴呢。写这种信真的是一件很危险的事情，我倒很希望你真的只写过这一封信呢。"

读书笔记

❶神态描写
在证据面前，他脸上显出了复杂的表情变化。

"是的，司令官，我确确实实只写过一封信。"

他的胆子真的够大，他在说这一句谎话的时候，脸上的神情是那么的真诚恳切。我停顿了一会儿，稍微平息了一下我的怒气，然后接着说：

"威克鲁，你仔细想想，我想要调查一件小事，不知道你愿不愿意帮我一个忙？"

"我一定会尽全力帮助你的，司令官。"

"那我就先问你了，'大老板'是什么人？"

这个问题使得他特别惊慌，他看了我一眼，马上又安静了下来，很沉着地回答我：

"司令官，我不知道。"

"你不知道吗？"

"是的，我不知道。"

"你真的不知道吗？"

读书笔记

❶动作描写
　　"低头"
"抓纽扣"这些
细节生动地描写
出了他的紧张。

① 他尽力想要跟我对视，但是他实在是太紧张了。他渐渐低下头去了，不再说任何话，沉默了。他紧张地抓着自己的一只纽扣。虽然他所做的事情十分地卑劣和可耻，但是他这个样子真的让人忍不住想要怜惜他。然后我又问了他一个问题，打破了我们之间的沉默。

"那么，'神圣同盟'里都是一些什么人？"

❷神态描写
　　他的阴谋
再次被揭露时，
其表现却让人感
到他可怜，并同
情他。

② 他开始浑身发抖了，双手微微动了一下，很像是一个陷入绝望的孩子在请求别人的同情和怜悯。但是他没说话，继续低着头站着，我们瞪大眼睛看着他，等待他开口说话，却看到大颗的眼泪从他的眼中流出来。但是他始终

不曾开口说什么。过了一会儿，我说：

"你必须回答我的问题，孩子。你一定要老实交代。'神圣同盟'里都是些什么人？"

他仍然不说话，只是一味地哭泣。我只好又说：

"回答我的问题！"我的语气变得严厉起来。

他很想要控制住自己的声音，然后他抬头看着我，求饶的样子，带着哭腔勉强说道：

"司令官，我求求你可怜可怜我吧。我不能回答你的问题，因为我真的不知道。"

"什么？"

"是真的，司令官，我说的都是实话。我敢保证，直到现在我才听说什么'神圣同盟'，真的。"

"真是奇怪了！你看看你这第二封信，你看得见这些你写的字吗？'神圣同盟'。你还有什么话可说的吗？"

① 他抬起头来，瞪大眼睛看着我，一副受了委屈的模样，好像他遭受了多大的冤枉一样，然后他很激动地说：

"这是有人在跟我开玩笑呢，司令官！我一直在努力地做一个好人，我从没有想过要伤害别人的。这些都不是我写的东西，我都没有见过这封信。"

"你这个可恶的小骗子！那你看，这又是怎么回事呢？"我从口袋里掏出那一封用暗墨水写的信，放到他的面前。

② 他的脸色发白了，像一个死人的脸色一样惨白。他都站不稳了，微微地有些摇晃，需要伸手扶着墙才能不让自己倒下去。过了一会儿，他低声询问：

❶神态描写
在问到"神圣同盟"时小威克鲁的神态是委屈的，让人以为他被冤枉。

❷动作描写
描写出他害怕的样子。

133

"那，您已经看过这封信的内容了吗？"他的声音很低，几乎听不见。

一定是我还没有来得及说出"我已经看过了"这个回答时，我的脸上流露出了一些真情实意，因为我清楚地看到那个孩子的眼中又恢复了勇气。我等待着他说出什么，但是他又一声不吭了。所以后来我说：

"那么，你对于这封信里泄露的军队里的秘密，又作何解释？"

他又十分镇定地回答说：

"我没有什么好解释的，我只想说，这封信里的东西是没有任何害处的。这里面的东西对谁都不会有阻碍的。"

①心理描写
在孩子镇定的回答面前，"我"无可奈何。

①这下我有些窘迫了，因为我完全没办法反驳他说的话，我不知道怎么办才好了，但是我突然想到了一个主意，于是我连忙说：

"你真的不知道'大老板'和'神圣同盟'是什么吗？你说这封信是别人伪造的信，这封信真的不是你写的吗？"

"是的，司令官，真的不是我写的。"

②神态描写
在重要证据面前，孩子表现出的是漠然，那神情似乎是此事与他无关。

我慢慢拿出了那一根扣了三个结的麻绳，默不作声地把它举起来。②那孩子若无其事地看着这根绳子，然后一脸莫名其妙地看着我。我实在是忍不住了，但我还是压住了我的脾气，尽量用正常的语气对他说：

"威克鲁，你看到这个吗？"

"嗯，我看到了。"

"这是什么？"

"好像是，一根绳子。"

"什么叫'好像是'？这就是一根绳子！那么，你认识这根绳子吗？"

"不认识。"他的语气真的十分从容淡定。

他的冷静真的让人感到十分惊讶！于是我停顿了一下，然后站起身，把一只手按在他的肩膀上，很严肃地说："孩子，你这样对你是没有任何好处的，你发给'大老板'的这个暗号，就是这一根带结的绳子，是在江边的一座大炮里找到的——"

①"是在大炮里面找到的吗？不对，不对，不对！不是在大炮里面，是在炮栓的一条缝里的！一定是在炮栓的一条缝里的！"他立刻就跪了下来，两只手十指交叉着，抬起了脸，他的脸色十分惨白，吓得要死的样子，让人看了觉得特别可怜。

"不，就是在大炮里。"

"啊，那一定是出错了！天哪，我完蛋了！"②他一下子就跳了起来，左右乱跑，躲开身边的人想要抓住他的手，特别努力地想要逃离这个地方。但是我们是不会让他逃跑的。他只好"扑通"一声跪在地上，用力地哭泣起来，还紧紧地抱着我的腿，抓着我苦苦地哀求着："啊，您可怜可怜我吧！您就行行好吧，千万不要把我的事情说出去。不然他们一定不会饶了我的。求求您保护我，救救我，我保证我可以把一切事情都供出来的！"

我们花了好一会儿时间才让他平静下来，他的恐惧渐

🖋读书笔记

❶语言描写
孩子的话语给了司令官答案。

❷行为描写
生动地描写出孩子的计谋被识破后，因为害怕急于想逃跑时不顾一切的行为。

渐少了一些，他渐渐变得清醒了一点，然后我们开始盘问他。他的眼睛一直盯着地下，十分恭敬地回答我的问题，不时地用手擦去不停流下来的眼泪。

"你是心甘情愿当一个叛徒的吗？"

"是的，司令官。"

"还是一个间谍？"

"是的，司令官。"

"你是一直都按照外面给的命令做事的吗？"

"是的，司令官。"

"那你是自愿的吗？"

"是。"

"你做这些事，干得高兴吗？"

"是的，司令官，我必须承认这一点。因为南方是我的家乡，我的心是南方的，我的整个心都属于南方。"

"那你之前说的你经历过的那些悲惨的遭遇和你父亲被杀害的这些事情都是为了混进要塞，捏造出来骗人的吧？"

"这些，这些都是他们让我这么说的。"

"那你现在是准备出卖那些同情你和收留你的人了吗？你是准备毁掉他们了吗？你知不知道你这样做是多么卑鄙无耻啊！"

威克鲁却只是一直哭泣。

"好吧，我们先不说这些了，聊一些正经事吧。'上校'是谁？他在哪儿？"

他开始大哭起来，哀求着我说他不要回答这个问题。他说他要是说出来了，会被他们打死的。而我威胁他说，如果他不肯说出实情，我就把他关进大牢里去。同时，我还承诺他，只要他能够说出实情，我就会保护他不受伤害。但是他还是紧闭着嘴，什么也不肯说出来，一副非常顽强的模样。[①] 我实在奈何不了他，于是带他去看了大牢。他只是看了一眼就立马改变了主意，突然哭起来，又是苦苦哀求我，这次他表示愿意说出一切秘密。

于是我把他带出来，他说出了"上校"的名字，还仔细描述了一番，他说在纽约城里最大的旅馆里可以找到他，他穿着平凡百姓的衣服。我又威胁他，他才说出"大老板"的名字和相貌等。他说在纽约证券街 15 号可以找到"大老板"，他化名盖罗德。我把他的名字和长相都通过电报汇报给了纽约警察局长，让他去逮捕这个人然后严加看管起来，直到我派人去提解。

"那么，"我说，"'外面'还有你们的同党，好像是在新伦敦。你说出他们的名字和情况吧。"

他说了三个男人和两个女人，他们都住在大旅舍里。我偷偷派人出去抓他们和那个"上校"，然后关到要塞去。

"还有你在要塞里面的三个同伙。"

我猜想他又要骗我了，于是我拿出从那两个被抓的哨兵身上找到的纸片，这吓了他一跳。我告诉他我们已经抓到了其中的两个人，逼他说出第三个人来。他吓得不轻，大声呼喊道：

"您就不要逼我了，他们一定会要了我的命的！"

① **直接叙述**
威克鲁害怕了，用"哭"和"哀求"表示了妥协。

✒ **读书笔记**

我说不会的，我会派人跟在他身边保护他的，而且集合的时候士兵是不允许带武器的。我命令所有的新兵都集合起来，然后这个孩子就开始浑身发抖了。他顺着这一队人走过去，装出一副若无其事的样子，后来，他对其中的一个人说了一个字，然后当他还没有走过去几步的时候，这个人就被逮捕了。

威克鲁走回来跟我们站在一起的时候，我让人把抓住的三个人带过来，然后叫其中的一个人站到我面前来，说：

"威克鲁，你必须要完全地说出实话来，一点也不能含糊。这个人是谁？你知道关于他的什么事情？"

威克鲁已经骑虎难下了，所以他也就顾不得别的什么了，他瞪着那个人，丝毫不犹豫地说了一大堆话，他是这么说的：

①"他的真名是乔治·布利斯多，是新奥尔良人。两年前他在沿海的邮船'神殿号'上当二副。这个人很凶狠，曾经杀过人，坐过两次牢——一次是因为他用一根绞盘棍子打死一个水手，一次是因为打死了一个苦力。他是一个间谍，被上校派到这里来完成任务。1858 年'圣尼古拉号'在孟菲斯附近爆炸的时候，他就在船上当三副。死伤的乘客被运上岸的时候，他就从他们身上抢东西，因为这他差点儿被人家抓来用私刑处死。"

威克鲁还说了一些类似的话，把关于这个人的一切都说得很详细。他说完以后，我问那个人：

"对于他说的这些，你有什么好说的吗？"

❶语言描写
小威克鲁对同伙的情况进行了详细的叙述。

"司令官，您可别怪罪我说话不客气，他根本就是在胡说八道，我从来没听过一个人这么会说谎的！"

我叫人带走他，关押起来，又喊来另外两个人问话，结果都是一样的。那个孩子说出了他们每个人的来历，说出这些事情的时候他甚至没有一丝一毫的犹豫。但是当我盘问那两个人的时候，他们也都是很愤怒地否认他说的那些话。他们没有任何的口供，于是我继续把他们关押起来，又让别的犯人出来跟威克鲁进行对峙。威克鲁都能够详细地说出他们的一切经历，包括他们来自南方哪个城市，他们怎样参加的这个阴谋，诸如此类的。

① 但是他们都不承认威克鲁说的这些事，而且他们也没有口供。男人们气得大发雷霆，女人们也都哭泣起来。按照他们自己的话，他们都是来自西部的人，清清白白，对联邦是十分忠诚和热爱的。我把这些人重新关起来，心里也十分烦躁，然后我就继续来盘问威克鲁。

"166 号在哪儿？'乙乙'是谁？"

但是他好像又下定决心不说了。无论我说好话还是威胁吓唬他，他都不再开口。时间渐渐过去，只好采取些强硬的措施了。② 我拴住他的大拇指，把他吊起来，他十分痛苦，凄惨地叫出声来，那声音我都受不了，但是我一直没有松手。没过多久他就叫起来：

"您快放我下来，我告诉您就是了。"

"不行，你先说，我再放了你。"

现在他十分痛苦，所以很快就说出来了：

读书笔记

---

❶ 概括描写

被孩子指认出的犯人都否认自己有罪，他们用"大发雷霆"和"哭泣"来表示自己是被冤枉的。

❷ 动作描写

"拴住""吊"等动词渲染了孩子承受的痛苦。

❶解释说明⸳⸳⸳⸳⸳⸳⸳
对孩子招认的地方做解释，增强了故事的真实性。

"大鹰旅舍，166号！"① <u>他说的是江边上的一个客栈，住的都是一些卖劳力的人和码头的工人，还有一些不体面的人也常去那里。</u>

于是我放他下来，又逼他说出这次行动的目的。

"夺取要塞，就在今晚。"他低声哭泣着说。

"那我有没有抓住这次行动的所有头目？"

"没有，除了你抓到的这些人之外，还有一群人要到166号开会。"

"你说的'记住辛辛辛辛'是什么意思？"

他没有回答。

"去166号的口令是什么？"

他还是没说话。

"还有那一堆一堆的字和记号代表了什么？'×××××'和'○○○○'是什么？快点说出来，不然我要你再尝尝刚刚的滋味！"

"我一定不会回答的！我宁愿死也不要告诉你。现在无论你怎么办我都不会说的！"

"仔细再想清楚你说的话，然后再告诉我你要不要告诉我！"

他十分坚决地回答我：

"我已经拿定主意了，我十分热爱我的南方，我痛恨北方的一切，所以，我宁愿选择去死，也不要泄露那些事情。"

我又拴住他的大拇指，把他吊了起来。他又痛苦得要命，大喊大叫起来，那可怜的声音听得人心都要碎了，但是我们再

📖 读书笔记

📖 读书笔记

也没有听到他说出什么来了，无论再问他什么，他只是回答同一句话："我可以死，我决定我宁愿死也不要说了。"

我们只好就这么放弃了，因为我们相信他现在是宁肯死也不会说出实情的。所以我们放下了他，将他关起来严加看管。

然后我们忙活了几个小时，打电报给军政部，还做了突击166号的准备。

①那个夜晚漆黑且寒冷，让人难免心生恐惧。要塞的情报已经被泄露了一部分，所以整个要塞都在做着提防。②哨兵从双岗加成了三岗，谁也不被允许随意进出，稍微有点走动都会被哨兵拿枪对着，叫他站住。但是我和韦布却不像最初那样担心了，因为大部分主犯已经被抓住了，阴谋比起最初的危害已经小了很多。

我最终决定赶到166号去，亲自抓住"乙乙"，然后等着别的人到来之后再逮捕他们。大概早上一点一刻左右我就悄悄离开了要塞，还带了6个精壮的士兵一起，当然还有威克鲁，他的双手被绑在身后。我告诉他我们要去166号，如果发现这一次他又说了谎话，我们又被他欺骗了的话，他就一定要带我们去正确的地方，否则我们就要对他不客气了。

我们偷偷靠近了那家客栈进行察看。客栈狭小的酒吧里点了一根蜡烛，别的房间都是黑暗的。我尝试着打开前门，门没有锁，我们轻轻地走了进去，然后顺手关上了门。我们都脱了鞋，我带着他们进了酒吧间。德国店主在里面，坐在椅子上睡着觉。我轻手轻脚地喊醒了他，让

❶环境描写
寒冷的夜晚烘托着紧张危险的气氛。

❷直接描写
小威克鲁的行为给军队带来了巨大的威胁，军队处于严加防范的状态中。

📝读书笔记

他脱了鞋子在我们的前面带路，还警告他不要说话。他一声不响就答应了，但是显然被我们吓到了。我命令他带我们去 166 号，我们爬了两三层楼梯，脚步十分轻巧，然后走过了一道很长很长的过道，来到过道尽头的一个房间门口。透过门上的小玻璃窗，我们能看到里面一支很黯淡的蜡烛的亮光。店主暗中摸索了一番，找到我后对我说，那就是 166 号。我试了试开那扇门，是从里面锁上的。① 我给旁边一个最高大的士兵下了命令，他用肩膀顶住门，猛地用力一撞，就冲开了门上的链子。我隐隐看到床上躺着一个人，那个人连忙把亮着的蜡烛熄灭了，光线一消失，我们就都在黑暗中了。我猛地一下扑过去，跳到床上按住了床上的那个人。那个人拼命地挣扎了一下，但是被我用左手卡住了嗓子。我的膝盖用了很大的力气，才压制住了他。

然后我立刻拿出了手枪，扣下扳机，用冷冰冰的枪筒抵住他的腮帮子。

"来个人划一根火柴吧，"我说，"我已经抓牢他了。"

立刻有人照我的话做了，划了火柴，房间亮了。我看到被我抓着的人，天哪，这竟然是一个年轻的女人！

② 我松手放了她，然后连忙下了床，心里有些过意不去，大家都瞪大了眼睛，不知道该怎么办才好。这件事发生得太突然了，出乎我们的意料，因此我们都很慌乱。那个年轻的女人开始哭泣起来，用被子蒙住了脸，然后店主很恭敬地对我们说：

"这是我的女儿，不知道她是不是干了什么不规矩的

❶细节描写
　　一系列动词的运用，生动地描写出了"我们"抓捕"罪犯"的过程。

❷神态描写
　　"我"不知所措的神情体现的是马克·吐温先生的幽默风格。

事情？”

"你的女儿？她是你的女儿？"

"是的，她是我的女儿啊。她今天晚上才从辛辛那堤回到家里来的，她有些生病。"

① "那个孩子又说谎了！这里不是他说的 166 号，这个人也不是'乙乙'。威克鲁，老实地带我们去找真正的 166 号，不然我们就——哎！那个孩子去哪儿了？"

威克鲁逃跑了。他不仅仅跑掉了，而且跑得我们一点线索也找不到。这真让人郁闷。我怪自己太蠢了，没有把他拴在某一个人身边，但是现在再懊悔也是没有任何用处的。到了现在这个地步，我该怎么做才好？这才是现在应该考虑的问题。但是也说不定这个女人就是"乙乙"呢？我其实不相信这个想法，但是我们总是要存着些怀疑的，不能妄下定论。我叫几个士兵留在 166 号对面的一个空房间里，嘱咐他们只要看到有人走近那个房间，就把他们抓起来。同时我还让他们把店主扣押起来严加看管，等我之后别的命令。然后我就回到了要塞，看看要塞有没有出什么事。

② 要塞很平静，始终没有出什么问题。我一整夜都守着，没有合眼休息，就怕出现意外，但是什么动静都没有。后来天亮了，我向部里打了电报，告诉上级这里一切安好。我的心情十分愉快。

我的心头放松了很多，但是我们还不能完全放松警惕，也没有停止防备。因为当时的情况太危险了，一点疏忽都不能有。我一个个叫来犯人，拷问他们，想要叫他

❶语言描写

"我们"上了那个孩子的当。在"我"明白过来时，孩子已经逃跑了。

读书笔记

❷直接描写

要塞在"我"的担惊受怕中安然度过了一夜。

们招出事实，但毫无结果。这些犯人只是咬牙切齿，抓自己的头发，什么也不说。临近中午的时候，我们得到了失踪的威克鲁的消息。早上 6 点钟，有人在大概 8 英里之外看到他，拖着沉重的步伐向西走。我立刻就派了一个骑兵中尉带一个士兵去追赶他，他们在 20 英里开外的地方找到了他。那时他已经翻过了一道篱笆，正在拖着疲惫的身躯穿过一片泥泞的田野，朝着村庄旁边的一座旧的大房子走过去。他们骑马穿过一片小树林，从对面的方向靠近那所房子，然后丢下马，溜到靠近的厨房里，那里没有一个人。他们又溜到旁边的一个屋子里，那里也没有人，从那个屋子里可以走到前面的起居室。他们正准备从这里走到起居室，忽然听到一个很低的声音，是有人在轻声祈祷。于是他们就停住了脚步，中尉探过头看，①一个老头和老太婆跪在那间起居室的一个角落里，刚刚祈祷的是那个老头。祷告完毕的时候，威克鲁从前门走了进来，那两个老人立刻朝他扑过去，紧紧地抱住他，抱得他都快喘不过气来了。他们大声喊着：

"我们的孩子！我们的宝贝啊！他终于回来了，感谢上帝他终于回来了！"

你说这是怎么一回事呢？②原来，那个孩子就是在这个农庄长大的，从小都没有离开过这里 5 英里远。两个星期前，他一次闲逛，才到了我那里，然后编了那么一个让人伤心的故事骗了我！那个老头是他的父亲，他是一个退了休的很有知识的老牧师，而那个老太婆就是他的母

📖 读书笔记

❶ 场景描写
一座旧的大房子，一对做祷告的老人，然后是威克鲁出现时的画面，让人疑窦丛生。

❷ 概括描写
这是一个孩子编的故事。

亲。现在让我来详细解释说明一下他的举动吧。①原来，他对于那些便宜的小说和那些专门刊登奇怪故事的读物太过沉迷了，十分喜爱那些奇怪的事情和所谓的侠义行为。后来，他在报纸上看到报道，知道有敌军的间谍会在我们这边潜伏，还有他们的企图和几次轰动的成功，然后他的脑子里就对这些事情有了深刻的印象。曾经有几个月，他总是跟一个很会说话的而且想象力很丰富的北方青年待在一起，那个青年在新奥尔良和密西西比河上游两三百英里的地方一艘航行的邮船上当过事务员，因此，他很了解那一带的地名和各种情况。而我曾经在战争前，在那一带只住过几个月，不是很了解那个地方，所以那个孩子很容易就欺骗了我。如果是一个从小生长在路易斯安那的人，也许听他说话不到 15 分钟，就能够发现他是在说谎了。那么，他为什么在我逼供时说，他宁愿死也不要解释那几个阴谋的暗号呢？那是因为他根本不会解释，那些记号本来就没有什么特殊的含义，纯粹就是他想象出来的，所以当我们问起来的时候，他根本不知道要怎么跟我们解释。比如说，他根本说不出那一封暗墨水写的信里面到底写了什么，最充分的解释就是那里面其实什么都没写，那就是一张空白的纸。而且他也根本没有放什么东西到大炮里面去，他也没有这么做的打算。他的信都是写给一些他想象出来的人物的，他每次去那个空马棚藏一封刚写的信，然后会把前一天藏在那里的信拿走。所以，他完全不知道那个带结的麻绳的存在，我拿给他看的时候，那是他第一次

❶概括描写

孩子沉迷于刊登稀奇古怪故事的读物。受之影响，他才有了稀奇的想法。

读书笔记

见到那根绳子。但是我一直逼问他，他就开始继续发挥他的想象了，承认那根绳子就是他放的。他还捏造了"盖罗德"先生的存在，还有所谓的证券街15号，其实那个地方早在3个月之前就被拆了。他还捏造了"上校"，还有被我抓住的跟他对质过的那些清白的人。他所说的关于那些人的听上去很真实的经历也都是他随口编造出来的。"乙乙"也是他捏造的人物，166号其实也算是他编的，因为在我们去大鹰旅舍之前，他自己也不知道那里真的有166号的存在。每当需要编造一个人或者一件东西出来的时候，他总能够随口说出来。我让他交代出"外面"的那些间谍，他就形容了一些他在旅馆外面见过的不认识的人，其实他本来是连他们的名字都不知道的，都是听说的。啊，[①] 在那些让我们惊心动魄的日子里，他却一直过着神秘的、想象的、丰富的生活。我觉得他一直很享受这些想象带给他的感觉。

但是他给我们带来了很多的麻烦，而且让我们受了很大耻辱。因为他，我们抓了一二十个人，还把他们都严加看管在要塞里边，在门口安了哨兵。被抓的人里面好多都是军人，我可以不用向他们道歉，但是别的人都是来自全国各地的公民，无论我怎么向他们赔礼道歉，都不能被他们原谅了。他们大发雷霆，一直在跟我们吵。里面有两个妇女，一个是俄亥俄一位议员的太太，另一位是西部一个主教的妹妹。她俩对我说了很多讽刺和侮辱的话，还流了很多的眼泪，这让我一直难以忘记，而且我应该会记得很

❶对比描写
一个爱幻想的孩子编造的故事把整个要塞都折腾得不得安宁，孩子却乐在其中。

读书笔记

久。那位戴着护目镜的瘸腿老绅士其实是费城一个大学的校长，他本来是来参加他侄子的丧礼的，他从来都不认识威克鲁这个孩子。当然，现在他错过了丧礼，还被我们当作间谍给关押起来了，①而且威克鲁还对我们说他是加尔维斯敦名声很不好的一个伪造犯、黑人贩子、偷马贼、放火犯，这种侮辱对于那个老绅士而言简直是不能被原谅的。

❶直接描写
　　这对老绅士是多么大的侮辱啊，当然也是对"我们"的嘲讽。

　　还有军政部！真晦气！算了，过去就过去了吧，我们就不要再谈论了。

附注：

　　我把我写好的这个故事的手稿拿给少校看，他对我说："你不是很清楚军队里的事情，所以你写的故事里面有一些小小的错误，但是就算是错误也都写得很精彩，那就不管它们了吧。军队里的人看了这些错误是会笑的，但是普通人是看不出来的。你把这个故事陈述得很到位，你的叙述跟实际发生的故事大致相符。"

　读书笔记

————马克·吐温

注释
费城：位于美国宾夕法尼亚州东南部，是特拉华河谷都会区的中心城市。费城是美国最老、最具历史意义的城市之一，曾是美国的首都，在美国历史上有非常重要的地位。

精华赏析

故事讲述了一个叫威克鲁的孩子，因为痴迷荒唐的奇幻故事，用编造的凄凉身世打动了司令官，成为一名击鼓兵，后来又伪装成一名间谍。他的谎话和举动让司令官信以为真，整个军队被他弄得人心惶惶。司令官抓了许多军人和无辜的百姓，最后威克鲁逃跑回家才真相大白，这件事成了司令官的耻辱。

延伸思考

1. 军乐队的士兵为什么不能容忍小威克鲁？

2. 小威克鲁是不是间谍？

3. 被"我们"抓住的瘸腿老绅士的真实身份是什么？

相关链接

南北战争，是美国历史上唯一的大规模内战，参战双方是北方的资本雇佣劳动制各州间南部反叛的种植园奴隶制各州。战争以联邦获胜告终。

加利福尼亚人的故事

名师导读

　　马克·吐温是美国著名的幽默大师，他的诸多作品或是幽默生动，或是诙谐滑稽，或是讽刺世事。他还是一位擅长描写真挚情感的作家，《加利福尼亚人的故事》展现的就是他的另一种写作风格。

　　35 年前，我到斯达尼斯劳斯河找金矿。我手上拿着锄头，背着号角，带着淘盘，整天到处走。我走了很多地方，找到不少含金沙，我总想着可以找到金子，然后就能发大财，但是我一直没找到。

　　① 这里是一个风景很好的地方。树木茁壮，气候温和，景色很好看。很多年以前，这里还住着很多的人，但是现在已经看不到什么人了，原来很美丽的乐园变得很荒凉。这里的地层表面被人们挖了个遍，然后人们就离开了

❶对比描写

　　曾经美丽的乐园，现在却变得很荒凉，原因是地层表面的矿藏被挖没了。

注释

斯达尼斯劳斯河：河流的名字，河沙中含金子。人们一度在此淘金。

这里。有一个地方曾经是个繁忙和热闹的小城市，城里有银行、报社和消防队，还有一个市长和很多参议员，但是现在那儿除了广袤的绿色草皮什么也没有了，甚至看不到人类曾经在这里居住过的痕迹。① 这一片荒原一直延伸到塔特尔镇附近的乡间，在满是尘土的路边偶尔还能看到一些很漂亮的村舍，外表整洁舒适，像蜘蛛网一样密密麻麻的藤蔓，像雪一样茂密和浓厚的玫瑰爬满了小屋的门窗。这些住宅都是被废弃的，很多年之前，遭遇失败、灰心丧气的家庭遗弃了它们，因为它们没有人买，就算白送也没有人要。再走半个小时，不时会发现一些用圆木建造的小木屋，这是在最早的淘金时代由第一批淘金人修建的，他们可以说是建造小村舍的那些人的前辈。偶尔会遇到有人居住的小木屋，那很明显，住在这儿的人就是一开始建造这个小木屋的拓荒人。也可以推测出他们住在这儿的原因，他们曾经有机会回到家乡，回到州里去过好日子，但是他们宁愿放弃财富也不愿意回去，因为觉得耻辱。他们与所有认识的人断绝来往，就好像他已经死去了一样。在那个年月，加利福尼亚的附近有很多这样活死人一般的人存在。这些人十分可怜，他们的自尊心被打击，年纪轻轻就满头白发，未老先衰。他们内心有太多的后悔和渴望——后悔自己虚度了时光，渴望能够与世隔绝。

② 这里多么荒芜啊！广阔的草地和树林十分安静，除了让人听到打瞌睡的虫鸣声，听不到别的声音，而且这里没有人烟，也没有野兽存在的痕迹，没有什么事能够让人

❶ 场景描写
现在的荒凉与过去的繁华形成对比。

🖊 **读书笔记**

❷ 环境描写
作者采用先总后分的描写手法，写出了这里的荒凉。

打起精神来，能让人觉得活着是件快乐的事。因此，这一天正午后一会儿，①当我终于在这里看到人的时候，我心情很激动。这是一个45岁左右的男人，他站在一间覆盖着玫瑰花的村舍门口。这间村舍跟我提到过的一样，但它并没有被遗弃，还有人住在那里，并且主人还细心地打理着这个村舍。它的前院是一个花园，也被主人精心呵护着，花朵五彩缤纷地盛开着，十分好看。主人，也就是那个男人，十分热情地邀请了我。他让我不要客气和拘束，他说这是乡下的惯例。

走进这样的房间让我觉得心情格外美好。几个星期以来，我日夜在矿工居住的小木屋，那里的一切都是肮脏凌乱的——②地板很脏，床上的被子从来不叠，还有散落的锡盘锡杯、咸猪肉、蚕豆和咖啡。屋子里没有任何装饰品，只有一些从带插图的读物上撕下来的描绘战争的图片被贴在墙上。那里的生活很艰难很凄凉，每个人都为自己的利益打算着，没有任何快乐的感觉。而这间小木屋却完全不一样，这里是个很温暖和让人觉得舒服的地方。它能让我疲倦的双眼好好休息一下，能够安抚一个人的心灵，就像一个长时间没吃饭的人，在他的面前放上一个艺术品，心灵会感应到那个人一直是处于饥饿之中的，而现在他遇到了一份营养补品，无论这个艺术品是多么简单朴素。我简直不敢相信，一块残破的地毯会让我感觉到十分满足；我也没想到，房间里的一切都能够给我的心灵带来安慰：糊墙的墙纸，被框起来的画作，铺在沙发扶手和靠

❶心理描写

经过了寂静的荒芜之后，"我"再次看到人迹和美丽的村舍时心情激动。

❷场景描写

通过几件具体的事物，描写出矿工居住的小木屋又脏又乱。

✒读书笔记

背上五颜六色的垫布和台灯座下的衬垫，几把古老的靠椅，还有整齐摆列着海贝、书和花瓶的整洁的古董架，以及那些被随手放着却颇具韵味的物品。这些东西都显示着这是个女人的杰作，当你看到的时候会觉得它很普通，但当你看不到的时候，你又会特别怀念。我的表情泄露了我内心喜悦的情绪，那个男人看到了，十分高兴。他的开心显而易见，以至于他就像我们之前已经谈论过这个话题一样说道：

"这些都是她布置的，"他温柔地说，"这些全都是她亲手弄的。"他看了屋子一眼，眼神很是深情和崇拜。画框的上面悬挂着一种很软的日本织物，女人们喜欢用它来装饰房间，看似不经意实则颇具特色。① 男人注意到它不太整齐，小心翼翼地将它重新整理了一下，又退后几步看了看，反复做了几次，直到完全满意。最后他用手轻轻拍打了两下织物，然后说："她总是这样弄，说不出来哪里挂得不对，但感觉就是差点儿，而它确实也是有点儿不对劲，于是反复摆弄直到自己觉得弄好了。也只有你自己知道这样是弄好了的，你也说不清其中的规律。我猜想，这就像母亲给孩子梳完头以后要拍两下一样吧。② 我常常看着她摆弄这些东西，看多了我就照着她的样子做了，虽然我不知道这其中的规律，但我知道方法。"

男人带我走进一间卧室让我洗手。我很多年没见过这样的卧室了：床罩、枕头都是洁白的，地上铺了地毯，墙壁上糊了墙纸，墙上挂了好些画，还放着一个梳妆台，台

❶ 动作描写
男人对画框上的织物小心、细致的整理过程，表达了他的爱。

❷ 语言描写
男人向"我"解释他这样做是照着"她"的做法学的。

子上有镜子和一些很精致的梳妆用品；墙角放了一个脸盆架和一个带嘴的、有柄的大水罐，瓷盘里放着肥皂，放东西的架子上挂了一打毛巾。①这种毛巾太干净了，对于一个很久不用这样毛巾的人来说，用它都会有种亵渎神灵的感觉。我的表情又一次表现了我内心的想法，男人又很开心了，满足地说道：

"这些都是她弄的，她亲手弄的，全部都是。这里没有一样东西不是她亲手动过的。我知道不用我多说，你会明白的。"

趁着这个空当儿，我一边擦着手，一边环视屋子，就像来到一个新的地方时人们经常做的那样。这里的一切都让我觉得赏心悦目，然后，我以一种无法解释的直觉感受到，那个男人想要我在屋子里找到什么东西。我看到他正在用眼角的余光偷偷暗示我，甚至想要来帮我的忙。我也着急了，很想让他满意，于是我努力地按照恰当的方法找起来。我失败了好几次，因为我总是从眼角往外看东西，他并没有什么反应，最后我终于意识到我应该直视前方的某样东西，因为我感受到了他极其喜悦的情绪，他爆发出一阵幸福的笑声，拍着双手叫道：

"就是它！你找到了！我知道你一定会找到的！这是她的照片。"

前面的墙上有一个黑色的胡桃木小托架，我走到跟前，②在那儿的确放着一个我之前还没有注意到的相框，她的照片是用早期的照相技术拍的。那是一个很可爱和温

❶心理描写
从侧面写出"我"过的是艰辛的、地狱般的生活。

🖋**读书笔记**

❷直接描写
在男人的暗示下，"我"终于找到了一位美丽女人的照片。

柔的少女，在我看来，是我见到过的最美丽的女人。男人看到我脸上赞叹的表情，满意极了。

"她过了 19 岁的生日，"他一边说这话，一边把相框放回原处，"我们是在她生日的那天结的婚，你再等一等就能见到她了。"

"她在哪儿？什么时候在家？"

"她现在不在家里，她去探望亲人去了，她的亲人住在离这儿大概四五十英里的地方，直到今天，她已经去了两个星期了。"

"那你知道她什么时候回来？"

"今天星期三，星期六晚上九点左右她就回来了。"

我觉得很遗憾和失望。

"那时候我已经走了，真是可惜。"我感到很是惋惜。

"走了吗？不，别走吧，为什么要走呢？你要是走了她一定会失望的。"

① 她会失望！那个美丽的女人会因为我的离开而失望？我想要是她亲自跟我说这些话，我一定会觉得自己是全世界最幸福的人了！我突然有一种强烈的想留下来见她的渴望，这个渴望很是执着，执着得都让我有些害怕。"我必须马上离开这里，不然我的灵魂会不得安宁的。"我对自己说。

"你知道吗？② 她喜欢有人跟我们待在一起，她特别喜欢那些见多识广又会说话的人，就像你这种人。这样会让她觉得很愉快，因为她懂的东西很多，她几乎什么都知道，而且她很喜欢交谈，她还读过很多书。所以请你不要走吧，就留下来吧，不会耽误你很久的。她很快就回来了。"

我听着他说这些话，却有些心不在焉。我深陷在内心的矛盾斗争中，连他走开了我都不知道。很快他又回到我身边，拿着刚刚给我看的相框走到我面前。

"你当着她的面对她说，你本来是可以留下来见她一面的，但是你不愿意留下来。"

这是我第二次看见她，这立刻瓦解了我内心的犹豫不决，我决定留下来。那晚，我和男人安安静静地抽着烟聊天，一直聊到很晚很晚。我们谈论了很多的话题，当然基本上都是关于她的。我很久没有度过这么悠闲和愉快的时光了。星期四很快就过去了，黄昏的时候，一个大个子矿工从三英里之外的地方来。他是一个头发灰白、无依无靠的拓荒者。他热情地跟我们打招呼，问道：

"我是来问问小夫人的情况，她有说她什么时候回来吗？她有写信来吗？"

"是的，她有写一封信，你愿意听吗，汤姆？"

"亨利，如果你不介意的话，我当然是愿意听的。"

亨利从皮夹里拿出信，他说如果我们不介意的话，他读信的时候会跳过其中的一些私人用语，然后他读了起来。他将信的大部分都读给我们听了——① 这是一封她亲手写的信，充满着爱和安详的情感。在信的附言中，她满怀深情地问候了汤姆、乔、查利和其他的好友邻居，给了

读书笔记

❶概括描写
"我"感到女主人有着一颗爱心，爱自然，爱生活，爱周围的一切人和事物。

他们祝福。

他读完信，看了一眼汤姆，叫道：

❶语言描写

侧面写出汤姆对她的想念。

① "看，你又是这样！快拿开你的双手，让我可以看到你的双眼。你听她的信总是捂着你的双眼，我一定要把这个情况写信告诉她。"

"别，亨利，你千万不要这么做。你知道的，我已经老了，任何一点小小的、失望的情绪都会让我忍不住流眼泪。我以为她现在已经回来了的，可是现在只有这一封信。"

"哎呀，你这是怎么了？我以为你们大家都知道她要到星期六才能回来呢。"

读书笔记

"对啊，星期六，我想起来了，我确实是知道她星期六回来的。哈哈，我都怀疑我是不是脑子出问题了。我当然是知道她什么时候回来的啦。我想我们可以提前为她的回来做一些准备。现在我得走了，她回来时我一定会过来的。"

星期五傍晚又有一个头发灰白的老淘金人来了，他住的地方离这个小木屋大概一英里左右。他说朋友们想在星期六晚上聚起来玩一玩，热闹一下，来询问亨利刚刚旅行回来的她，会不会觉得参加聚会很疲劳。

❷语言描写

在男主人对她的评论中"我"了解到她是个热心的、乐于助人的人。

② "疲惫？她会感到疲惫吗？她才不会呢。乔，你是知道她的，不论是你们当中的谁想要干什么，只要你们开心，哪怕让她六个星期不能睡觉她都是愿意的。"

然后乔听说她写了一封信回来，就请求亨利把信读给他听。信上她对乔的真切的问候让这个老人几乎控制不住自己的感情。他说自己已经老了，哪怕只是听到她提自己的名字，都会让他觉得承受不了。"上帝啊，我们好想念她啊！"

星期六的下午，我不时地看手表，亨利注意到我的动作，他很是惊讶地问我：

"你是不是觉得，她不会这么早就回来的？"

我有些窘迫，好像是被人窥探出了心里的秘密一样，有些不自在。我笑着解释看手表是我等人时的一种习惯。但他并不满意我的这个回答，①他开始有些心神不安了，四次拉着我沿着大路走到可以看到远方的地方眺望。他总是站在那里，手搭凉棚，然后昂着头看向远方。他好几次这么说：

❶动作描写
"我"的焦躁，让男主人心神不宁，他急切地盼望着她回来。

"我忍不住担心了，我真的是担心她。我明明知道她九点钟之前是不会到家的，但我总觉得她会出什么事。她不会出事的，对吧？"

他这样反复说了好几遍，开始的时候我还因为他幼稚荒唐的行为感到有些无奈，终于当他再一次问我同样的问题时，我失去了耐心，很粗鲁地回答他，这让激动的他一下就蔫了，还吓了一跳。②我粗暴的态度伤害到了他，他的态度明明是那么的谦卑，这让我觉得自己说话有些残酷，我憎恨自己对他这么粗暴。因此，当快到晚上的时候，另一个老淘金人查利来了，我感到很高兴。他就坐在亨利的旁边听着亨利读信，商量着怎么庆祝她的归来。查利一句又一句地热情亲切地安慰他，努力驱散亨利心中的不安。

❷心理描写
"我"为自己粗鲁的态度而感到后悔。

"她有出过什么事吗？亨利，你放心吧，这完全就是胡说八道。她不会出事的，你就别担心了。她不是在信上说了吗？她很好，不是吗？她说了她九点钟就到家了，你见过她什么时候说话不算数的吗？好啦，你就别再担心啦。她一定会回来的，这是毋庸置疑的，现在让我们一起布置屋子吧，她就快回来了，我们没多少时间了。"

很快，汤姆和乔也都来了。于是大家就一起动手装饰屋子，快到九点钟的时候，那三个矿工说自己还带了乐器过来，现在可以开始演奏了，因为那些小伙子和姑娘都要到了。他们很想要跳那种老式的"布霄克道恩"舞。他们的乐器是一把小提琴、一把班卓琴和一只单簧管。他们一起奏起了三重奏，演奏轻快的舞曲，还一面轻轻地用大靴子打着节拍。

❶行为描写
亨利在门口急切地等待妻子回来。

① 时间快要到九点了，亨利站在门口，直盯着大路。他的内心十分痛苦和煎熬，这让他几乎站不稳脚。他的朋友们几次举杯为他妻子的健康和平安干杯。这时汤姆高声喊道：

"请大家举起手边的杯子！让我们再干一杯！她马上就要到家了！"

乔用托盘端来酒分给大家，最后剩下两杯，我拿了其中一杯，但是乔却压低嗓子跟我说：

"别拿这一杯，拿另一杯。"

我按照他说的做了，而亨利接过了我刚刚放下的那杯酒。他喝完手中的这杯酒，时钟开始敲九点，他听着钟敲完，脸色变得越来越惨白，他说：

　　"朋友们，我很害怕，你们快来帮帮我，我要躺下来。"

　　他们扶着他躺到沙发上，他刚一躺下去就开始打起了瞌睡，一会儿又像是在说着梦话一样：

　　"我听见马蹄声了，他们来了吗？"

　　①一个老淘金人凑到他的耳边说："这是吉米·帕里什，他说他们耽搁在来的路上了，他们已经在路上了，但是她的马瘸了，所以要慢一点，再过半个小时她才能到家。"

❶语言描写⋯⋯⋯⋯
淘金老人用善意的谎言安慰迷迷糊糊的亨利。

　　"啊，谢天谢地她没事！"

　　话还没说完，亨利就又睡着了。②这些人手脚灵活地帮他脱了衣服鞋子，把他抱到我最初洗手的那间卧室的床上，还替他盖好了被子。然后他们关上门走出来，似乎是准备离开了。我说：

❷动作描写⋯⋯⋯⋯
所有的动作透露出他们已经这样做了很多次。

　　"先生们，你们别走啊，她不认识我。你们走了我怎么办？"

　　他们互相对视了片刻，然后，乔说：

　　"她？她已经死了19年了！"

　　"什么？死了？"

　　"也许更糟。结婚半年之后她回家去探望亲人，就在星期六晚上，她回来的路上，在离这里5英里的地方，她被印第安人抢走了，之后就再也没有消息了。"

　　"从那时起亨利就这样精神失常了吗？"

　　"是啊，他再也没有清醒过了，每年到这个时候会更糟。③在她要回来的三天前，我们就到这儿来，鼓励他，

❸直接描写⋯⋯⋯⋯
乔的话揭示了事情的真相。

读书笔记

叫他振作起来，问问他是否有收到她的信。星期六我们都来装饰房间，准备舞会。19 年来我们年年都这么做，第一年的时候我们有 27 个人的，可现在只有我们三个了。我们给他吃药让他睡觉，不然他会发疯的。醒来后他又开始等明年，想着他们在一起的日子，最后到了这几天又开始寻找她，拿出那封旧的信件，然后我们再来让他读信给我们听。上帝啊，她是个多么可爱的人！"

精华赏析

《加利福尼亚人的故事》通过"我"一个过客的所见所闻，描写了一个因失去妻子而精神失常的痴情男子，在好心的邻居的帮助下年复一年等待妻子归来，已经度过了 19 个年头的故事。

延伸思考

1. 文章中的"我"的职业是什么？

2. 亨利是个什么样的人？

3. 今年陪亨利度过这个星期六的有几个人？

相关链接

1848年在美国发生了一件影响深远的事，马歇尔在科洛马附近建造锯木厂的时候，发现了黄色金属片，后来证实是黄金。马歇尔的发现掀起了美国历史上最疯狂的淘金热，后来大批的来自世界各地的淘金者来到了加利福尼亚州淘金。

他是否还在人间

名师导读

几个年轻的画家，因为共同的爱好和追求，走到了一起。他们的画不逊于有名的画家，但因为他们没有名气，画卖不出去，因此他们穷困潦倒。后来他们怎么样了呢？

1892 年 3 月的时候，我在里维埃拉区的门多涅度假。在这个安静的地方，你可以单独享受到那些在几英里外的蒙特卡洛和尼斯需要和大家共同享受的一切。也就是说，①那里有明媚的阳光、清新的空气和蓝色的大海，没有喧闹和嘈杂，也没有奇装异服和浮夸的炫耀。门多涅是个安静淳朴又悠闲的地方。一般来说富人和大人物都不去那儿，当然偶尔也会有富人去。不久以前，我就认识了其中一个，为了保密，就叫他史密斯吧。一天，在英格兰旅馆里，我们正在吃早餐的时候，他突然大声地对我说：

❶景物描写

门多涅不但是个景色美丽的地方，而且安静、淳朴。

"快！你快看那个刚刚从门里走出去的人！你看清楚他的样子。"

"为什么？你知道他是谁吗？"

"知道，他叫席奥斐尔·麦格南，你还没来的时候他就已经在这里住了好几天了，听说他是里昂一个绸缎厂的老板，但是现在年纪大了，不干了。①他看上去很孤单苦闷，他总是一副愁苦忧郁的样子，而且没精打采的，从来不跟别人说话。"

我以为史密斯要继续说下去，向我说出他对这位麦格南先生的兴趣，但是他却什么都没有说，反而陷入了沉思。②几分钟之后，他就忘记了还坐在旁边的我和身边的一切。他时而伸手拨弄一下他轻柔的白发，似乎那可以帮助他找到思路。他还没吃完的早餐已经冷掉了，但是他并没在意。许久，他才说话：

"哎呀，我忘记了，想不起来了。"

"想不起来什么事？"

"我是说安徒生的一篇小故事，但是我忘记是什么了。这个故事有一部分情节大致是这样的：有个小孩，他在笼子里养了一只小鸟。他很爱这只小鸟，但他却不会照顾它，鸟儿唱歌的时候没有人倾听，也没有人在意。后来，鸟儿肚子饿了，口渴了，歌声渐渐微弱，最后停止了——鸟儿死了。小孩看到鸟儿死了，很后悔很伤心，含着眼泪叫来小伙伴。大家怀着十分悲痛的心情一起给鸟儿举行了十分隆重的葬礼。但是这些孩子不知道，不

❶人物描写
通过别人之口描述了曾经是绸缎厂老板神态：孤独、寂寞和愁苦。

❷人物描写
这些都形象地描述出了一个健忘的老年人的形象。

✒ 读书笔记

163

只是孩子们会让诗人饿死后再花大价钱办丧事和立纪念碑；如果这些钱花在他们生前，是足够让他们过好日子的，那么……"

就在这时候，我们的谈话被打断了。那晚十点左右，我又碰到了史密斯，他邀请我去楼上，到他的会客室里跟他一起抽烟喝酒。① 那个房间很是惬意，里面的椅子坐上去很舒适，闪耀着明亮的灯光，壁炉里还生着火，干硬的橄榄木柴在火里燃烧着，很温暖。房间的外面是低低的海浪澎湃的声音，更让这里的气氛变得很美好。我们喝完了第二杯威士忌，谈了很多随意的闲话之后，彼此都十分满足，然后史密斯对我说：

"趁我们现在正喝得兴致不错，我来讲一个稀奇的故事吧。正好还可以有你听我讲。这件事情可是一个保守了很多年的秘密，只有我和另外三个人知道，而现在我想要说出这个秘密了，你想听吗？"

"太好了，我想听，你继续往下说。"

下面就是他跟我讲的故事：

② "在很多年以前，我是一个年轻的画家，那时候真的是很年轻啊！我在法国的乡村到处写生，很快就遇到了两个可爱的法国年轻人。他们也是到处漫游和写生的画家。我们几个人凑到一起，都没有钱，很穷，但是我们十分地快乐。那两个法国青年，一个叫克劳德·弗雷尔，一个叫卡尔·布朗热。我们都是很可爱的、很好的人。不管处境有多么艰难，我们的日子总是过得很有劲，生机勃

❶景物描写
描绘出史密斯的会客厅温暖、舒适。

读书笔记

❷语言描写
史密斯告诉"我"他曾经是一个很穷但很快乐的年轻人。

勒的。

"后来，在一个名叫布勒敦的村子，我们穷得走投无路了，一个跟我们一样贫穷的画家，法朗斯瓦·米勒，收留了我们。他就像是我们的救命恩人一样。"

"法朗斯瓦·米勒？是不是就是那个伟大的画家法朗斯瓦·米勒？"

"伟大吗？^①那时候他可并不比我们伟大多少，就连在那个小乡村里，他都没有什么名气。而且他真的很穷很穷，他什么吃的都不能给我们提供，只能整天给我们吃萝卜，有的时候甚至连萝卜都没得吃。渐渐地，我们四个成了最能够依靠、最真诚的朋友，简直可以说是整天都难舍难分。我们一起拼命画很多的画，我们的作品越堆越多，却很难卖得出去。我们的日子过得真的很痛快，但是也很可怜，有种活受罪的感觉。

"我们就这样一起度过了两年多的时光。后来有一天，克劳德说：'朋友们，你们明白吗？^②我们已经山穷水尽了，可以说是已经走投无路了。谁都不愿意帮我们了，好像是大家联合起来要跟我们过不去一样。我跑遍了整个村子，结果就是这样，他们一点东西都不愿意赊给我们了，一定要我们先还清旧账才行。'

① **人物描写**
史密斯描述了他年轻时遇到的米勒。

② **直接描写**
整个村子没有人再赊一点东西给他们，突出了四个情趣相投的年轻画家生活窘困到了极点。

读书笔记

注释

法朗斯瓦·米勒：法国著名的现实主义画家。

"我们每个人都脸色发白，很狼狈的样子，垂头丧气的。我们终于确定我们现在的情况真的是很糟糕，所以大家很久都没有说话。最后，米勒叹了一口气说：'朋友们，我们一起想想主意吧。'

"没有人说话，周围都是一片沉默。卡尔站起来，看上去很紧张的样子，他来回走了一圈，然后说道：'真丢人！① 你们看，明明这些画，这么多的画，都是好画，并不比欧洲任何一个画家的差，很多过来闲逛的人都是这么说的。'

❶语言描写
卡尔根据过来看过画的人对他们作品的评价，判定他们的画都很棒。

"'但就是没人买。'米勒说。

"'那倒是没关系，反正他们都是这么说的，而且他们说的也确实是真话。就看你画的那幅《晚祷》吧……'

"'卡尔，就是我的那幅《晚祷》，有人出5法郎买它呢！'

"'什么时候？'

"'谁出的价钱？'

"'那个人现在在哪儿？'

读书笔记

"'你为什么不答应他？'

"'哎呀，你们不要一起说话呀。我本来以为他愿意多出几个钱的，我还是有把握，觉得他会多出一些钱的，看他的样子就知道，所以我就讨价到了8法郎。'

"'那后来呢？'

"'他就说以后再找我。'

"'真是太糟糕了！哎呀——'

① "'对不起，我知道，我知道不该这样的，我简直是笨死了，朋友们，但是我的本意是好的，你们知道的，我只是……'

"'唉，你别说了，我们都明白，但是要是有下次，你可千万别再这么傻了。'

"'希望下一次还有人愿意用一颗白菜来跟我们交换画。'

② "'白菜？哎呀，别说这个吧，我听了白菜都想要流口水了。我们还是说点让人不那么难受的事情吧。'

"'朋友们，'卡尔说，'你们说说看，难道我们的画都是没有价值的吗？'

"'谁说没价值的！'

"'我们的画可是有很大的价值的，你们说是不是？'

"'就是，就是。'

"'我们的画价值确实是很大，如果它们是某个很著名的画家画的画，那它们一定能卖到一个好价格的，你们说是不是这么一回事？'

"'当然是这样没错，我们都同意你这个说法。'

"'我并不是在开玩笑。你们说我的话到底是不是正确的？'

"'你的话确实是对的，没错啊。我们也不是在开玩笑，可是那又能怎样？你说说看，这跟我们有什么关系吗？'

"'我是这么想的，朋友们，我们就给这些画安上一

❶ 语言描写

刻画出了"我"的后悔。

❷ 语言描写

作者用夸张的手法进一步写出了"我们"被饥饿困扰着。

🖋 **读书笔记**

个著名画家的名字！'

❶神态描写·········
大家听了卡
尔的提议后，表
示不理解。

① "大家都沉默了，充满怀疑地看着卡尔，大家都不能理解他说的话，不知道他到底想干什么。我们能去哪里弄这么个著名画家的名号呢？

"卡尔坐下来，说：

"'现在我有一个想法，我觉得只有这么做，我们才不至于住进游民收容所。而且我很有把握，这个办法绝对是可以的。我的办法就是，我们可以根据人类历史上大家都认可的事实作为办法，这样一定能让我们都发财。'

"'发财？你简直在发神经。'

"'不，我认真的，我可没有瞎说。'

"'你还说没有？你明明就是在发神经。你说说看怎么叫作发财？'

"'每个人能有 10 万法郎吧。'

❷对话描写·········
听了卡尔的
解释后，大家都
嘲笑那是不切实
际的幻想。

② "'卡尔，你真的是在发神经！我可以肯定。'

"'就是就是，他就是在发神经！卡尔，你一定是穷疯了，所以才有这么个想法。'"

"'卡尔，你应该去吃药了，然后马上去床上休息休息。'

"'还是先用绷带捆上他吧，捆住他的头。他已经病得不轻了。'

"'不，应该捆住他的脚。这几个星期他总是在开小差，想些乱七八糟的东西。我早就看出来了。'

"'住嘴！' 米勒装出一副很严肃的样子，打断我们

的话，说，'好吧，卡尔，你把话说完吧。你究竟是怎么想的？'

"'好吧。先这么说吧，你们有没有注意到人类历史上有这么个事实，就是有很多艺术家，他们的才华都是在他们穷困致死之后才被人赏识的，这种事情发生过好多好多次了，甚至都能总结出一条定律了。这个定律就是：①每个无名的、没有人搭理的艺术家总是会在死后被人赏识。到他死后，他的画就能够卖得很贵很贵了。所以我的计划是，我们抽个签，我们几个人中抽到签的人就要去死。'

"卡尔的话说得满不在乎，但十分出人意料，我们有一瞬间的静默，几乎忘记了思考，然后大家纷纷叫嚷起来，觉得卡尔还是在发神经，于是给他说各种让他治病、治脑子的话。他耐心地等我们都平静下来，然后才接着说下去：

②"'就是说，反正我们中间必须死一个人，这样才能救活另外三个人，当然也能够救活他自己。我们抽签，抽中的人就可以去死，然后一举成名，这样一来我们大家就都能发财了。哎呀，你们好好听我说话，别插嘴，我是认真的，我不是在胡说八道。我的主意是这样的：今天之后的这三个月，被抽中死去的那个人必须拼命地画画，存很多画稿，越多越好，不是要那些很正规的画，只要随意画一些习作就好了，或者是写生时的草稿也行，哪怕随便勾几笔、涂几下也可以，反正只要是他画的，写

①语言描写

卡尔归纳出的定律，一些艺术家死后才会被承认、赏识。

②语言描写

卡尔在其他人强烈否认的情况下继续说他的想法，反映了他对此计划有着十分的把握。

上名字就好。他每天画这么几十张画，每张画上都要带着一些作者个人的绘画风格和特色，要让人一眼就能够看出来这是他画的。你们知道的，就是这些东西可以卖到好价钱。在这个画家去世之后，他的画就会被大家抢购，大家会花大得不可思议的价钱来购买这些画，那我们就准备很多很多这样的画，准备特别多。然后这段时间里，我们另外三个人就拼命地给这位即将去世的画家做宣传，特别是向巴黎的人和一些画商做宣传。然后等到一切布置好之后，趁着宣传热度还没有减弱的时候，我们就突然宣布这位画家的死讯，举行一个非常隆重的葬礼。你们听明白了吗？'

"'没有，还不是很明白……'

"这还不懂？就是说，那个人并不是要真的死去，只需要改名换姓，然后再消失就好了。在葬礼上我们可以埋一个假人，我们大家假装哭一场就好了。'

"我们都没有听他说完话，就爆发出一阵欢呼声，大家十分赞赏他出的这个主意。① 我们都很激动，在屋子里又蹦又跳的，高兴得拥抱彼此，十分欢乐。我们谈论了很久这个伟大的计划，说了好几个小时呢，连肚子饿都忘记了。后来，等所有的具体细节都安排好之后，我们举行了抽签，米勒抽中了签，于是我们就决定让他作为死去的那个人。然后，按照我们的计划，② 大家把不到迫不得已的时候不会拿出来的东西，比如一些作为纪念品的小装饰品，全都拿了出来凑到一起，换了一些钱。我们简单地吃

❶行为描写
描写出"我们"明白卡尔的计划后激动兴奋的心情。

❷直接描写
"我们"为了实现计划，当掉了东西，"我们"孤注一掷。

了一顿告别晚餐和第二天的早餐，留下了一些钱作为我们出门需要的费用。我们还给米勒买了一些萝卜之类能够填肚子的食物，足够他吃上几天了。

"第二天一早，我们三个人就出发了。我们每个人都带了十几张米勒的画，打算在路上把它们都卖掉。卡尔是往巴黎那边走的，他计划着去那里做宣传，替米勒宣传出名声来。而克劳德和我各走一条路，去法国其他地方乱跑一圈。

"这之后，我们的遭遇就很顺利而且很痛快了，你听了我们的经历一定会十分惊讶的。我走了两天才开始做事，① 我在一个大城市的郊外给一座别墅写生，因为我看到那栋别墅的主人当时正好站在楼上的阳台上。他看到我在画画，就从楼上走下来看我画，这也是我预料之中的事。我画得很快，刻意吸引着他的兴趣。他偶尔称赞我一句，后来就越说越带劲了，说我是一位大画家！

"我放下画笔，从随身的包里掏出一张米勒的画给他看，指着米勒的签名，很是得意地对他说：

"'你一定是认识这个的吧，你应该是懂这一行的。这个人，他是我的老师。'

"那位先生有些局促不安，并没有说什么，于是我很惋惜地说：

"'你不会连法朗斯瓦·米勒的名字都认不出来吧！'

"他当然是不认识米勒的名字的！但是不管怎么说，他当时那么窘迫，我能够这么轻易放过了他，他是很感激

❶直接叙述
　　此时方显文章的幽默色彩。

我的。他说：

①"'怎么会认不出来！就是米勒嘛！没错，就是他。我刚才也是突然想不起来了而已，现在我当然想起来了。'

"随后他就要买这张画。我跟他说，我虽然没什么钱，但我也没有穷到要卖画的程度。但是后来我还是让他用800法郎买去了。"

"800法郎！"我惊讶地说。

"是啊。②米勒本来只是打算用这幅画换一块猪排的，

结果我用它换了800法郎。放在现在，就算是用8万法郎都换不回来了！我还给那位先生画了他的房子，画得很好看，本来是想卖给他10法郎的，但是后来我想我是个大画家的学生啊，怎么能只卖10法郎呢？所以我卖了他100法郎，然后我立刻就把800法郎汇给了米勒，第二天又去了别的地方。

"但我有钱了，就不用再像开始一样走路了，我可以骑马了。从那以后我都是骑马的。我每天只卖一幅画，绝对不会卖两幅。我总是告诉买主：

"'卖掉米勒的画其实是很不明智的做法，因为他恐怕活不了三个月了。他死了之后，就算你出再大的价钱都买不到他的画了。'

"我想尽了一切办法去宣传这个消息，事先做足了准备，这样才能让大家都重视这件事情。

"我们卖画这件事的功劳应该是归于我的，因为这是

我出的主意。那天晚上我们一起商量怎么做宣传的时候，是我提出了这个主意。大家都同意试一试这个办法。现在这件事我们三个人都干得很成功。① 因为害怕离米勒家太近会露出马脚，我和克劳德都是走了两天的路，到远一点的地方进行宣传的。但是卡尔只走了半天！那以后，他就到处旅行了，像一个公爵一样。

"我们随时和各地的报纸记者搭上关系，在报纸上发表消息。我们发表的东西并没有说我们发现了一个新的画家，如何如何。② 我们装成人人都知道法朗斯瓦·米勒的样子，只是报道一些关于这位著名画家的近况，有的时候我们说他的病况有所好转，但有的时候我们又说他已经没救了。我们的话语中总是含着凶多吉少的意味，而且我们每次都会把这些标示出来，然后寄给那些买过画的人看。

"卡尔不久之后就到了巴黎，派头十足地干起来。他认识了很多报社的通讯记者，把米勒的情况报道到英国和欧洲各地去。后来，美国和世界其他地方都报道了米勒的事情！

"6个星期之后，我们三个在巴黎会面，决定现在可以停止宣传了，也不再让米勒给我们寄画了。这时他已经很出名了，一切都完全成熟了。我们决定趁着现在赶紧下手，以免出现差错。我们写信让米勒尽快饿瘦一些，然后躺到床上去。如果时间来得及的话，我们希望十天内他就能'死去'。

❶ 对比描写
更显露出卡尔的能力和智慧。

❷ 直接描写
"我们"又利用报纸顺利地实施着计划。

读书笔记

❶列举数字⋯⋯⋯

　　一系列数字描写出"我们"的计划很成功，尤其是《晚祷》，由5法郎到2200法郎，再到55万法郎。

❷概括描写⋯⋯⋯

　　给活得好好的人举办葬礼，轰动整个世界，是一件多么可笑的事情。

　　"我们大概地计算了一下，我们的成果很丰富。①我们三个人一共卖了85幅画和习作，得到了69000法郎，最后一张画是卡尔卖的，价钱卖得最高，他把《晚祷》卖了2200法郎。我们都觉得他很厉害——当时我们没想到以后会有一天整个法国都在争抢这幅画，竟然还会有一个无名人士用55万法郎的现金买走了这幅画。

　　"那晚我们准备了香槟，还吃了一顿丰富的晚餐来庆祝我们的胜利，第二天我们就收拾行李回去照顾米勒，陪他度过生命的最后几天时光。我们一边谢绝想要来探病的人，一边每天都会发出病况消息寄到留在巴黎的卡尔那里。然后卡尔会拿去在几大洲的报纸上发表，把关于米勒的消息传送到世界各地关心他的人那里。最后我们终于宣布噩耗，卡尔也急忙赶回来帮忙料理丧事。

　　"你一定记得吧，②那次葬礼真是十分盛大，轰动了整个世界，很多上流人物都来参加了，大家纷纷表示哀悼和悲痛。我们四个人抬着棺材，不让任何人来帮忙。我们这么做是有理由的，因为棺材里是一个用蜡做的假人，很轻，如果让别人去抬，很容易就会露出马脚。所以我们四个，当初难分难舍、患难与共的四个人一起抬着棺材……"

　　"哪四个人？"

　　"就我们四个啊，米勒也帮忙抬了自己的棺材。他化妆成了一个来自远方的亲戚。"

　　"太神奇了！"

"我说的可都是事实。你一定还记得米勒的画的价格是怎么一步一步往上涨的吧？至于挣得的钱，我们简直不知道怎么处置才好。① 现在巴黎还有一个人收藏着 70 张米勒的画呢，那是他当初用 200 万法郎跟我们买的。我们当初在路上赶路的时候米勒赶出来很多写生和习作，现在卖的价钱说出来简直会让你大吃一惊——而且这些价格还得我们愿意卖才行！"

"这真是太稀奇了！这个故事简直太神奇了！"

"就是啊。"

"那米勒后来怎么样了？"

"你能保守秘密吗？"

"当然可以。"

② "你记得今天早上在餐厅里我让你看的那个人吗？他就是法朗斯瓦·米勒。"

"天哪！原来——"

"是呀，就是这样。这一次总算没有又让一个天才因为穷困而死去，然后在他死后，那些本来应该属于他的酬劳被另外的人拥有。这一只会唱歌的鸟啊，终于没有白唱，终于有人愿意听了，而不是最后只能得到一场虚无的葬礼。"

❶举例描写·········

通过一个具体的实例，反映出"我们"的计划是多么的成功。"我们"都由穷小子变成了富翁。

❷对话描写·········

通过对话揭露出了一个天大的秘密。那个孤独的绸缎厂老板就是"死去"的著名画家米勒。

精华赏析

《他是否还在人间》是马克·吐温创作中期的短篇小说之一。故事从作者和史密斯的谈话开始，讲述了四个年轻画家（包括他和画家米勒）为解决生存问题不得已做戏包装炒作米勒的作品和身价，为了财富和名誉策划一场"假死"葬礼。故事结尾以餐厅里的那个人就是"死去"的米勒结尾，显示出马克·吐温的幽默、反讽、笑中带泪的独特的写作手法。

延伸思考

1.故事开头史密斯指给"我"看的人的真实身份是什么？

2.《晚祷》画作最后卖了多少钱？

3.小说中有几位年轻画家？

相关链接

法朗斯瓦·米勒是法国近代绘画史上著名的现实主义画家，他的作品以表现农民题材而著称，他是法国最伟大的田园画家，以乡村风俗画中感人的人性闻名于法国画坛。大家习惯于称呼他为米勒。米勒创作的作品具有浓郁的农村生活气息。著名作品有《播种者》《牧羊少女》《拾穗者》《晚祷》《晚钟》《扶锄的男子》等。

和移风易俗者一起上路

名师导读

"我"要去看博览会，而且有一位正规军里的少校作陪，可"我"却说没看成，还说旅途上收获颇丰，"我"到底有着怎样不凡的经历呢？

去年春天，我去芝加哥看博览会，虽然最后没看成，但是我却在那次旅途中收获了很多，也可以说是得到了一些补偿。在纽约，经过别人的介绍，我认识了一位也要去博览会的正规军队里的少校，所以我们就一同上路了。我需要先去一趟波士顿，这并不是什么大不了的事，他表示愿意跟我一起去，不介意多花一些时间。①他的仪表漂亮，体格魁梧，人很温和，说起话来娓娓动听。但有一点，他完全没有幽默感。他对周围的事情都很感兴趣，但

① **人物描写**

从外表、语言、性格等几方面描写了少校的特点，还点明了他的缺点——没有幽默感。

注释

博览会：一般指组织许多国家参加的大型产品展览会。

是周围的事情却不能够对他产生任何情绪上的影响。

但是，过了还不到一天我就发现，少校的外表虽然很冷静，^①但他的内心却有一股热情——他热爱破除那些存在于人们行为中的陋习，热爱维护公民的权利，这好像是他的癖好。在他看来，每个公民都应该把自己当作一个警察，不收取任何酬劳，但是要一直监督守法与执法的情况。他认为，只有每个人都尽自己的一份力去解决所看到的违法乱纪的行为，每个人都能够阻止或者惩罚看到的违法乱纪的事情，公众的权利才能得到维护。

❶解释说明 ········
这是文章的引子。

❷对比描写 ········
通过对比手法，写出了"我"和少校的不同观点。

这个想法虽然很好，但是经常这样做很容易惹来麻烦。^②我觉得，一个人这样做就像是要开除一个犯了小错的小公务员，而最后那个人会被别人嘲笑和讽刺。但他却说事实不是这样的，他并不认同我的想法。他说按照他的做法，是不会有人被开除的。事实上，你绝对不可以用开除来解决问题，如果这样做，那你就是失败的。因为我们要做的是改造一个人，让他变成一个有用的称职的人，而不是放弃一个人。

"是不是我们要去那个犯错的人的上级那里告发他，然后再拜托他的上级不要开除他，只要教训他一顿，再继续任用他？"

"不是，我不是这个意思。你去告发是不可以的，因为如果你这样做了，他就很有可能被他的上级解雇。但是你可以假装做出要告发他的样子，但这个方法也只是在任何别的方法都没有用了的时候才能用。因为这个方法比较极端，就是使用威力。但是如果一个人够聪明而且肯使用权术的话，最有效的方法还是运用权术。"

① 我们在电报局的一个窗口站了两分钟，少校一直在想办法，想要引起一个年轻的报务员的注意，但那几个报务员一直在说笑。于是少校只好开口了，他喊其中一个报务员去接收他的电报，可报务员却这样回答他：

"您稍等一会儿可以吗？"说完这句话，报务员们又继续刚才的说笑了。

少校说可以等，他不急，然后他又开始拟一份电报：

西联电报公司经理：

今晚请跟我一起吃顿饭吧，我跟你聊一聊某个分局经营业务的情况。

过了一会儿，② 那个刚刚态度傲慢无礼的报务员过来接了电报稿，他刚一读完电文就变了脸色。他很诚恳地向少校道歉，又做出各种解释，他说一旦这份电报发出去，他就要被开除了，这样他或许再也找不到另外一个像这样的工作了。他恳请少校能够原谅他，他保证以后再也不做让别人不满意的事情了。少校接受了他的请求。

我们走后，少校说：

"你看懂了吗？这就是运用权术。而且，也很容易看得出来，这个办法是怎么发挥作用的。一般人们会喜欢吓唬别人，这样做其实是不好。刚刚那个小伙子很会说话，如果他跟你争论一通，你一定说不过他，这样做只会让你自己出丑。但是你看，现在我用权术来对付他，就很有效果。

❶直接描写·········
"我们"在电报局受到报务员的怠慢。

❷行为描写·········
少校的电报内容让傲慢无礼的报务员认识到自己的错误，改变了态度。

再加上温和一点的语言，这就是我们要学会的。"

"啊，我明白了，但是并不是每个人都像你一样认识西联电报公司经理啊，并不是每个人都像你一样有做这件事的机会的呀。"

❶语言描写

通过少校向"我"解释，读者明白了这种借助权术解决问题的做法。

"不是的，您误会了，^① 我其实根本就不认识那位经理，我只是为了借助权术解决这件事而利用了他。这是为了他好，也能够造福人民，所以这么做没什么坏处的。"

我并没有附和他的观点，只是吞吞吐吐地说：

"可是，可是你这是在说谎啊！难道谎言也有好的、正确的吗？"

他并没有注意到我话语中委婉含蓄的质问，他只是沉着稳重地回答我：

❷语言描写

少校针对"我"的责问，解释了为损人利己而说谎和为公众利益而说谎本质的不同。

"是啊，有的时候就是这样的。^② 我们不能为了损人和利己而说谎，那种谎言是不正确的，但我们可以为了有利于别人而说谎，为了公众的利益而说谎，这就完全不一样了，大家都知道这个道理的。你不要去在乎我们采取了什么方法解决问题，你只要看看结果是怎样就好了。像刚才那样做，那个小伙子以后就会变成一个有用的人，就会变得守规矩。看得出来他是一个要面子的人，是可以被挽救的。就算不是为了他自己，也可以为了他的父母，或者是他的兄弟姐妹来挽救他。你知道吗，我这一辈子从来没有参加过决斗，一次都没有参加过。我也是受到过挑衅和质疑的，跟其他人一样，但是只要我想到那个挑衅我的人的无辜的家人，想到他们并没有做错什么，我就觉得不应该累及他无辜的家人，不能让他们伤心难过。"

① 就在那一天，少校纠正了很多人的行为里所表现的陋习，但始终都没有引起过摩擦——因为他总是能够很巧妙地运用权术来解决问题，不会让别人觉得丢了面子，而他自己也从那一次次的纠正中获得了满足感。最后，我不禁很羡慕他所做的事情，心想如果必要时，我也能很有把握地像他一样，在言语上说一些谎言，就像我相信练习之后能够在印刷品的掩护下用笔做到一样，也许我也会需要采取这样的办法呢。

那天晚上很晚的时候我们才离开当地，乘铁路马车去市区。有三个很粗暴而且很吵的人上了车，他们在一群安静的乘客中——其中还有妇女和儿童——随意地嘲笑别人，随意地动手动脚。他们说的都是一些不堪入耳的脏话。车上没人敢反抗和阻止他们，列车员尝试着劝阻他们，但是也没用，反而被他们嘲讽和侮辱了一通。我知道少校一定意识到了这应该是他要管的事了。果然，他脑子里已经开始思考自己所要用的权术，正在做准备要出手呢。我觉得在现在这个场合，只要他说了一句什么话，就一定会被那些人嘲笑谩骂的，甚至结果会更加严重。但是已经来不及了，我还没有来得及开口阻止他，他就已经说话了：

"列车员，我来帮助您，您一定要把他们这些猪一样的人赶下车。"

我没想到他会这么说。② 一眨眼，那三个粗暴的恶棍就

❶概括描写

少校巧妙地运用权术纠正了很多的陋习，他的行为得到了"我"的认可和称赞。

📖读书笔记

❷动作描写

少校的行为让人拍手称快，社会需要这样的人。这是对正义的赞美。

181

向他扑了过来，但是他们都没有接近得了他，因为他先发制人打了那三个人三拳。你绝对想不到那时是多么激烈的场面，跟拳击场一样。他打得那三个人都没有力气再站起来了，然后把他们拖开，再赶下了车。接着我们的车继续开起来。

我很惊讶，一向温和得像是羊羔一样的少校居然会做出这么粗暴的事情。我惊讶于他的力量是那么强大，他就那么轻而易举地取得了胜利；我惊讶于他将整件事情解决得利落干净，没有一点拖泥带水。因为整天我听到的都是他怎样温和委婉地使用权术来解决问题，所以现在的情形让我觉得有些可笑。我本想凭借我发现的这一点打趣他几句，但是我转念一想，这样打趣他是没什么用的，因为他是个没有丝毫幽默感的人，他绝对理解不了我的话，我就放弃了。

读书笔记

① 下车后，我说："你刚刚那真是一套精彩的权术！哦不，也可以说是三套，因为你对付了三个人。"

"你说刚刚那个吗？那不是权术呀，你根本就不懂。那跟权术是完全不一样的。那是威力，对那种人不能用权术，那种人是不会懂权术这种东西的，只能对他们使用威力才能解决问题。"

"您提到它了呀，也对，我想你说的是正确的。"

"对吗？我说的当然是正确的，那就是威力。"

"我也觉得，从外表看来这确实是威力。那您经常用这种方式去解决问题吗？"

❶对话描写
刻画出少校制敌有方，却不懂得幽默的特点。

"绝对没有，这种情况是很少发生的，我很少用威力。"

"那三个人，他们受的伤会恢复吗？"

"会不会恢复？这还用问吗？他们当然会恢复啦，不会有什么危险的。因为我知道该怎么揍人，我没打他们的要害。"

我相信他说的话是真的。① 我开玩笑地说他整天像一只温和的羊羔一样，没想到现在突然变成了一头暴躁的公羊，还是撞角的那种。但是他却一本正经地否认我的话，他说撞角羊现在已经没有人再用了。他这样回答我的玩笑话，真让我生气。我差一点就脱口而出说他是个听不懂玩笑话的傻子了，但是话到嘴边我还是没说出来。现在还是不说了，等到以后我们联系的时候再告诉他好了。

第二天下午，我们出发去波士顿。特等客车的吸烟室里人满了，我们只好到普通吸烟室去。过道边的顺座上坐着一个农民样的老人，他的态度很温和，脸色有些苍白，为了透气他用一只脚勾住那扇开着的门。过了不一会儿，② 一个身材魁梧的制动手闯进了车厢。他走到门前，停了下来，用凶狠的眼神看了农民一眼，然后猛地拉门，力道大得差点带走了老人的靴子，然后他就匆匆地离开了。他的动作引来了几位乘客的嘲笑，那个老人觉得很羞愤。

停了一会儿，列车员经过我们，少校拦住他，用很客气的语气询问道：

"列车员，如果制动手的举动不对，乘客该去哪儿报告？是不是向您报告？"

"如果您想要告他的话，您可以去纽黑文站告。不过

❶叙述

这件事形象地刻画出了少校"迂"得可爱的形象。

❷行为描写

通过对制动手眼神和动作的描写表现出他对老农民的蔑视和侮辱。

我想问一下，他做错什么了？"

① 少校说了一遍事情的经过，但列车员却觉得不是什么大事，不以为然地讥嘲道：

"听您的说法，那个制动手并没有说什么啊。"

"对啊，他并没有说什么。"

"您还说，他很凶狠地瞪了那位先生一眼。"

"是这样的。"

"然后他就十分粗鲁地拉开了门。"

"没错。"

"这就是这件事情的全部经过吗？"

"对啊，这就是整件事情的经过。"

列车员突然笑了，他说：

"行吧，如果您想要去告他，那也是可以的。但是我不懂，这件事情有什么大不了的呢？根据您刚刚向我说的情况，我猜想您会告那个制动手侮辱了那位老先生。然后他们就会问，那位制动手说了什么话侮辱了他。您会说他没有说什么话。我想后来他们就会说，既然制动手什么话都没有说，那您怎么能够说他侮辱了那位先生呢？"

列车员的话语听起来似乎很有道理，车内的乘客都很赞同他的说法，看得出来这让他觉得很高兴。但少校却并不介意，他说：

"您看，现在您正好说到了在提意见这个制度中存在的一个缺点，一个不可忽视的缺点。铁路公司的工作人员，还有公众，当然也包括您，你们都有这个想法，但是你们不知道，侮辱除了口头侮辱，也有别的类型的侮辱。
① 你们都没有注意到这一点，所以从来没有人去总办事处
那里告发他受到别人口头侮辱之外的别的侮辱，比如手
势、表情等类型的侮辱。但是事实上，有时候这些类型的
侮辱会比口头的侮辱更加让人难以忍受。可是因为它们不
会留下任何可以作为证据的东西，不会有存在过的痕迹，
所以侮辱别人的人，就算被总办事处的人传唤了，他也可
以否认说他根本没有侮辱别人。我觉得，铁路公司的工作
人员必须重视这件事，必须允许乘客去报告那些除了口头
侮辱之外的用别的方法表达出来的不好的态度和无礼的
行为。"

列车员大笑起来，说道：

"先生，这样做太较真了！"

② "可我并不觉得这样做是过分认真。我到了纽黑文
站，一定要去报告这件事。而且我相信我的说法会被认
同的。"

列车员看上去有些不自在了，他离开的时候脸上的神
情十分地严肃。

"你真的要为了这件小事去劳神吗？"我问少校。

"这可不是一件小事，看到这样的事情，是一定要报
告的，因为这是公民的责任。但凡是一个公民，就必须履
行这样的责任。但这件事并不需要我去报告。"

"为什么？"

"没必要，我可以运用权术解决，你就等着瞧吧。"

❶解释说明

少校详细地表达了自己的观点，强调了手势、表情等类型的侮辱比语言侮辱更严重。

❷语言描写

少校的话表达了为受辱老人讨回公道的坚定信念。社会上就是需要这种正义。

读书笔记

不一会儿列车员又过来了，他来到少校的面前，对少校说：

"行啦，我已经训斥过那个制动手了，您不要去告他了。如果下次他再这么做，我一定会教训他的。"

少校却真诚地回答：

"非常好，这正合我意！您可千万别觉得我是为了报复才这样做的，事实上，我这样做完全是出于我作为一个公民的责任心，纯粹是把这作为我自己的职责。我的妻舅是铁路公司的董事，如果让他知道，您手下的一位制动手下次再想要侮辱一位并没有妨碍到他的人，而您会教训那位制动手，我的妻舅一定会非常满意的。"

❶神态描写

列车员的表情讽刺了现实生活中那些势利的人。

① 列车员却并没有表现出很高兴的样子，反而变得有些不安了，他站在一边等了一会儿，然后说：

"我觉得还是要处置那个制动手，我还是去开除那个制动手吧。"

❷语言描写

三个连续的问题，清晰地表达了少校对处罚制动手的观点：对他进行教育，继续留用。

② "开除他？这样有什么好处吗？您难道不觉得教他如何对待乘客，然后仍旧留用他这个办法更好吗？"

"这话确实有道理。那您觉得应该怎么做？"

"他当着大家的面侮辱了那位老先生，现在是不是应该让他跟老先生道个歉呢？"

"好，我这就喊他过来。而且在这里，我要声明，如果所有人都像您一样，而不是当作什么都没有看见一样一走了之，然后再在背后说铁路公司的坏话，那这种情况一定会改善的，我很感谢您。"

制动手来道了歉，他走后少校说：

"看，这件事这么容易就解决了。普通百姓干不到的事，董事的舅子就可以做得到。"

"你真的有这么一位舅子吗？"

① "我需要的时候就有。只要公众的利益需要我，我就会一直说我有这么一位。只要需要，在任何地方我都有这么一位'舅子'，这样会省去我很多的麻烦。"

"你的亲戚关系真是广泛啊。"

"就是啊，像他们这样的人我可以有好多个呢。"

"难道列车员不会怀疑你吗？"

"说实话，到现在我还没被怀疑过。"

"你为什么不让他自己去处理，去开除那个制动手呢，反而要采取这么温柔的手段？他那样的人，被开除也是罪有应得的呀。"

少校回答我时语气有些不耐烦了：

"如果您能够静下心来仔细想想，您就不会这么问我了。② 制动手也是人，他是需要依靠这份工作去谋生的。他有家人，也许是父母，也许是妻子儿女，也许是兄弟姐妹，都需要他养活。情况总是这样的，不是吗？如果你让他丢了工作，也就相当于你让那个家庭没了生活来源。可是他的家人是无辜的呀，他们并没有招惹你啊。如果开除了这个粗暴无礼的制动手，新招来的制动手还是这样的，那开除他又有什么用呢？所以开除是不明智的做法。难道你不觉得改造这个制动手，之后再继续留用他，这个做法

①语言描写
少校幽默、含蓄地做了回答，同时讽刺了当时不良的社会风气，也展示了少校的聪明智慧。

②语言描写
少校解释了不让开除制动手的理由，从侧面描写了少校做事理智，是个有爱心的人。

更合理吗？我想这个做法肯定是更加好的。"

接着，他用赞赏的口吻讲了铁路公司一个监督的故事。[①] 有一次，一个已经有了两年工作经验的扳闸工因为粗心，让一列火车出了事故，因此有几个人丧命了。群众很生气，要求开除他，但是监督却说：

"不，你们这样做是错的。因为这个事故，他得到了教训，以后都不会让列车出事了，他会变得比以前更加细心，所以我要留用他。"

后来的旅途中我们只遇到一件不寻常的事。在哈特福德站和斯普林菲尔德站之间，火车上的侍应生抱着很多广告单，大声吆喝着跑进来。他手中的一个本子不小心掉了下来，砸中了一位正在睡觉的先生。那位先生被他惊醒了，很生气，跟他的两位朋友说了这件让他很气愤的事情，然后他们叫来了特等客车里的列车员，向他说了这件事，要求列车员开除这个孩子。这三个人都是霍利奥克的富有的商人，显然，列车员还是不愿意得罪他们的。他尝试着让这三位先生不要生气，解释说这个孩子并不在他们公司的管辖范围内，他是属于报刊公司的。但是，无论他怎么劝说，那三位先生就是不听。

这时少校就自告奋勇为孩子辩护了，他说：

"这件事情的经过我都看到了，这三位先生说的确实是事实，但是结果却言过其实了。那个孩子做的事情是每一个火车上的侍应生都会做的事。你们可以要求他改过自新，以后行为稳重一些，态度温和一些，但是不给他改过

❶概括叙述
　　概括地叙述了少校讲的一个类似的故事，阐明这样做是最好的方法。

读书笔记

的机会就要开除他，这就太过分了。"

① 但是那三个人都很生气，他们不肯妥协，他们说自己认识铁路公司的总经理，他们宁可推掉明天要做的事情，也一定要先去波士顿解决这件事。

少校说他也去那里，他会尽力救那个侍应生。其中一位先生看了他一眼，说道：

"看来，如何解决这件事，就取决于我们谁跟总经理的关系更加亲密了。您跟总经理先生有私交吗？"

② 少校不动声色地说：

"他是我的舅舅。"

这句话取得了令人满意的效果。几位当事人沉默了几分钟，接着他们就开始解释说自己太偏激了，希望能够和平解决这件事。他们的交谈渐渐变得和谐融洽起来，最终他们不再提这件事了，侍应生终于没有被开除。

当然，不出我所料，铁路公司的总经理并不是少校的舅舅。少校只是利用了他，像前几次利用别的人一样。

归途倒是没有什么特别的事情需要记录下来的。也许是因为我们坐的是晚上的车吧，这一路上我们都在睡觉。

星期六晚上我们离开纽约，从宾夕法尼亚州铁路走。第二天早餐后，我们走进特等客车，但是那里却很冷清，没有什么人，也没有什么活动在进行。我们走进了吸烟室，那里坐着三位绅士，其中两个人正在抱怨铁路公司的一条规定——星期日车上禁止玩牌。他们刚刚本来在玩一个名叫"大小杰克"的纸牌游戏的，但是后来却被阻止

❶ 概括描写

刻画出三个富人仗势欺人的形象。

❷ 直接描写

少校的权术平息了激烈的矛盾，抨击了那些嘴脸丑恶的富人。

✒ 读书笔记

189

了。少校很关心这件事，他问第三位绅士：

"是您反对他们玩牌吗？"

"不是。我是耶鲁大学的教授，虽然我是信教的人，但是我并没有阻止他们做事。"

"那你们可以继续玩了，先生们，这里没有人反对你们玩牌啊。"少校转头对那两个人说。

❶直接描写

从侧面描写出少校强烈的社会责任感。

① 其中一个人不敢冒险再玩，而另一人说，如果少校愿意跟他玩，他很想再继续玩下去。于是两人将一件大衣铺在膝盖上，开始玩牌。很快特等客车的列车员就来了，他粗暴地说：

"先生们，先生们，不可以玩牌！快收起你们的纸牌，今天是不允许玩牌的！"

那时少校正在洗牌，他一边没有停止洗牌，一边问道：

"禁止玩牌，这是谁下的命令？"

"是我的命令。我不允许你们玩牌。"

读书笔记

他们开始发牌了，少校接着问：

"那这是你出的主意吗？"

"什么主意？"

"就是星期日不允许玩牌这个主意啊。"

"当然不是我的主意啦。"

"那么这是谁下的命令呢？"

"这是公司的命令。"

"所以，这其实是公司的规定，而并不是你的命令是吗？"

"是这样没错，但是你们现在还在玩牌，所以我必须要阻止你们继续玩下去了。"

"别这么急躁。那我问你，是谁给公司这样的权力，可以颁布这么一条命令，禁止人们在星期日玩牌的？"

"这跟我有什么关系呢？"

"您别忘了，这不只跟您有关，而且这还是一件对于我来说关系挺大的事情呢。① 我不能够破坏我们国家的规定啊，也不能让我自己觉得耻辱。我不允许任何一个人或者任何一个公司用不符合国家规定的条例来束缚我做事的自由，而铁路公司现在正在这样做。这玷污了我拥有的公民权利。所以，让我再来问你一遍，这到底是谁给铁路公司的权力，可以颁布这样的命令的？"

"我不知道，这是他们的事。"

"但这也是我的事。② 对于公司是否有权力颁布这样一条束缚公民自由的规定，我表示质疑。而且这条铁路会经过好几个州，您知道我们现在在哪个州吗？您知道我们现在经过的这个州在这个方面有什么样的规定吗？"

"这些州的法律不关我的事，但是公司的命令我是一定要执行的。禁止你们在星期日玩牌是我的责任，所以我必须这样做。"

"也许是这样没错。但我还是建议做事情不要太急躁的好。在普通旅馆里，规章条例会被张贴在屋子里，但是那些条例都是来自那个州的法律，都是有根据的。但是我看车里并没有张贴出类似的条例啊。麻烦您出示一下您的凭证，这样才好让我们听您的话。您看，现在我们玩牌的

❶语言描写········
　　语句中抨击了当时美国的人权。

❷修辞··················
　　少校采用了"以其人之道，还治其人之身"的计策。

兴致都被您给打扰了。"

"我没有凭证，但是这是铁路公司的命令，我奉命行事，光是这一点就足够了。命令就是要服从。"

❶语言描写
少校在和列车员探讨公司规定的不合理性，用夸张的语言突出了其严重性，强调了一定要解决这件事的决心。

"别轻易得出结论。① 让我们平静下来，仔细讨论一下这件事，看看我们之间到底是谁在犯错。因为剥夺公民自由这件事比您和公司想象的更加严重，除非你们能够证明有这个权力，否则我不允许这样的事情发生。"

"先生，你到底要不要停止打牌？"

❷语言描写
少校抓住列车员的错误用词，批驳了铁路公司胡乱规定的行为。

"这不会耽误太长时间的，但是这也要看情况而定。② 您刚刚说，命令必须要执行。必须这个词语太强硬了，你自己能够感觉到的。我想一个明事理的公司是不会让员工给乘客下达这么严厉的命令的，而且你们还没有制定对于违反者要怎样处置的办法。你知道如果违反了这条命令，要怎么处理吗？"

"您是说处罚吗？我没听说过有处罚呀。"

"这就是您弄错了。难道公司让您下命令，禁止在星期日玩牌，但是却没有告诉您，要怎么样执行这条命令吗？难道您不认为这真的很荒唐吗？对于拒绝执行这条命令的乘客，您打算怎么做呢？您是想要直接抢走他们的纸牌吗？"

读书笔记

"不，并不是。"

"那您是打算把这些人赶下车吗？"

"当然不是，他们都是买了车票的，我们不能这么做。"

"那您会把他们交给法院吗？"

192

①列车员不知道该怎么回答了，他感觉到十分为难。少校又继续玩牌了，他一边玩一边继续说道：

"你看，你根本无法强迫别人服从命令。公司把您推到了这么狼狈的地步。您接受了公司下达的命令，而且您急切地想要去执行这项命令，但是仔细一分析这一件事，您却发现您根本无法让乘客服从这条命令。"

列车员说：

②"先生，既然你们已经听到了这条命令，那么我的责任就尽到了。至于你们是否要服从这项命令，你们就自己决定吧。"列车员丢下这句话，就准备离开了。

"别走啊，您等一等，这件事还没有结束呢。我觉得您并没有尽到自己的职责啊。而且就算是你已经尽责了，那我还有一个责任没有尽到呢。"

"先生，您这话是什么意思？"

"您有没有打算要去匹兹堡站的总办事处告发我，说我违反公司规定？"

"没有啊，告发您有什么好处呢？"

"您必须要去告我啊，不然我就要去办事处告您了。"

"您要告我什么啊？"

"我要告你不阻止我们玩牌，你没有执行公司的命令。我作为一个公民，是有义务帮助铁路公司监督他们员工的工作是否尽责到位的。"

"您是认真的吗？"

"对啊，我是认真的啊。我觉得您的做法作为一个普

❶直接描写

列车员无言以对，描写出他尴尬的处境。

❷语言描写

列车员表达了自己此时的态度，放任了少校他们打牌的行为。

🖋读书笔记

通人是没错的，但作为一个工作人员这就是不对的。您没有执行公司的命令，所以如果您不去告我，我就要去告您没有尽责了。"

列车员很是不解，沉默地思考了一会儿，然后特别激动地说：

❶语言描写
列车员表达出此时已经被少校的话搞糊涂了。

①"我为什么要惹麻烦！这完全就是乱七八糟的事情！我都被搞晕了，我从来没遇到这种情况。向来别人都没有反对过我，所以我从来都没有注意到这条命令是有多么的荒唐和可笑。我不告别人，也不想被告，那样做只会给我带来很多的烦恼！你们继续玩吧，你们想玩多久就玩多久，我不管了！"

"不是，我只是想要帮助这位先生维护他的公民权利，所以我才在这里跟他玩牌的。现在不用了。但是，

❷语言描写
少校提出的问题，形象地反映了他做事认真、执着的品质。

②在您走之前，可不可以告诉我，您觉得公司制定这条命令的理由是什么？您能够为执行这项命令找一个借口吗？而且必须是一个合理的借口，至少在我们听起来要说得过去才是。"

"我当然能够说出来公司这么做的理由啊。这再明显不过了，那是为了不伤害到别的乘客的感情，我是说那些信仰宗教的乘客的心情。星期日是安息日，如果在玩牌，就是对安息日的亵渎，那会让他们不开心的。"

❀读书笔记

注释

安息日：犹太教每周一日休息日，它从星期五日落开始，到星期六晚上结束。

① "我开始也是这么想的，但是他们既然选择在星期日旅行，自己就已经亵渎了安息日，那难道他们还不同意别人亵渎吗？"

"天哪，对啊！我以前怎么没想到，我从来都没有想到这一点。现在仔细分析一下，这条规定简直是太愚蠢了！"

就在这个时候，另一节车厢的列车员走了过来，他正准备阻止我们玩牌，但是被这位列车员给拦住了，将他带到一边，解释了整件事情，之后他们就再也没有来打扰过我们了。

我生病了，在芝加哥我卧床养病 11 天，自然没看到博览会，因为当我病刚刚好些，可以上路的时候，我已经需要出发回东方了。出发前一天，为了让我睡得舒服些，旅途上少一些颠簸，少校订了一个卧车的特别包厢，但是当我们到达车站的时候才得知，因为调配员的疏忽，我们那节车厢没有被挂上，列车员给我们换了一对卧铺，向我们解释说他们已经尽力补偿我们了，但是少校不愿意。他说我们不赶时间，能够等他们把那节车厢装上去。列车员虽然还是很谦卑的表情，但语气却略带讽刺地说：

"你不急没错，但是我们很着急啊。先生们，快快上车吧，别让我们等着了。"

但少校还是不愿意，他不仅自己不肯上车，还不同意我上车，他说一定要乘他订的车，一定要那样才行。② 这让列车员很不耐烦，着急得直冒汗。他说："我们已经尽了最大的努力了，我们没法做到我们做不到的事情。你们

❶语言描写
描写了少校头脑灵活，能言善辩。

🖋 **读书笔记**

_____

_____

_____

❷神态描写
形象地描写了列车员着急的神态。

195

要么用我们给的这对卧铺，要么就不要用它。因为出了差错，已经拖了很长时间了，现在时间不够我们纠正错误了，所以就请你们将就一下，凑合一下吧，别人也是跟你们一样的。"

"您看，事情就坏在这里。如果他们也像我一样这么要求你们，并且坚持不肯妥协，那么现在你们就不会这样敷衍我，并且剥夺我的权利了。我没有想要给你们惹麻烦，但是我有责任保护下面的乘客不再受你们的骗。所以，我一定要乘我订的车，不然我就要留在芝加哥，然后一直控诉你们公司，说你们公司违反了合同规定。"

"只是为了这么一件事，你就要控诉我们公司？"

"是这样没错。"

"您真的要这么做吗？"

"我真的要这么做。"

列车员怀疑地看了一眼少校，然后说："这真是让我糊涂了，我从没有碰到这么一件事呢，但是现在我相信您是会做出这样的事情的人。您稍等，我现在去找站长。"

①站长来的时候很生气，让他这么生气的人是少校，而不是那个犯了错造成现在这个局面的员工。他的态度很粗暴，跟刚刚那个列车员一样，但是他也说服不了言辞犀利的少校。这件事的结果是很明显的，双方必须要有一方退一步。而现在看来，必须后退的那一方当然不是少校。站长只好不再生气，装出和蔼的样子向少校道歉，他的态度促进了这件事情的和解。②少校最终妥协，他说自己可

❶直接描写
深刻揭露了不合理的社会现实。

❷概括描写
少校的坚持让站长做出了让步，最后问题解决了。少校维护了自己的权利。

以放弃原本订的车，但是必须要有另一间包厢。于是经过一番询问，终于车上一个特别包厢的主人愿意用他的包厢跟我们的卧铺调换，我们也终于得以出发。那晚列车员来看我们，他亲切客气，态度很殷勤，他跟我聊了很久的天，最后我们成了好友。他说希望公众能够常常给他们添麻烦，这样有利于他们改进工作。他说，铁路公司不可能一直尽到自己的责任，除非公民自己一直在乎那些事。

我希望我们这次的旅程不会再遇到这类事情了，但事实却并不是这样。第二天早晨，少校在餐车想要一客烤鸡。服务员说：

"先生，这不是菜单上的菜。我们只为你们提供菜单上有的菜。"

"但是那位先生在吃烤鸡。"

"对的，但是这不一样。那位先生，他是一位铁路公司的监督。"

"那我就一定要烤鸡了，我不喜欢被人差别待遇。麻烦您赶紧去，给我准备一份烤鸡过来。"

① 服务员找来了管事的人，他低声婉言解释，说这件事是违反规定的，不能办到。他们的规定是十分严苛的。

"既然这样，那您必须要严格执行这条规章，不然就必须取消这项规章。所以您要么拿走那位先生的烤鸡，要么就给我也来一份烤鸡。"

② 管事的手足无措了，他不知道要怎么办才好，于是他开始毫无逻辑地为自己开脱。就在这个时候，那个列车

读书笔记

❶**直接描写**

他们的矛盾行为揭露了这个不公平的规定。

❷**神态描写**

我们在遇到不公平的待遇时，要据理力争。

197

员走来了，问我们发生了什么事情，管事的告诉他，这位先生一定要点一客烤鸡，但是这是违反规定的事情。烤鸡也不是菜单上的菜。列车员说：

①语言描写

通过列车员的话，表达了少校经过一路上的维权，取得了胜利。

① "你这也是按照规定做事的，这也是没有办法的事情……等等，是这位先生要烤鸡吗？"列车员看到少校，哈哈大笑起来，他说："听我的话，别管那些规定了，这位先生需要什么你就给他什么吧，省得他又在权利问题上议论一番了。他点什么菜就给他上什么吧，如果你们现在没有鸡，那就停车去买一只吧。"

读书笔记

少校吃了烤鸡，但他说这样做只是出于责任感，他纯粹是为了维护原则，其实他不爱吃鸡。

所以说，我虽然没看到博览会，但我学到了怎么运用权术，这个方法对于我和读者来说也是有用的呢。

精华赏析

小说描写了某正规军队中的少校，热衷于破除那些在日常行为中表现出的种种陋习。在我们的旅途中，他假拟一份给电报公司经理的电报，教训了缺乏责任心的报务员；他用拳头把粗鲁的家伙们赶下车；他运用向上级报告的"权术"使列车员、制动手明白除了口头的侮辱，还有动作、表情等更严重的侮辱方式……维护公民的权利成了他的癖好。他认为，维护和保障公众权利的有效方法是每个公民都尽力去防止或惩罚看到的那些违法乱纪行为。经历了这一切后"我"对少校肃然起敬。

延伸思考

1. 和"我"一路同行的是个什么人？

2. 少校是用什么办法让傲慢的报务员认错的？

3. 少校为什么一定要吃烤鸡？他喜欢吃烤鸡吗？

相关评价

作者笔下的主人公少校举止儒雅，说话委婉动听，为人可亲可敬，遇到事情后沉着冷静。在冷静的外表下藏着一颗热情的心，他极具社会责任感，热衷于破除生活中的种种陋习。少校清楚地知道权术的威力，并能灵活地使用它们。

我们要有强烈的社会责任感，不应只是做一个旁观者、遇到不道德、不文明的行为，如果我们都能和少校一样站出来，勇敢地和它们斗智斗勇，我们的社会就会更和谐。

3 万元的遗产

名师导读

　　一个不算富裕但是很和睦的家庭，忽然得知一位亲戚有 3 万元遗产要留给他们，是福还是祸？这篇小说告诉了我们答案。

一

❶环境描写

　　概括湖滨镇虽然地处偏远，人口不多，却很漂亮。

❷概括描写

　　介绍了小镇很小，人们都熟识，也都友善。

　　① 在西部边远地区，有一个小市镇叫湖滨镇，只有五六千居民，按周边的城市乡镇的标准来说，这已经算是极为漂亮的地方了。和附近别的市镇一样，这里有很多教堂，所有的教堂加起来可以容纳 3.5 万人呢！这些教堂属于不同的教派，每个教派都有很多信徒。镇里的人都没有等级观念，起码人们都不承认有这种观念。② 镇里的人互相都认识，就连看到路上的一条狗都知道是谁家的。他们对待别人也都是亲善友好的。

①赛拉丁·福斯特在镇上最大的商店里工作 14 年了，他是一位簿记员。在这个镇子里，他在同行中工资是最高的。他今年已经 35 岁了，在他刚结婚的时候，他的年薪还只有 400 块钱呢。后来，随着他资历的增加，他的年薪每年都增加 100 元，一直加到了 800 元，然后就保持这个数字了。这在当时已经是个很不错的数字了，不过每个人都觉得他理应获得这么多的报酬。他有一个能干的贤内助——爱勒克特拉，他们都很喜欢幻想，总是偷偷地看一些虚幻的小说。她结婚的时候只有 19 岁，还带着些幼稚，②结婚后做的第一件事就是在郊区买了一英亩地，花光了她全部的财产——25 元。她把那片地建设成了一个菜园，并且让邻居帮她打理着，相当于是一个投资，她能从菜园中获得相应的利润。她每年都帮赛拉丁把钱存到储蓄银行，并且一年比一年存得多，第四年拿了 150 元存到银行。等他的工资涨到 800 元一年的时候，他们有了两个孩子，一切的花销都增加了不少。可即便是这样，她还是每年都存 200 块钱到储蓄银行里。7 年后，在那一英亩地上，就是那个菜园子里，她盖了一座漂亮而舒适的房子，里面自然少不了一些日常的家具用品，花费了 2000 块钱，他们只付了一半的现款，然后就搬进去住了。又过了 7 年，她终于把债务全都还清了，家里面还剩几百元，她用来做一些投资。她在地产这方面还是有些研究的，所以她另外买了两英亩地，地价涨了她就能赚钱。她把那些地卖给愿意自己盖房子住的人，那些人也理所应当地成为她的邻

❶人物描写 ⋯⋯⋯⋯
描写赛拉丁·福斯特有不错的生活。

❷概括描写 ⋯⋯⋯⋯
爱勒克特拉是一个善于经营、投资的理家能手。

读书笔记

201

❶直接描写 ⋯⋯⋯

叙述了赛利一家虽不是特别富有但和谐美好。

✑ **读书笔记**

❷概括描写 ⋯⋯⋯

叙述他们的生活习惯——爱幻想。他们幻想的内容揭示了他们贪慕虚荣的一面。

❸人物描写 ⋯⋯⋯

通过年龄、性格等介绍了赛利的一个远房亲戚——一个性格古怪但有钱的老人。

居，她们互相之间也都相处融洽，互相照顾着。① 她就依靠这些还算比较靠谱的投资，每年另有 100 元的收入。她的孩子们逐渐长大，越来越漂亮了，她的生活可以说是非常圆满幸福了。这个时候，故事才算真正开始。

他们的小女儿叫克莱腾内斯特拉，简称克莱迪，11 岁了。克莱迪的姐姐叫格温多仑，简称格温，13 岁了。她们都很乖巧，长得也十分好看。从她们的名字就可以看出，她们的父母沉浸在虚幻的传奇小说中了，连自己女儿的名字都像是那小说中的人物。他们都有自己的爱称，赛拉丁的爱称是赛利，爱勒克特拉叫爱勒克，这些爱称似乎已经完全看不出性别了。白天的时候他们一个勤恳工作，默默做好一个簿记员的责任，一个操持家务，在生活上精打细算，也算是半个生意人。② 一到晚上，他们就彻底脱离了这个现实世界，看看传奇小说，好像这个世界的杂乱纷扰和他们没有半点关系，他们就沉浸在幻想的世界里。那个世界是美好的。他们做着美好的梦，梦里有着金碧辉煌的殿堂，有阴森的古堡，有贵族的聚会，他们与那些梦中的王子公主相互亲近。

二

后来，他们的一个远房亲戚写信带来消息，那真是个令人欢喜的天大的好消息！那是一封来自邻近州的信，他们唯一的亲戚就住在那里。③ 好像是赛利远房的伯父吧，反正是个不常往来的亲戚，名字叫提尔贝利·福斯特，年纪挺大的了，还是孤身一个人，没寻着个伴儿。听说他很有钱，不过性格却十分奇怪，不太喜欢与人相处。之前，赛利听说了他的家境之后，还曾想过要跟他攀上关系，给他寄过一封信，但是没有收到回信，赛利也就心知肚明了。现在他却给赛利带来消息，说他就快要死去了，想把3万元的遗产给他，而且他坦白地说，[1] 给他钱不是为了感情，而是因为金钱给他带来了一生中的懊恼和悔恨，他要让它延续下去，让这钱继续去祸害别人的人生，这是他的心愿。这笔遗产会在他的遗嘱里写得清清楚楚，但赛利必须向他保证三件事，并且能够向遗嘱执行人拿出足够的证明，一是他没有关心过这笔遗产，无论是书信或是口头上；二是他没有探听过自己什么时候死去；三是他没有参加葬礼。

❶直接描写⋯⋯⋯
赠送3万元遗产的目的是给他们带来痛苦，并点明了这样做的原因。

这封信让爱勒克非常激动，这种激动的情绪让她快要疯狂了。她好不容易让自己冷静一些，就立刻写信到另一个州，订了一份这位亲戚家当地的报纸。

✎读书笔记

他们夫妇俩约定，若这个亲戚还活着，就绝对不提这件事，免得别人有意或者无意地把这件事泄露了出去，强行扭曲事实，让那位亲戚觉得他们没有按照信上的约定做事，害得他们失去拿到遗产的资格。

在听到消息之后，爱勒克和赛利都没有办法安心地工作，赛利的记账工作做得乱七八糟，全部都是一目了然的错误；爱勒克在家里打理家务也总是拿着工具不知道自己该干什么，他们总是想着那动人的3万块钱。

"3万块钱！3万块钱！"

① 这样动人的声音一整天都在他们脑子里打转，怎么挥也挥不走，这笔巨款对他们来说真是不可思议。

在结了婚之后，爱勒克就一直执掌家中的钱财分配大权，赛利想买什么没必要的东西，都会被爱勒克否决掉，那滋味儿真是太难受了。

"3万块钱啊！"这笔横财仿佛是天上掉下来的馅饼，赛利和爱勒克都在那底下等着接住它。

从早到晚，爱勒克想着如何用这笔钱进行投资，赛利想着如何花掉这些钱。

夜里，他们也不再看小说，② 各自沉默着。孩子们发现父母的心思早就不知道飘到哪里去了，也觉得格外无趣，便提早离开，在他们跟父母说晚安并亲吻脸颊的时候，父母的反应也明显冷淡了。孩子们走了之后，他们思考着如何处理这笔钱，甚至没有注意到孩子们已经不在这里了。整整一个钟头，他们各自计划着什么，拿着铅笔写个不停。赛利首先发出了声音，兴奋地对爱勒克说：

"天哪！太好了，这可真是一笔巨款啊！这下我们可以先花个1000元，买一匹马、一辆马车、一个雪橇和一件皮制的膝围，为冬天做准备。"

而爱勒克却不同意，③ 即便在这种令人兴奋的情况下，她依然沉着冷静，果断地否决了赛利的提议，她说即便有100万也不能用这笔钱。

赛利真是太失望了，他原本以为自己能买一些以前不能买的东西。他还是不死心，说话的语气在不经意间带上了一丝责备："爱勒克，你该放松一下自己了，以前我们都拼命工作，一刻不敢放松，现在我们有了这笔钱，我们可以——"

赛利没有把话说完，他看到爱勒克眼中的坚决已经渐渐淡去，他已经成功地打动了她。爱勒克用一种柔和的语气劝赛利用这笔钱来赚更多的钱，然后用赚的钱来丰富他们的生活，再用本钱去赚钱。

赛利妥协了："那也行啊，我亲爱的爱勒克，你是多么善良的人啊，我们的收入一定不少，我们可以用它来买——"

"不，赛利，即便赚了一些钱我们也不能把它们都花掉，不过我想，我们可以花一部分。但是本钱，我们还要靠它来赚更多的钱。我想，你会懂得我的选择的，是吗，赛利？"

"我懂你，可是，那我们要等很久呀，6个月之后，才能拿到第一期的利息呢。"

爱勒克继续劝他："我们可能要等再久一点。"

"怎么会呢？它们不是固定每半年发一次利息吗？"

^① 爱勒克摇了摇头："那种赚钱方式赚得太少了。我们要用别的投资方式，我们要赚大钱！"

赛利有些不明白，他不知道爱勒克究竟想做什么。

爱勒克解释，她想要投资煤矿，有一种烛煤是新开的矿，据说只要一年，1万元就能变成3万元，她打算先花

读书笔记

①语言描写
爱勒克说出了自己做投资的打算，表明她并不满足巨额的遗产。讽刺了人的贪婪心。

1万元买优先股，这样公司成立之后，1股就会用3股来计算。

　　赛利太开心了，他算不明白这笔生意，就问爱勒克："到时候我们能赚多少？"

　　爱勒克回答："我在报纸上看到，他们半年付一分息，很快我们就能赚到3万元了！"

　　"天哪！一年的时间，1万元就能赚回2万元！这是多么赚钱的一笔投资啊！爱勒克，我们把所有的钱都投进去吧！也许我们应该早点实施这个想法，晚了就来不及了。"

　　①赛利迫不及待地跑向写字台，想要写信认股，却被爱勒克制止了，把他拉回椅子上坐着。爱勒克认为，钱还没有到他们的手里，不能轻易去认股。

　　赛利的兴奋与激动因为爱勒克的这番话平息了一些，但他依然没有完全平静下来。他说钱终究是他们的，很快便会到他们的手上，说不定那位亲戚已经在去天堂的路上了呢，甚至还可以说，他现在应该已经为见上帝做好了充分的准备。

　　爱勒克听了这话，感到一阵凉意，说道：

　　②"你怎么能说这种话？真是太不像话了，你这是在诅咒别人呢！"

　　赛利却不以为然："我不过是随便说说罢了，难道还不许别人说话了吗？你若是想的话，那他现在就能去见上帝了，反正他怎么样都不关我的事。"

　　"那你也不应该说那种话呀！多吓人！若是你自己，

读书笔记

❶动作描写
　　赛利的行为表明他是个头脑简单的急性子。

❷语言描写
　　说明爱勒克有颗善良的心。

还没有死呢，就有人在背后这么说你，你会高兴吗？"

赛利却并不觉得这么说有什么对不起那位亲戚的地方。既然那亲戚把钱给他们，只是为了让晦气传到他们身上，他这么说，也不算什么大错。他安慰着爱勒克，告诉她不用这么害怕，错的并不是他们，他们应该多考虑一下现实的问题。然后他们便继续讨论钱的投资问题。

爱勒克觉得这么多钱应该要多考虑考虑，不必着急，不能让这么一大笔钱都砸在一个投资项目上。

赛利在生意方面并没有什么了解，只能全权交给爱勒克来处理。① 他沉思着，最终叹了一口气说："好吧，你想怎么办就怎么办吧，我完全支持你的决定，一年以后，那1万元赚得的利润，我们就可以用来买一些我们需要的物品了是吧，爱勒克？"

然而爱勒克还是不同意，她摇了摇头："亲爱的，你应该把眼光放得长远一些，等我们领到第一次股息的时候，你只能花一部分的钱，那时候股票还不会涨价。"

"天哪！为了这一小部分我要等上整整一年的时间！那我——"

"你要有一点耐心才能赚到大钱，况且，在3个月之内拿到那笔利息也是很有可能的啊！"

"真的吗？那真是太棒了！那可是整整3000元啊！我们可以买多少东西啊！我亲爱的、善良的爱勒克啊！你真是太大方了！"

赛利高兴地亲吻着他的妻子，爱勒克也在他的称赞下

❶语言描写⋯⋯⋯
赛利考虑到自己不会做生意，只好让妻子全权处理，只等取得丰厚的盈利。

📖读书笔记

_____

_____

_____

答应了赛利的请求。她答应他可以有 1000 元的开销，这在她本来的想法中真是个天大的浪费，可她确实无法在赛利的称赞和温柔的亲吻下坚持自己的冷静。赛利不断地对她表达着他无穷无尽的爱与感激，这让爱勒克彻底放下了心中的约束和谨慎，很快就答应了另外的 2000 块钱，不过这要等她再用剩下的两万块钱赚到五六万元了。

❶神态描写⋯⋯⋯
虽然只是一种盼望，但想到就要成为现实，赛利太激动了。

①他快乐极了，眼里都盈满了泪花。他幸福地搂着爱勒克，随手拿起刚才计算的杂记本子，开始计划着第一笔钱可以用来买一些什么东西，这次他不再考虑需要什么实用性，他更想要那些享乐用的东西。"我们需要几匹马，一辆马车，雪橇，膝围，漆皮。啊，对了，我们可以再养一只狗，然后还有高筒礼帽，教堂里的专席，转柄表，还有牙也要去镶一颗，欸！亲爱的爱勒克！"

✒ **读书笔记**

"嗯？什么事？"

"你总是在计算着什么，怎么样？想好把那 2 万元投资到哪里去了吗？"

"还没呢，我想再了解一些市场上的消息，仔细地考虑考虑，再做进一步的打算。"

"那你在干什么呢？我看你一直在计算着什么呢！"

"我们不是在煤矿上投资可以赚到 3 万元吗？那些钱不是也得用来投资吗？"

❷语言描写⋯⋯⋯
通过反问的形式表达了赛利对妻子由衷的夸赞。

②"亲爱的，你真是太聪明了，天底下怎么会有你这么灵活的脑筋？我怎么就想不到呢？怎么样？你算得怎么样了？"

"大概到两三年之后了吧，不算很远的事，我已经把它投资到油和麦子这两样生意上。"

"哦，你真聪明，怎么样？我们能赚多少？"

"我保守估计一下，大概可以净赚个18万吧，也许还可以再更加多一些。"

"天哪！爱勒克！我们辛苦了这么久，这下终于获得上帝的爱怜了！哦对了！我们可以向教会捐出300元，那我们就不怕花钱了！毕竟我们已经回报了上帝了！"

"亲爱的，这真是个好主意，像你这样大方的人最适合做这样的事。"

① 赛利因为爱勒克的赞扬而高兴着，可他绝对是个非常公正的人，他是绝对不会独自享受这份荣耀的，他说这件功德的事应该算在爱勒克身上，毕竟那些钱都是爱勒克赚来的。

接着，他们终于舍得放下这所有的事，上楼去睡觉了，可他们太开心了，以至于忘了吹熄桌上的蜡烛。他们在房里都准备正式休息了才想起这件事，赛利却并不在意，哪怕那根蜡烛价值1000元，对现在的他来说也微不足道了，他想让它就这么点着，但爱勒克还是不放心，下去把蜡烛吹灭了。

② 爱勒克的不放心可以说是极妙的，她吹灭蜡烛回房间的路上，又想到了一个做生意的好方法，在那十几万元的基础之上，又做了一笔大生意，将它变成了50万元。

❶ 叙述

虚幻的巨额遗产让夫妇俩的幻想越来越丰富。

❷ 心理描写

生动地刻画了一个生活在幻想中的投资狂形象。

三

他们定的报纸是周报，在每个星期四出刊。因为是在邻州，这份报纸要从 500 英里外的地方送过来，而他们也要去很远的地方拿，所以星期六才能看到。他们的那位亲戚提尔贝利的信是在星期五寄出来的，错过了出刊的时间，所以要到下个星期才能发布。所以他们得延迟一周才能收到报纸。这一个星期对他们来说算得上是天大的折磨了，^①这七天的时间，让他们等得十分着急，但因为心里太开心，反倒没那么难受了。爱勒克一直在做着一笔一笔的生意，不断地赚着更多的钱；赛利急于把这些赚来的钱花掉，虽然他花的钱都要经过爱勒克的同意。

终于，他们迎来了星期六，他们仔细地来回翻阅着《萨格摩尔周刊》，可惜的是，那份报纸上根本就没有那位亲戚的消息。当时家里有位客人来访，是长老会牧师的妻子，爱菲斯里·本奈特太太，她努力地劝他们捐款，做善事，但说到一半便发现赛利和爱勒克根本就没有在听她说话，她觉得自己没有得到尊重，生气地站起来便离开了。爱勒克和赛利看起来并不在乎本奈特太太的态度，他们依然沉浸在报纸里，但无论如何都看不到他们所期盼的东西。爱勒克从小的宗教信仰让她假装出愉快的样子，这是她的习惯。她平静了自己的心情，假装开心地说：

"感谢，他还没有死，上帝还是眷顾他的。"

^②"真是够了！都已经这么大的年纪了，怎么还不死！"

"赛利！你说这些话不觉得心慌吗？"

她的丈夫却异常愤怒，责骂爱勒克假仁假义："我为什么要心慌，我只是说了我心里想的话，难道你不这么想吗？如果你不是假惺惺地装虔诚，你也会和我说一样的话！"

爱勒克觉得自尊心受到伤害，也反驳他："假惺惺地装虔诚，我不懂你怎么会这么无情无义，难道你觉得我就应该是那种不仁不义的人吗？"

这让赛利开始懊悔，他想要解释，想要换一种委婉的方式，让自己的话听起来不那么过分、伤人心，却又一直结结巴巴觉得怎么解释都不对。他想把他说的话就这么敷衍过去，于是说："爱勒克，也许我说的话有些偏激，我的本意并没有那么坏，也没有说你是假仁假义，我的意思——你应该懂我的，就是——信教也有不同的类别不是吗？爱勒克，哦，你大概能听懂我说的吧，就比如，老套的信教，不对，不对，是生意人把镀金的东西当真金卖，那算不得骗人，这早已经是人们的一种习惯了，那是你们生意场上的规矩，你应该懂，这是——天哪，我该怎么找到一个适当的词语来形容呢？我实在是想不到了，但是，爱勒克，你会懂我的意思的，对吧，你应该知道我这个人，能存什么坏心思呢？"

① 而爱勒克此时表现得非常冷淡："我们就别再讨论这个问题了，你说的话我已经听够了。"赛利为了解释，紧张得满头是汗，听爱勒克想结束这个话题，他当然是

读书笔记

❶神态描写
从侧面讽刺"钱"改变着他们的生活。

211

乐意的，此时他对爱勒克甚至是抱有感激之情的。然而他还是想为自己辩解一下，他承认了自己的错误，知道自己在打赌的时候有个致命的弱点，就是不够坚持，总是容易被别人动摇自己的选择。所以，他知道自己的见识还太少了，他不再挣扎，老老实实地承认自己的失败之处。爱勒克也并非不依不饶，用眼神表示自己原谅了他。

任何事情也掩盖不了他们对那笔遗产的渴望，那是他们目前共同关心的话题，并且他们不约而同地将这件事都摆在人生的第一位。^①他们猜测着提尔贝利的死讯没有登上周刊的原因，还怀着也许他已经死亡的希望，毫无依据地胡思乱想着，但这并不可能，他们最终也只能承认报纸上确实没有消息，那位亲戚的确还没有死。他们为此感到十分沮丧，但他们无法改变事实，他们只能选择耐心地等待，别无选择。^②赛利显得有些紧张烦躁，那位亲戚没有死这是在他意料之外的事情，他原本以为很快就能拿到自己期盼已久的东西，现在好像一切都被收回了。而爱勒克一如她在市场上那样稳重，她想到什么事也不会说出来，只是默默在心里打算着什么。他们极力想要搁下这件事，干好现在的工作。

他们理所应当地觉得提尔贝利推迟了死期，只好继续等着下周的报纸。他们一致决定这星期暂且不想那笔遗产的事，安心地做好自己的本职工作，然而他们在自己的心里都在责怪提尔贝利。这可是错怪了他，提尔贝利可是毫不令人失望地已经去见上帝了，他的死期丝毫没有推迟，

❶心理描写
揭露了金钱欲望改变了他们的人性。

❷行为描写
赛利的心情糟糕透了，他的心灵开始扭曲了。

✒读书笔记

如约而至。他死得毫无顾虑，他已经死了 4 天了，死得彻彻底底，和公墓中其他的死人没有任何区别。他已经死了够久的了，足以在那期赛利和爱勒克收到的报纸上刊登自己的死讯，但却因为一件偶然的事导致消息没有刊登。这种意外在那些大城市是绝对不会发生的，但在这小镇中就另当别论了，这种事早就发生好几回了。报纸在编辑排版的时候，一家名叫霍斯特拉的冰淇淋工厂为编辑先生送来了冰淇淋，为了表示感谢，编辑即刻写了一段捧场的话，一些支持和夸赞。对人们来说这不过是一个普通的小广告罢了，但这条消息却挤掉了原本准备的毫无生气的提尔贝利的悼词。

而排字工人又正巧搞乱了材料，将提尔贝利死亡的消息给弄混了，否则还是可以用在下一期的报刊上的，毕竟这种小报刊可不会浪费一丝一毫的可以用的材料。可惜的是，提尔贝利的悼词已经属于无法复原的材料了，当时被搞乱的铅字材料就无法付印了，总而言之，提尔贝利死亡的消息是发不出来了，就算他在墓里发脾气，就算他再不愿意，也无法改变这个事实了，《萨格摩尔周刊》可不会顾及他的心情，也不会管还有两个等着它发布消息的可怜的人儿。

四

过了 5 个星期，《萨格摩尔周刊》每个星期都如期而至，但每一次，都没有发布提尔贝利的死讯，甚至完全没有提到过这个人。赛利再也按捺不住自己的情绪，他现在真是恨死那个家伙了。

❶语言描写
刻画了赛利变得丑恶的嘴脸。

① "该死的家伙！他大概再也不会死了！"

爱勒克听了这话，心里又是一惊，她严厉地责备了赛利，用那冷冰冰的语气对赛利说话。

"若是你因为你的这句话，突然出了什么意外，生了什么病就去世了，你会怎么想？"

赛利的话明显没有经过大脑，他说："那我会庆幸我在有生之年说出了我想说的那句话。"

✒读书笔记
_____
_____
_____
_____

他想维护自尊，不想承认刚才那只是一时冲动说出来的话，可又说不出可以安慰自己的话，就只好顺着自己原本的话往下说了。之后，为了避免爱勒克对他继续训斥下去，他选择了离开，为自己找一个避难之所。

时间过得飞快，6个多月过去了，《萨格摩尔周刊》上仍然没有见到提尔贝利的名字。赛利觉得自己已经等够了，他受不了这样毫无消息的等待，他多次向爱勒克暗示自己想要知道那里的详细情况，但爱勒克也不知道明白了

❷概括描写
表现的是赛利想得到遗产的急迫心情。

没有，总是没有理睬。② 赛利只好直白地告诉爱勒克，他想乔装一下到提尔贝利所在的那个小镇里去探听一下消息，却被爱勒克拦下了。她说如果被发现了，他们就再也无法拿到那笔遗产了，这个想法真是太危险了。爱勒克劝他说：

"快打住你当前的想法吧，你的想法总是那么的幼稚，我总是要看着你，免得你又要惹什么麻烦。"

"爱勒克，别担心，我保证不会让人发现的。"

"赛利，难道你还没有搞清楚现在的情况吗？你不能打听这方面的消息！"

"我当然清楚，可没有人知道我是谁的！放心吧，爱勒克。"

"难道你忘了你要向遗嘱执行人提供你没有打听过消息的证明吗？到时候你该怎么办？"

赛利忘记了提供证明的事，他无力反驳了。

爱勒克继续说：

"那现在你应该知道什么才是正确的做法了，你以后别再想着这件事了，或许这就是提尔贝利给我们设下的一个圈套。① 他现在一定正在紧紧地盯着我们的一举一动呢，你若真的去打听他的消息了，他就抓到了我们的把柄，这样我们就拿不到遗产了。不过幸好，有我看着你呢。赛利！"

❶ 语言描写·········
　　为了阻止赛利，爱勒克假设这是提尔贝利给他们设下的圈套。

"怎么了？"

"答应我，千万别去打听消息，哪怕我们等了100年也别去，好吗？"

赛利只好叹了一口气，虽然心里是极不愿意的，但也只好答应了下来。

爱勒克的语气终于缓和下来，说道："赛利，我们一定不能太急，就这样慢慢地等着，② 那笔钱终究是我们的，不用忙着去找。我们的将来我都已经计划好了，每分每秒都有不少的资金进账，我们的钱已经是成千上万的了，我们能过上我们这里最阔气的生活。我相信你是个明

❷ 语言描写·········
　　可以看出爱勒克已经把那没影的遗产当成了自己的财富。

白人，是吗？"

赛利肯定地回答道："我当然知道，爱勒克。"赛利对爱勒克的能力是十分信任的。

"那你就尽管保持着对上帝的感激之情吧，是他给了我们这份幸运，给了我们这笔财富，才使我们的生活富裕起来。"

读书笔记

赛利的内心是纠结的，他说："可，我想，光是这些还是不够。"他对爱勒克有着无尽的赞美，"我相信你在生意上的能力，要是论那些股票的涨跌，谁也比不过你的聪明才智，我相信你是不需要什么帮助的，可我还是希望——"

"哦，我的天哪，我可怜的赛利，你可别再说下去了，我知道你本意不坏，但你总让我觉得你对上帝有着不尊敬的态度，这可要吓死我了。你的话总让我提心吊胆的，你能不能别再说一些让我担心的话了。现在打雷我都觉得害怕。"

❶动作描写
爱勒克对赛利大不敬的语言感到恐惧，更恐惧希望破灭，3万元遗产的诱惑力太大了。

① 爱勒克的恐惧让她无法控制自己的眼泪，她浑身颤抖着哭了起来。赛利看到她这么害怕，心里也十分难受。他抱着爱勒克，抚摸着她的后背，安慰着她，承诺会改过自新，并请求爱勒克的原谅，同时也为自己的言行感到遗憾，他愿意牺牲一切来弥补自己的过失。

有些话他虽然没有说出口，但他已经在心里做好了打算，决定以后要好好控制自己的言行，诚心改过，然而其实在这之前，他已经答应过很多次了。可是答应又有什么用呢？不，也许还是有点用的吧，起码在当时，他确实是认识到了自己的错误，但他无法履行自己的承诺。① 他必须要想出一个靠谱的方法来让爱勒克安心。既然爱勒克因为他说了那些话而害怕被雷劈，他就只好忍痛从平时一点点的存款中拿出一笔钱，买了一根避雷针装在房子上。

1 行为描写
表现赛利对金钱的欲望不会改变。

他还是没办法改变自己的行为，又犯了老毛病。坏习惯是那么容易培养，却那么难戒掉，和我们平常那些似乎无所谓的习惯一样。比如我们突然连续两天都在凌晨两点钟醒来，无法继续入睡，那这也许就会变成一种习惯了，更别提如果一个月中每天都喝酒了，这些我们都是清楚的。那些及时享乐、不顾其他的习惯大概是最容易养成的吧，那白日做梦的习惯多么令人身心舒畅啊，我们总是会受到它的迷惑，我们的心灵总是会深陷其中，无法自拔。那种幻想中尽情尽兴地享受是我们在实际生活中体会不到的，然而我们可以将那种幻想与现实融合起来，那感觉真是太奇妙了，不是吗？三分真，七分假，这实在是太具有迷惑性了。

读书笔记

后来，爱勒克开始潜心研究她的金融事业，她特地订了芝加哥的一份报纸和《华尔街指南报》。整整一个星期，她都在研究这两份报纸，在金融相关的板块上，她总是要多研究一些。她看这些内容的时候，认真的程度绝对不亚于她对《圣经》的态度。赛利可以明显地感受到她

注释
《圣经》：犹太教、基督教的经典。

在生意这一条道路上越走越远，她的天才和判断力不断发展，她现在在实际和想象中的市场中都算得上是内行了。① 赛利对爱勒克这样的变化是十分骄傲的，他赞扬她处事的稳重和勇气，她无论什么时候都不会丧失理智，对每一种股票的发展都有着长远的认识。她对赛利说，在她的观念中，股票投资这种事，一定要有稳健的策略，她在现实中的投资主要以投机为主，而在想象中却是以投资为主，她宁愿在现实中冒一些小风险，也要让想象中的交易达到稳赚的水准，她会让她用来投资的每一笔钱都得到应有的回报。

❶概括描写
表达了作者对爱勒克行为的深刻讽刺。

只过了几个月，爱勒克和赛利已经完全陷入想象之中了，他们每天都在训练自己大脑的想象能力，这使得他们的想象能力都进步了很多。因此，爱勒克在想象中赚钱的速度越来越快了，并且赛利花的钱也越来越多。起初，爱勒克认为煤矿的投资将会在一年里获得利润，但是那时候她还没有对金融业进行研究，她还太不了解那个世界。② 就在不久之后，她已经经过了练习和指导，再也不是那个幼稚的股票新手了。在这种基础上，她设想那一年也许可以缩短成 9 个月，到再后来的时候，那 9 个月直接被她抛在了脑后，就在那一点点的时间里，那 1 万元就变成了3 万元到了他们的手上。

❷直接描写
爱勒克陷入幻想之中不能自拔。

钱到手的那天简直算得上是他们的一个节日，他们多么高兴啊，高兴得都不知道该说什么好了。当然，他们这样的原因不止一个，爱勒克在仔细观察了最新的市场情况之后，做了一个冒险的决定，做了一件从来没有做过的事，她将剩下的 2 万元全部用来投资，买了一批看涨的股票，这种股票是有暴跌危险的，这种先例在股票界数不胜数，爱勒克心里也很害怕，毕竟她在股票投机的生意方面还不是那么的熟练，经过漫长的等待，她终于沉不住气了，在想象中给想象出来的经纪人打了个电话，告诉经纪人，那批股票要尽快抛出。她说她不用一次性赚太多，4 万元就足够了。正巧，抛出的那一天正好是煤矿投资带来收益的同一天。^① 这下这夫妻俩真算得上是极度欢喜了。那天晚上，他俩的嘴角总有抑制不住的笑容，做什么都是高高兴兴的。要知道，在他们的想象中，他们已经有了整整 10 万元的现金财富了，这是多么巨大的一笔财富啊，当初他们还为了 3 万元的遗产而雀跃不已。

❶神态描写

对夫妻俩幻想在股票投资上赚了大钱后高兴的神态进行描写。

　　自从经历了第一次股票投机生意的担心和害怕之后，爱勒克就沉稳很多了，当初她还因为担心而整晚都睡不着觉呢。

　　在这个难忘的夜晚，他们似乎真的已经发了大财，那种生活富裕的感觉真是太真实了，他们都无法相信那不是真的。他们开始各自安排那些钱的去向，让我们用他们的眼光来看看他们周边的世界吧！在他们的眼中，他们已经有了所有他们梦想的东西，舒适华丽的大房子，马车，雪橇，礼帽……即便他们的孩子和邻居看到的还是那个小木屋，而在他们看来，^② 这已经变成了一座两层的楼房，周边还打上了一道铸铁的栅栏；那天花板上是一个华美的煤气灯架；原本廉价的普通地毯也变成了昂贵的布鲁塞尔地

❷景物描写

描写的是他们幻想中的房屋及陈设。

毯；那寻常人家用的壁炉也换成了讲究的新式煤炉，显得十分大气。总之，屋子里一眼便能看出这家人的富裕程度。

从那以后，他们真的把想象彻底当成了现实，勤俭节约的爱勒克还每晚为了那昂贵的煤气账单而伤脑筋，她觉得即便有钱也不应该随便乱花，而赛利就不这么觉得了，他安慰着爱勒克："别怕，我们赚了那么多钱，有得花了呢！"

他们赚到那么多钱的第一个晚上，就想尽办法要庆祝一下，否则他们把那么多的快乐憋在心里也太难受了！他们想要举办一次宴会，但并没有什么节日，在邀请别人的时候要用什么理由呢？他们是绝对不能将赚了那么多钱的事告诉别人的。赛利却不觉得，他已经迫不及待把这个消息告诉别人了，幸好爱勒克还保存着一份理智，她还记得那份遗产还没到手呢！她制止了赛利，坚持要等遗产真正到手了才把这件事说出去。在那之前，他们一定要严格保守这个秘密，即便是自己的两个女儿也不能知道。

这可难倒他们了，即便是脑筋灵活的爱勒克也被难住了，既要保守秘密，又要庆祝什么，他们还有什么事值得庆祝的呢？三个月内，没有谁的生日，也没有什么特别的节日，提尔贝利可没有那么快去世，他们已经等不到那个时候了，赛利心里不断地问自己，到底有什么好庆祝的呢？ ① 慢慢地，他有些急躁了，为可能没有正当理由庆祝而着急。终于，他想到了一个好主意，那种兴奋让他的焦急和烦躁一扫而空。是的，发现美洲纪念日，他们可以庆

读书笔记

①行为描写
赛利为找不到办庆祝会的理由着急。

祝这个同样令人激动的节日啊！这真是太棒了！

爱勒克因为赛利突然地灵机一动感到十分兴奋，她几乎无法用语言表达内心的激动了，她想她是想不出这么好的主意的。她不停地夸赞赛利的才干，这让赛利感到很自豪，高兴得不知道该怎么做才好了。他也没想到他能得到这样的赞赏，他对自己的想法也感到十分惊讶，但他不表现出来，只是谦虚地说那也不算什么，就算他想不出来别人也想得出来的。爱勒克却不承认了，她高兴地摇着头，说道：

"你怎么能这么觉得呢？这么好的主意那是谁都能想得出来的？① 我多想让霍散纳·狄尔金斯和阿德尔柏特·皮纳特都来试试，他们只能想到发现一个 40 英亩的小岛罢了，即便这样我都觉得那已经是他们的想象力发挥到极致了。赛利，你知道吗，你要相信你自己，你真的太聪明了。"爱勒克确实是知道赛利的才干的，即便她高兴地把他的优点夸大了太多，但那都是因为爱罢了，算不得什么罪过的。

❶反衬修辞

描写了爱勒克对赛利夸张的称赞。

五

他们邀请所有的朋友来参加这个宴会。有了一个正当的理由之后，庆祝进行得格外顺利。在参加宴会的人中有两个年轻人，一个补锅匠阿德尔柏特，他是弗露西和格蕾西·皮纳特的哥哥，一个泥水匠小霍散纳·狄尔金斯。他们都才刚刚出师，他们喜欢格温和克莱特好几个月了，并且也已经很直接明了地表达了自己的好感。夫妻俩自然早就发现了这一切，他们本来因此觉得很开心，但现在，在

📝读书笔记

221

他们的眼里，那种开心已经被掩埋起来。现在他们的经济好了起来，他们的女儿已经和这两个年轻人不在一个社会地位上了，她们应该找到更好的年轻人，在更高的社会阶层里。他们必须有比以前更高的眼光，这样才能找到和她们身份相配的人。① 这对夫妻是绝对不会允许他们的女儿嫁给律师和商人阶层以下的人，他们怎么能让女儿跟着那样的下等人过日子。

❶直接描写
夫妻俩在女儿婚事上改变了观点，他们考虑到了身份和地位。

然而，他们并没有把心里的想法说出来，他们也不能说出来，他们把这些想法都深埋在心里。这次宴会上他们并没有做出什么出格的事，总体来说还是令人满意的一次宴会。② 赛利和爱勒克表现出高傲的神情，仪表姿态都显得特别端庄。大家都发现了这一点，他们小声议论着什么，但谁也无法准确说出其中的道理来。这种神秘的事总能让人们愈发感兴趣。有三个人用开玩笑的语气猜测着："也许他们是发了什么大财吧。"他们怎么能想到，他们是那么的聪明，竟然猜对了。

❷神态描写
夫妻俩的神态随着幻想中越来越多的财富发生了变化。

不错，确实如此，在赛利和爱勒克的想象中，他们现在有着很多的财产。

❸对比描写
显露出爱勒克的精明、势利。

③ 爱勒克并没有像其他的母亲，像那些普通的母亲，她们总是会去阻止那两位年轻人对自己女儿的好感，对女儿进行一番又一番的说教，告诉她们那些所谓的大道理，然而这样只会惹来女儿的反抗和泪水，会破坏和女儿们的感情。爱勒克绝对是一位与众不同的母亲，她可是讲求实际的。她首先保守着这个秘密，除了赛利，谁也不知道她

的想法。赛利在这件事上也很能理解爱勒克，同时十分佩服她。他说："爱勒克，你真是太聪明了，现在那些下等的人怎么配得上我们高贵美丽的女儿，你这么做也不会伤害我们和女儿的感情，你这办法真是太妙了！你有没有什么想法？有没有选定什么合适的对象？"

📝读书笔记

不，她怎么能那么草率就决定了女儿的终身大事。她决定暂时等着，要慢慢进行这件重要的事。她暗中了解了一些年轻律师和医生的情况。他们首先想到了布拉迪施和富尔顿，他们都是非常有前途的年轻人。赛利想着请他们到家里来吃饭。爱勒克说，这些都不是着急的事。他们只要安心地等待，这么重要的事，是要慢慢来的。

事实证明爱勒克的这个想法是正确的。① 又过了三个星期，爱勒克又赚了一大笔钱，她那想象中的 10 万元在极短的时间内就变成了 40 万元。就在那个夜晚，她和赛利简直高兴得飘起来了！她和赛利第一次在吃晚饭的时候喝香槟，但并不是真的，只是想象，他们的想象力已经足以催眠他们自己了。赛利首先提出要喝酒来庆祝一下，爱勒克也没有反驳，很温柔地顺从了。他们的内心都是极度不安的，赛利是戒酒会的成员，并且大部分人都知道他这样一个身份，每逢参加殡礼时他都穿着戒酒会的专属衣服。而爱勒克是基督教妇女戒酒会的一员，从她对上帝的信仰也不难看出她对戒酒的坚定不移了。然而那又怎么样呢？现在他们有钱了，财富带来的荣誉感已经开始起破坏作用了。他的生活又一次证实了一个可悲的社会真理：道

❶直接描写 ⋯⋯⋯
　　在他们的幻想中，发财梦做得很顺利。

223

德准则对防止炫耀和虚荣是一种强大而崇高的力量，但贫穷却具有六倍于它的力量。他们现在可是拥有 40 万财产的社会上层人士了！那是多么了不起的一件事啊！这回他们对选择女婿又有了新的标准，他们放弃了医生和律师这一类的人，现在那些人跟他们不在同一个社会阶层了。他们又看上了镇里两个有钱人家的儿子，但他们依然像之前那样，觉得不用太急，准备再等一等。

他们的思想又越走越远了。爱勒克又冒险做了一笔大买卖，这次她十分大胆，这又是一次投机的买卖。这时候① 她又经历了一段担惊受怕的时刻，精神保持着高度的紧张，这次冒的风险比以前大了很多，如果失败，她将一无所有。后来她终于成功了，激动得声音都在颤抖：

① 心理描写
生动地描写了爱勒克幻想做一次大投机买卖的心理变化过程。

"天哪，赛利，我们有了 100 万的财产！那段担惊受怕的日子真是没白过！"

他们激动地掉下泪来。

赛利说："哦，我亲爱的爱勒克，你真是我的宝贝啊，我想我这辈子最幸运的事就是认识了你。我们越来越富有了，我们可以过更好的生活，喝更名贵的酒！"② 他们果然拿出了一品脱云杉啤酒，喝得十分尽兴，即便这酒对以前的他们来说简直就是天价，现在也无所谓了。

② 动作描写
表现了他们已经完全放弃了以前的做事原则。

爱勒克虽然嘴上责怪赛利不懂得节约，还不约束自己饮酒，但因为高兴，她的语气依然是十分温柔的。

这下，他们又放弃了那两个有钱人的儿子，开始考虑州长和国会议员的儿子。

六

在他们的想象中，赚钱已经成了易如反掌的事，赚钱的过程听起来已经异常乏味了。财运对他们来说就像是一发不可收的洪水，令人头脑发晕。爱勒克似乎有了点石成金的神奇力量，钱财继续增长，而且已经是成百万、千万地增长了，似乎永远没有尽头。

不知不觉，两年就过去了。这种幸福的生活如同一场美梦匆匆过去。这对夫妻沉醉在梦里，完全没有注意时间的流逝。如今，他们有了 3 亿元的财产，他们在全国庞大的企业里都有股份，并且是企业里很重要的董事。这样，①3 亿元的财产还在不断地增长，由于本钱的增加，他们的利润也不断地翻倍，随心所欲，想要多少就有多少。

那 3 亿不断地翻倍，一翻再翻，这是那些普通的人想想就羡慕的事情吧。谁都想不到，在短暂的时间里，他们已经有了 24 亿元的财产了！

他们开始面对着复杂的账目而理不清头绪，必须整理一下这些账目了。这夫妻俩也意识到了这件事的重要性，并且现在已经是个很紧急的事情了。但他们也有着一个很大的障碍，如果要圆满地把这件事做好，一旦开头就不能停止了，那必须有 10 个小时的时间，但他俩每天都在忙碌之中度

❶概括描写·········
　　幽默地讽刺了他们对金钱的欲望。

✒ 读书笔记
....
....
....
....

注释

股份：代表对公司的部分拥有权。
董事：又称执行董事，是指由公司股东会选举产生的具有实际权力和权威的管理公司事务的人员。

过，他们每天都很忙，哪有整整 10 个小时的空闲？赛利每天都在忙着卖一些小玩意儿；爱勒克每天都在做着许多家务事，做饭打扫，她的两位女儿可不会帮她做这些事。她们应该得到应有的宠爱，她们可都是大户人家的小姐，自然不能做这些粗活。

虽然他们的确有办法找到这么长的一段时间，但是都不好意思说出来。在无可奈何的情况下，赛利首先提出来要破戒，他说："我知道你应该也和我想到了一起，但是不好意思提罢了，那就让我来说出这些话吧。"

❶心理描写

表现出他们在财富面前堕落了。

① 爱勒克听了这番话，知道自己的心思被猜透了，一边感到羞愤一边又对赛利心存感激。他们一致同意，要在安息日继续工作。按照他们的习俗，安息日是不能工作的，但唯有那段时间，他们才能抽出一连 10 个小时的空闲时间。爱勒克自然也不会反对。财富的诱惑使得他们更加堕落了，他们被财富的诱惑引入歧途，抛下了对信仰的坚持。

为了不让别人发现这一点，他们在安息日拉起了窗帘，留在家里耐心地把账目整理好，检查了他们自己所拥有的股权，列出了长长的一个清单。这么仔细一列下来，

❷列举

他们对财富的幻想涉及很多行业，不可思议。

② 可了不得了，起初是铁路系统、轮船公司、美孚石油公司、远洋电报公司、微音电报机公司等，到了后来，克隆代克金矿、德比尔斯钻石矿和塔马尼的赃款，就连邮政部的不清不楚的特权都在里面了呢。24 亿元都分别待在了对他们最有利的位置，他们只要坐在家里，什么事也不做，每年就能有 1.2 亿元的收入。清点完之后，他们都觉

得自己已经赚够了，他们的钱足够支撑他们过上想要的生活。他们觉得不再需要做生意了，他们现在要做的，就是守住这笔财产和这些股份。

"我同意。这桩好事干完了，我们要长期休息，享受这些钱财。"

"好！爱勒克！"

"怎么样，亲爱的？"

"全部收入我们可以花多少？"

"全部花掉。"

她的丈夫仿佛觉得一吨重的锁链从他身上卸掉了。他一句话也没说，他快活得说不出话来了。

从此以后，每到安息日，他们总是破戒。这是开始误入歧途的、关系重大的步骤。每个星期日，他们做过早晨的祷告之后，就把整天的工夫用于幻想——幻想花钱的方法，他们老是把这种惬意的消遣持续到半夜。每次幻想的时候，爱勒克都要慷慨地花几百万在慈善事业和宗教事业上；赛利总要大大方方地花同样数目的巨款作某些用途。起初，花这些钱还有明确的名目，后来这些名目渐渐失去了鲜明的轮廓，终于变成了简简单单的"杂项开支"，成为完全不能说明问题的空名目了——不过这倒是妥当的。赛利开始胡闹了。他花掉这许多钱，大大增加了家庭开支——买蜡烛的钱花得太多了，这是很严重的、大伤脑筋的事情。爱勒克发了一个星期的愁。然后过了不久，她就不再发愁，因为发愁的原因已经不存在了。她很痛心，她很难受，她很害羞，可是她却没有说什么，因此也就成为同犯了。赛利开始偷店里的蜡烛。①巨大的财富对于一个不惯于掌握钱财的人，是一种毒害，它侵入他的品德的血肉和骨髓里。福斯特夫妇穷困的时候，人家把无数的蜡烛托给他们保管，都不成问题，可是现在他们却——我们还是不谈这个吧。从蜡烛到苹果只相隔一步：②赛利又偷起苹果来了，然后又偷肥皂，偷枫糖，偷罐头，偷陶器。我们只要一开始走下坡路，那就多么容易越变越坏啊！

同时在福斯特夫妇那辉煌的经济发展过程中，还有一些别的事情成为里程碑。那所臆想的砖房子又让位于一所想象中的花岗石房子了，这所房子的屋顶是棋盘形的法国曼索式的。过些时候，这所房子又不见了，变成了一所更堂皇的住宅——一步一步，越来越讲究了。一所又一所用空气盖成的房子，越盖越高，越盖越宽大，越盖越讲究，而且每一所都依次消失了；直到后来，在这些盛大的日子里，我们这两位梦想家终于在幻想中搬进了一个遥远的地区，住进了一所豪华的宫殿式房屋。这所房子建在一座树林茂盛的山顶上，俯临着一片壮丽的景色，有山谷、河流和浅色雾霭中笼罩着的，逐渐低下去的山峦——这一切都归这两位梦想家私人所有，都是他们的产业；这所宫殿式的房屋里有着许多穿制服的仆人，还有许多有名有势的贵客，济济一堂，他们是来自全世界各大都会的，国外和国内的都有。

这所豪华的宅邸在罗得岛的新港，那是上流社会的圣

① **总结概括**
巨额的财富会害了对财富没有正确态度的人。

② **排比**
赛利偷的东西越来越多，目标也越来越大，财富让他的贪欲越来越重。

读书笔记

地，美国贵族阶级不可言状的神圣领域；^①它高耸入云，直指太阳，与人间相隔很远，像天文距离那么遥远。每逢安息日，做过早祷之后，这家人照例在这个豪华的家里度过一部分时间，其余的时间他们就在欧洲，或是乘私人游艇到处闲逛。^②一个星期里，他们总有六天在湖滨镇外边那个破烂地区的家里过着卑微而艰苦的现实生活，经济情况也是很困窘的，一到第七天，他们就在神仙世界了——这已经成了他们的生活规律和习惯。

但在现实生活中，他们并没有什么特别的变化。他们依然坚持着教义，专心地为那小小的长老会进行服务，一切以它的利益为主，他们竭力遵守他们的信仰；在日常的生活中，他们仍然像往常一样勤俭节约地生活着，努力地做着自己的工作。但在他们幻想出来的世界里，他们早就放弃了他们的信仰，追随着虚荣的脚步过活。在爱勒克的幻想中，她的日子还算循规蹈矩。她不断地加入不同的教会，她首先加入了主教派教会，在这个教会里，人们所担任的职务的头衔都比长老会里大得多；后来，她又加入了高教派，这里的排场可了不得了，他们点的蜡烛都比原来的那个教会更多了呢；后来，爱勒克又发现罗马教会的派头更大了，那里可是有红衣主教的呢！但这些教会对赛利来说却毫无意义。他的生活也是在不断的变化之中，可不同的是，赛利的生活比爱勒克要丰富多彩得多了。他每天

①夸张修辞

进一步揭露了他们在幻想的世界里走得很远了。

②对比描写

他们的生活在现实和幻想中交替着。

🖋 *读书笔记*

注释

红衣主教：枢机主教在中国的俗称。枢机主教是着红衣的。

都变着法儿地改变生活的内容，让每一天都能保持一种新鲜感。并且他的宗教事业也和爱勒克一样变化频繁，他换教会简直就像人们每天换衣服一样寻常。

这对夫妻在"发财"之后，就毫不吝啬地投资各项他们幻想中的感兴趣的事业，在需要花钱的地方越来越大方。到后来，他们每个月的开销简直大得惊人。[①] 爱勒克不断地创办大学、医院，同时还盖了几座教堂，她几乎每一周都要办几所大学、医院或者是教堂。赛利有一次因为这个对爱勒克说了一句玩笑话。他说，若是天气恰当的话，爱勒克大概会派一些传教士到中国去，对他们进行一番说教，让他们放弃儒家的学说改信基督教呢！

这句话让爱勒克当了真，她可算是伤透了心，她忍不住委屈地哭了起来，一句话也不说地从赛利面前走开了。赛利对此也后悔，自己说的玩笑话太过伤人，他想收回刚才的那句话，但这是不可能的事了。爱勒克平时都会反驳赛利几句，让他还有解释的机会，可这次，她没有给赛利丝毫的暗示。她可以像以前那样对赛利的生活作风和言行进行一番严厉的说教，要多刻薄有多刻薄。但这一次，她的沉默让赛利心中的罪恶感更甚。[②] 赛利不由得开始反思自己，他发现他现在的生活回忆起来就像是一个噩梦。这几年来他富有的日子像电影画面一样从他脑海里略过，他回忆着这些，心里满是愧疚。他的生活与爱勒克的相比简直就是黑暗的，爱勒克为人们做出了那么多的贡献，而他只顾着用钱来充实自己的虚荣心，他是那么的自私、卑

❶行为描写
虚荣让他们变得无知。

🖋 **读书笔记**

❷心理描写
赛利回忆幻想中的富有日子连他自己都感到了罪恶感。

劣，他的精神就像一具可怖的骷髅，毫无意义，他在不断地堕落！

赛利在心里默默地将自己和爱勒克的生活做着比较。他拿爱勒克的宗教信仰开玩笑，而自己又做了些什么呢？他认识了一些整天无所事事的亿万富翁，并且邀请他们创办了一个扑克俱乐部；他还买了一个大公馆，让那些有钱人在自己的房子里整天整夜地打牌；他们赌钱，几乎每一场牌都会有几十万的进出。那些人总是夸他大方，他掏钱给别人的时候还因为这句赞美而感到十分得意呢！赛利就和这些人在一起玩乐，不思进取，荒淫度日。他想到他在做那些无耻的事的时候，爱勒克大概正在建立一个弃儿收容所，又或者在准备创办一个妇女道德会，又或许在和别的教会妇女进行着禁酒的运动。而他呢，一天喝醉三回。
① 她捐钱盖了 100 座大教堂，得到了罗马教皇亲手颁发的金玫瑰奖章，受到了万人的敬仰。而他呢，在蒙特卡罗的赌场里把庄家的钱全部赢来！他觉得自己是那么的虚荣自私。爱勒克是多么的无私啊，他竟然还时不时用一些玩笑话伤透爱勒克的心。他不敢再继续想下去，大概他再继续想下去，又会想起什么不得了的罪孽了。他决心不能再把这些生活当成是一个秘密，如果再不能找到一个倾诉的对象，他大概无法独自承受这些事带给自己的压力和痛苦了，他要将自己的生活全都曝光出来。

他也的确这么做了。② 他向爱勒克暴露了自己的秘密生活，在她的怀里痛哭，呻吟着，以求原谅。爱勒克太惊讶

❶直接描写

从侧面揭露了爱勒克的虚荣心。

❷动作描写

描写了赛利为幻想中自己过的奢靡生活感到悔恨。

了，这些震撼让她快要喘不过气来。但有什么办法呢，这是她的丈夫，是她的亲人，是她的一切，她只能用那颗善良的心包容他，即便他无法改变自己。她知道他无法改变那些过去了，并且按照他的性格，他也只能在回想这些事的时候有一时的痛苦和悔恨，要他改正这些坏习惯大概是不可能的了。但身为他的妻子，不就是应该在别人都容不下他的时候，给他一个安身之所吗？她的确有这样的气度。

读书笔记

七

这件事情过去后，好像又恢复了平静。他们在一个周末的下午，坐着他们买的游艇，在大海中沐浴着夏天的阳光。他们悠闲地躺在甲板上，那儿有个凉棚可以减弱那强烈的阳光。但他们却没有谈话，最近，他们各自的心事变得越来越多，即便每天都待在一起，他们也只是沉默，相爱的热情已经逐渐退却了。赛利吐露了自己全部的过去，即便爱勒克答应原谅他，也不可能回到从前那段时光了。爱勒克无法将丈夫所做的一切忘记，她努力地将那些记忆从大脑里赶出去却怎么也做不到。[①]她的心明明白白地告诉她，她的丈夫已经不是以前那个循规蹈矩的男人了，他现在极度令人生厌。她没办法对他的行为视而不见，她现在根本不想见到他了。

❶心理描写
暴富后的爱勒克认识到丈夫的巨大变化。财富让一对恩爱的夫妻有了隔阂。

她也清楚地知道，每个人都会犯错，包括她自己。她也有秘密，她违背了他们之间的契约，又做起了生意。做生

意这项活动对她来说简直就是天大的诱惑。她冒险用全部
资产买下了全国的铁路系统、煤矿和钢铁公司，每到安息
日的时候，她和赛利待在一起的时间太长，她必须时刻小
心翼翼，不敢乱说一句话，怕被丈夫发现。在这件事上，
她没有展现出一贯的坚持，反而被利益所蒙蔽，她觉得非
常懊恼，也是因为这样，她才能去安抚自己，赛利的过错
也不是不能容忍的事。赛利在一旁又喝得烂醉如泥，他
从不曾怀疑过爱勒克，这种信任让犯了错的爱勒克更加
惭愧。

这时，赛利同爱勒克讨论起女儿的婚事。这件事让爱
勒克挥去了刚才脑袋里那些奇怪的想法，她心里是很开心
的。她用从前那样温柔的语气与赛利进行了这么久以来很
少进行的长对话，她让赛利提出自己的想法。

赛利说："爱勒克，我觉得对于我们女儿的婚事，
我们似乎做错了什么，不对，应该说，我觉得你做错
了。"[1] 赛利在富裕生活的滋润下又长胖了，他坐起来，
神情专注而严肃，"已经 5 年过去了，上帝总是眷顾着我
们，我们不断地赚到钱，社会地位不断提升，你总是觉得
应该再等一等，然后把要求提得更高了。每当我觉得是时
候把女儿嫁出去了，你都发现了更好的人选，把我从嫁女
儿的欢乐中拖了出来。你觉不觉得，我们应该知足一些。
若是有一天我们不再走运了，那我们就什么都没有了。起
初我们看上的那两个人，一个牙医，一个律师，你回绝了
他们，这我倒是非常认同的。后来那两个富商的儿子我们

📝读书笔记

❶外貌描写·········
　　描写了财富
给赛利带来的身
体上的变化。

也放弃了，这也是很妥当的做法，我也很能理解。后来又放弃了众议员和州长的儿子，之后是参议员和副总统的儿子，这些我也都同意你的做法，毕竟那种官职只是短暂的。后来你就觉得只有贵族才能配得上我们的女儿。那大概是在我们成功开采了那批油矿的时候吧，我们计划着找一些门路，能认识一些世家，那些人可都是贵族。他们身上散发着浓郁的贵族气息，举手投足都是那么的优雅，属于150年的世家血统，整整一百多年从未干过苦活。我原本以为这下总能满足你的要求了，这下女儿终于要嫁出去了。真是不巧，你又认识了那两个从欧洲来的真正的贵族，你又放弃了那些人，我又只能落入失望之中了。爱勒克，你知道吗？^① 从那以后，你的变化便越来越快了。你从男爵挑到了子爵，后来又看上了某个伯爵，之后又觉得不满足，想着挑一个侯爵，现在你已经挑到公爵了。怎么样？爱勒克，我想你大概没有什么好挑选的了，就从你看上的那四个公爵里选吧。他们都十分符合你的要求了，都是纯正的贵族血统，也没有什么坏的名声，身体也都健康，更重要的是他们身上都是负债累累，可没关系，我们有那么多的钱。亲爱的爱勒克，不如就这么挑吧，我们让我们的女儿自己从这四个人中挑选，把这事定下来吧！"

爱勒克听他说着，听着他吐露着对自己这么多年挑来选去满是责难也不生气，始终保持着微笑，那微笑里还含着丝丝的得意。她说："赛利，我们干脆找王族怎么样？"

^② 赛利顿时高兴得头晕眼花，跌倒在地，就算船上的

❶概括描写
幽默地讽刺了社会上权、钱的关系。

❷行为描写
爱勒克荒唐的想法给了赛利一个大大的惊喜。

架子蹭破了胫骨的皮也没有在意。爱勒克的这个想法真是太令他感到意外了，不，那应该是天大的惊喜！他真是太为自己的妻子感到骄傲了，竟然能想到这么好的主意。他看着爱勒克，本来惺忪的醉眼现在也有了精神，他像往常那样赞赏她，用自己最大的热情赞美她：

📝 读书笔记

"爱勒克！你真是这个世界上最聪明的女人！你的想法总能给我巨大的惊喜！我刚才竟然还自以为是地指责你的想法！唉！原谅我的愚蠢和无知吧！我真是喝醉了，若我还有一个清醒的大脑，就一定不会这么说的！嘿！亲爱的爱勒克！快告诉我你现在的想法吧！我已经迫不及待地想知道了！"

爱勒克还是像从前那样经不住赛利这么大的热情和赞扬，她的脸上是掩盖不住的欣喜和得意。她在他耳边悄悄说了个自己看上的王子的名字，赛利也很赞同。① 这位王子身份高贵，并且他有着一笔最靠谱的产业——一块墓地，那里有一个主教，还有一个大教堂。这块墓地是全世界最高级的，只有自杀的人才有资格被埋在那片土地。这片墓地占据了 800 英亩，在一个公国里，那个公国的国土除去这块地只有 42 英亩。但那又怎么样？他们也不缺地。除此之外，这位王子还开了一个赌场，另外，他的股票全都是五倍利润的金边股，这真是太令人兴奋了。

爱勒克自己也很了解王子的这些资产信息，她看上了他自然是考虑到各方面的因素的。她说：

"赛利，除了你说的那些，你知道吗？这个王族他们

❶人物描写
说明他们看中的不是人品，而是地位和财富。女儿的婚事也成了他们的投资项目。

235

从来没有和欧洲之外的王族联姻，更别说和不是王族的人结婚了。你想，我们的外孙将来可是要当国王的了！"

"不错！到时候国王的权杖也不是什么稀奇的玩意儿了！爱勒克，你应该已经确定他会是我们的女婿了吧？应该不会半路又反悔了吧？我可经受不起那么大的失望了。"

爱勒克胸有成竹，对赛利的话满不在意：

"行了，你就放心吧，难道你还不相信我的能力吗？对了，还有一个人，我也不会让他从我手中逃走的。"

"还有一个？快告诉我那是谁！"

"西吉士满·赛格弗莱德·劳恩费尔德·丁克尔斯配尔·史瓦曾伯格·布鲁特沃尔斯特王子殿下，卡曾雅马世袭大公。"

① "天哪！这是真的吗？爱勒克！你真的做到了？我不会是在做梦吧！那可是德国的一个古老的公国，是被容许保留王族地位的一个王国啊！对了！我还去过那里的农场！那里还有两个工厂，啊！还有一个军队，里面有步兵、骑兵、战马！天哪！我真是太高兴了！爱勒克！你知道我有多感谢你吗？我现在所有的快乐都是你赐予我的！爱勒克！结婚的日子定下了吗？"

"当然，就在下周日。"

② "真快！他们的婚礼我们一定要按豪华的皇室结亲仪式！即便花再多的钱也要舍得，我们可是即将变成王族的人了，在婚礼上一定要有王族那么大的排场！爱勒克，你知道吗？有一种婚礼是王族专享的。那种婚礼形式叫

📖 读书笔记

_____
_____
_____
_____

❶语言描写
赛利对妻子的建议感到极为惊叹。

❷语言描写
夫妇俩幻想着为女儿举办大排场的婚礼，幻想着他们成了王族。而"贵人不娶"正是对幻想夫妇的讽刺。

'贵人下娶'。"

"是吗？我怎么都没有听说过，为什么要这么叫？"

"我也不知道，不过王族不就是喜欢这些莫名其妙的名头吗？"

"行！那我们就这么办！一定要遵循这种形式来举办我们女儿的婚礼，否则，宁可不跟他们结婚！"

读书笔记

"没错！就这么决定了！我们终于把女儿的终身大事定下来了，而且还是这么美妙的一桩婚姻，别人一定会非常羡慕我们的！"

之后，他们又陷入了很长时间的沉默，各自幻想着那盛大的婚礼去了。

八

整整三天，他们过着乱糟糟的生活，却表现得扬扬得意，人家和他们说话也听不见，有时候好像是听见了的，却又恍恍惚惚，不知道在回答些什么。赛利卖东西总是拿错，爱勒克的家务也做得一团糟。大家都觉得莫名其妙。

之后，爱勒克的生意行情一直在涨，她想象中的经纪人和赛利都让她赶紧抛售，但她却还不满足，只见那股票一直在成倍地增长，她的眼里只有说不出的兴奋，根本听不进去赛利和那个虚幻的经纪人的话。

读书笔记

注释
贵人下娶：指王子或者贵族成员与平民结婚，按欧洲旧习，平民女子
　　　　　将保留原来的平民地位，子女不得继承其父的世袭头衔和
　　　　　财产。

这次，她做错了决定，第二天，市场崩溃了，亿万富翁穷得要在街上乞讨，直到这个时候，爱勒克依然没有放弃，她坚持不肯将受伤的股票抛出去，到最后的时候，她收到了催卖的信息，之后她的经纪人便出卖了她。爱勒克无力应对，抱着丈夫哭哭啼啼地责怪着自己。赛利原本的责难顿时转变成了安慰，他告诉她："我们并没有损失什么，我们还没拿到那笔遗产呢，你所失去的那些不过就是你的一个想象，我们女儿的婚事也只是延期罢了。有了现在的经验，你以后会做得更好的。"

赛利的话起了作用，爱勒克又重拾了信心。

这天，有位客人来访，是那份报刊的编辑，他特地来拜访这对夫妇，原来他们过去太过忙碌，忘记了交纳报纸的费用。在交谈中，编辑先生无意中提到了那位亲戚，他说，他们那儿有句俗语，把难对付的事都说成是"像提尔贝利·福斯特一样"。这句话让这对夫妇燃起了希望，他们迫切地想知道提尔贝利的生活情况，却要装作满不在乎的样子，只是云淡风轻地问了一句"他身体如何？"编辑告诉他们，那位亲戚已经去世 5 年了。他们简直不敢相信这个答案，赛利不肯放弃，继续不动声色地试探。编辑却告诉他们，①那位亲戚根本就没有钱，死后只留下了一部没有用的手推车，连车轮都不知道去哪儿了。提尔贝利把那辆手推车送给了这位编辑。他还把没有发表提尔贝利死讯的原因的来龙去脉告诉了他们。

这对夫妇终于没有了希望，②他们垂头丧气的，连客人

读书笔记

❶细节描写
　　突出了亲戚的"穷"。
❷神态描写
　　他们的表情说明他们迷失了自己。

走了都不知道。他们开始精神恍惚，有时沉默着，各自发着呆，有时互相看向对方，不知道想说什么，最后却又没有说。有时候，他们从这种沉默中清醒过来，在意识恢复后那迷糊的、短暂的片刻中，偶然想起了什么，于是他们哑口无言，怀着热烈关怀的心情，彼此轻轻地爱抚着对方的手，表示相互怜惜，要相依为命，那样子仿佛是再说："我就在你身边，我不会丢下你，让咱们共同承受这打击；迟早有一天咱们会获得解脱，会忘了一切，总会有一个坟，有一个让咱们安息的地方；耐心等待吧，时间不会久了。"

他们迷迷糊糊地相互支撑着，就这么愁眉不展地过了两年。

终于有一天，他们清醒过来，得到了解脱，可惜，他们在临死前才想明白这一切。

赛利喃喃地说：[①] "意外的钱财让我们放弃了原本美好的生活。他知道每个人都想赚更多的钱，他用这种方式，将金钱的苦恼报复在我们的头上，毁了我们的一生，他终于如愿以偿了。其实，用不着他多破费，他原可以让我们不致受贪财的影响，不致受投机的诱惑，一个心肠更善良的人是会那样做的，可是他呀，他没有那种宽宏大量，没有怜悯他人的善心，没有——"

❶语言描写

赛利的话表达了他在临死前终于醒悟。

🖋 读书笔记

🖋 读书笔记

精华赏析

　　小说讲的是湖滨镇赛拉丁·福斯特一家，家庭和睦，女儿漂亮，过着不算富裕但很充实的生活。他们意外得知远房亲戚给他们留下了3万元遗产，因此福斯特夫妇总幻想着借这份遗产一步步暴富，幻想把女儿嫁给王族。最后得知那远房亲戚很穷，3万元并不存在时，他们的精神就崩溃了，两年后因悲伤死去。

延伸思考

1.赛利和爱勒克夫妇有几个女儿？

2.赛利夫妇在提尔贝利死后多久才得知他的死讯？

3.提尔贝利最后的遗产是什么？给了谁？

相关链接

　　1492年10月12日，意大利人哥伦布率领西班牙船队来到新大陆，他将欧洲文明带到美洲。1792年美国首先发起纪念哥伦布的壮举。1971年，美国政府通过法律，将每年10月的第二个星期一宣布为哥伦布纪念日即发现美洲纪念日，全国放假一天，这天他们会举行庆祝游行、教堂礼拜和学校活动。

阅读总结

名家心得

我喜欢马克·吐温——谁会不喜欢他呢？即使是上帝，亦会钟爱他，赋予其智慧，并于其心灵里绘画出一道爱与信仰的彩虹。

——海伦·凯勒

一切当代美国文学都起源于马克·吐温一本叫《哈克贝里·费恩历险记》的书。

——海明威

成了幽默家，是为了生活，而在幽默中又含着哀怨，含着讽刺，则是不甘于这样的缘故了。

——鲁迅

读者感悟

马克·吐温的小说是雅俗共赏的典范。他只上过小学，他的语言是从群众中学来的活的语言。他将民间语言加工锤炼，进一步创造了美国的文学语言，开了一代文风。不论年龄大小，也不论文化修养高低，很多读者都喜欢读他的作品，因为他的优秀作品具有众多的层次，又用群众喜闻乐见的幽默形式表现出来。他亦正亦谐的艺术风格不仅是沟通他与广大读者之间的渠道，也有着丰富的内涵。马克·吐温的语言艺术是卓越的。

阅读拓展

　　马克·吐温不仅是知名作家，而且还是一位演说家，因为他语言诙谐，所以人们称他为"幽默大师"。在读者看来，马克·吐温的作品幽默、滑稽、诙谐，他在生活中，也是那么的幽默可爱。

　　据说，有一次，他去法国的一个小城市演讲。这天，他一个人到理发店理发。理发师看了看他，然后问道："您是刚从国外来的吧？"马克·吐温答道："对啊，我真是第一次来这儿。"理发师高兴地说："您可真走运，马克·吐温先生正好也来这儿了，今天晚上您可以去听他的演讲。"

　　"我肯定要去。"

　　"不过，先生，你有入场券吗？"

　　"没有。"

　　"那可太遗憾了！"理发师惋惜地说，"那您只好站着听了，那里不会有空位子的。"

　　"对！和马克·吐温在一起真糟糕，只要是他演讲，我就只能站着。"

真题演练

1. 马克·吐温是哪国人？

2. 马克·吐温的哪部作品揭露了黑人女奴的悲惨命运？小说中的黑人女奴的口头禅是什么？

3.《马克·吐温短篇小说选》中的哪篇小说是以中国人作主人公的？主人公叫什么名字？

4. 马克·吐温第一篇引人注目的小说是什么？这部作品使他赢得了什么称号？

5. 马克·吐温的哪篇早期作品揭露了美国竞选制度的虚伪？

答案

1. 美国人

2.《一个真实的故事》 "老蓝母鸡的小鸡"

3.《哥尔斯密的朋友再度出洋》 艾送喜

4.《卡拉维拉斯县驰名的跳蛙》 "美国文学之父"

5.《竞选州长》

爱阅读课程化丛书／快乐读书吧

	外国经典文学馆					
序号	作品	序号	作品	序号	作品
1	七色花	31	格列佛游记	61	好兵帅克历险记
2	愿望的实现	32	我是猫	62	吹牛大王历险记
3	格林童话	33	父与子	63	哈克贝利·费恩历险记
4	安徒生童话	34	地球的故事	64	苦儿流浪记
5	伊索寓言	35	森林报	65	青 鸟
6	克雷洛夫寓言	36	骑鹅旅行记	66	柳林风声
7	拉封丹寓言	37	老人与海	67	百万英镑
8	十万个为什么（伊林版）	38	八十天环游地球	68	马克·吐温短篇小说选
9	希腊神话	39	西顿动物故事集	69	欧·亨利短篇小说选
10	世界经典神话与传说	40	假如给我三天光明	70	莫泊桑短篇小说选
11	非洲民间故事	41	在人间	71	培根随笔
12	欧洲民间故事	42	我的大学	72	唐·吉诃德
13	一千零一夜	43	草原上的小木屋	73	哈姆莱特
14	列那狐的故事	44	福尔摩斯探案集	74	双城记
15	爱的教育	45	绿山墙的安妮	75	大卫·科波菲尔
16	童 年	46	格兰特船长的儿女	76	母 亲
17	汤姆·索亚历险记	47	汤姆叔叔的小屋	77	茶花女
18	鲁滨逊漂流记	48	少年维特之烦恼	78	雾都孤儿
19	尼尔斯骑鹅旅行记	49	小王子	79	世界上下五千年
20	爱丽丝漫游奇境记	50	小鹿斑比	80	神秘岛
21	海底两万里	51	彼得·潘	81	金银岛
22	猎人笔记	52	最后一课	82	野性的呼唤
23	昆虫记	53	365夜故事	83	狼孩传奇
24	寂静的春天	54	天方夜谭	84	人类群星闪耀时
25	钢铁是怎样炼成的	55	绿野仙踪	85	动物素描
26	名人传	56	王尔德童话	86	人类的故事
27	简·爱	57	捣蛋鬼日记	87	新月集
28	契诃夫短篇小说选	58	巨人的花园	88	飞鸟集
29	居里夫人传	59	木偶奇遇记	89	海的女儿
30	泰戈尔诗选	60	王子与贫儿		陆续出版中……

	中国古典文学馆					
序号	作品	序号	作品	序号	作品
1	红楼梦	12	镜花缘	23	中华上下五千年
2	水浒传	13	儒林外史	24	二十四节气故事
3	三国演义	14	世说新语	25	中国历史人物故事
4	西游记	15	聊斋志异	26	苏东坡传
5	中国古代寓言故事	16	唐诗三百首	27	史 记
6	中国古代神话故事	17	小学生必背古诗词70+80首	28	中国通史

7	中国民间故事	18	初中生必背古诗文	29	资治通鉴
8	中国民俗故事	19	论 语	30	孙子兵法
9	中国历史故事	20	庄 子	31	三十六计
10	中国传统节日故事	21	孟 子		陆续出版中……
11	山海经	22	成语故事		

中国现当代文学馆

序号	作品	序号	作品	序号	作品
1	一只想飞的猫	36	高士其童话故事精选	71	大奖章
2	小狗的小房子	37	雷锋的故事	72	半半的半个童话
3	"歪脑袋"木头桩	38	中外名人故事	73	会走路的大树
4	神笔马良	39	科学家的故事	74	秃秃大王
5	小鲤鱼跳龙门	40	数学家的故事	75	罗文应的故事
6	稻草人	41	从文自传	76	小溪流的歌
7	中国的十万个为什么	42	小贝流浪记	77	南南和胡子伯伯
8	人类起源的演化过程	43	谈美书简	78	寒假的一天
9	看看我们的地球	44	女 神	79	古代英雄的石像
10	灰尘的旅行	45	陶奇的暑期日记	80	东郭先生和狼
11	小英雄雨来	46	长 河	81	红鬼脸壳
12	朝花夕拾	47	丁丁的一次奇怪旅行	82	赤色小子
13	骆驼祥子	48	小仆人	83	阿Q正传
14	湘行散记	49	旅 伴	84	故 乡
15	给青年的十二封信	50	王子和渔夫的故事	85	孔乙己
16	艾青诗选集	51	新同学	86	故事新编
17	狐狸打猎人	52	野葡萄	87	狂人日记
18	大林和小林	53	会唱歌的画像	88	彷 徨
19	宝葫芦的秘密	54	鸟孩儿	89	野 草
20	朝花夕拾·呐喊	55	云中奇梦	90	祝 福
21	小布头奇遇记	56	中华名言警句	91	北京的春节
22	"下次开船"港	57	中国古今寓言	92	济南的冬天
23	呼兰河传	58	雷锋日记	93	草 原
24	子 夜	59	革命烈士诗抄	94	母 鸡
25	茶 馆	60	小坡的生日	95	猫
26	城南旧事	61	汉字故事	96	匆 匆
27	鲁迅杂文集	62	中华智慧故事	97	落花生
28	边 城	63	严文井童话故事精选	98	少年中国说
29	小桔灯	64	仰望第一面五星红旗升起	99	可爱的中国
30	寄小读者	65	徐志摩诗歌	100	经典常谈
31	繁星·春水	66	徐志摩散文集	101	谁是最可爱的人
32	爷爷的爷爷哪里来	67	四世同堂	102	祖父的园子
33	细菌世界历险记	68	怪老头		陆续出版中……
34	荷塘月色	69	从百草园到三味书屋		
35	中国兔子德国草	70	背 影